TIANXIA YOUZEI

卷一

何许人◎著

世纪文景

世纪出版集团 上海人民出版社

水族多妖，有一点犀光照破；
心灵有觉，则百般骗局难侵。

"这个纯资本运作的起点很高，入门费都要六位数，对象都是些真正的中产阶级。这几天我跟这家公司的人过得挺不错，吃饭都是五星级酒店，上千人的大聚餐，很气派的场面。那些人都抽软中华，公司里不少人开宝马，同桌吃饭的不少是博士硕士还有退休的外地高干，中石油也没这么大的谱。普通人一看那架势绝对晕菜，看来这位夫人制定的心理战术很不错，我都有点佩服她了，咱们可能都弄不了这么大的场面。"陆钟说的是心里话，骗几个人和骗成千上万人的成就感是绝对不一样的。

陆钟引导着夫人的手，放到自己脸上。他的头发被药水处理过，原本偏硬的发质现在变得柔软，肤色和五官她看不见，重要的是梁融精心打造了一块凝胶做的仿真疤痕粘在他左半边脸上。梁融手工精细，凝胶也可以传递部分体温，不论看上去还是摸上去都难辨真假。作为这个局里的正将，陆钟的戏份最多，不能不精心策划。

她什么时候才会翘辫子是个问题，等上十年八年肯定不行，动手杀人就更不行了。江相派的第三条帮规就是：无论如何都不能杀人。

那是一串由数百颗碎钻和一颗独粒蓝宝石组合成的项链。项链的造型华美无比，正中的吊坠是一枚一元硬币大小的方形蓝宝石。盯着那颗宝石看久些，竟然有种置身海洋里的幻觉，陆钟情不自禁地伸手触了触蓝宝石，冰凉。

白兔饺，白灼虾，糯米鸡，上素腐皮卷，牛肉烧卖……老韩忘了医生让他忌口的叮嘱，把爱吃的全都点了个遍，直到服务员说再点下去桌上怕是要摆不下了才罢手。东西上得很快，年轻人全都饿了，吃得很香。尤其是梁融，他本就是广东人，这里的点心简直样样称心，正好敞开了肚皮风卷残云，桌上的小蒸笼很快堆成了高楼。

美女烦了，索性把自己手上更大的一堆筹码往他面前一推："如果你马上从我面前消失的话，这些钱全都是你的。"

豪客胀得满脸通红，为了挽回颜面干脆说出了狠话："我出一百万，买你一个晚上！"

"我出两百万，买你跟他一个晚上。"美女并没把一百万放在眼里，用手指着身后的麻子跟班，毫不留情地说。

断桥旁有一个临时搭建的水中舞台，舞台上方是巨大的液晶显示屏，将实况播放无非子的动态。台上十二位穿着苏绣旗袍的年轻美女怀抱琵琶二胡，正在演奏传统曲目《春江花月夜》。明亮的灯光从桥上架设的大型摇臂上照下来，把方圆百米内的一切照得透亮，连湖里的鱼也可以看得清清楚楚。

"我信。五十年前我在湖南沅陵看过有人画了几张符，就让整间屋子都不进老鼠。四十年前，我还见过有人用几句咒语和几张符把我兄弟身上的一个大脓包给治好了，民间的高人和异术永远超乎我们的想象。"

第一章　骗你，很容易

A

天公作美，是个大晴天。

正八点的时候，一辆的士停在东门步行街附近的十字路口，车上下来四名身穿同样白色T恤和人字拖鞋的年轻人。几人对望一眼，然后分别朝着四个方向各自走去。

单子凯选择的是人最多的东边街道，人多机会才多。他腿长个高身体却不单薄，凭着那张花样美男的脸，全套三十块钱的便宜货穿在身上也有型有款。虽说这样的打扮也吸引了不少回头率，但习惯了华衣美服的他还是边走边琢磨，先得把身上这套廉价衣服给换了，再去弄个手机，手里空空的，总感觉少了点什么。忽然，他眼前一亮，路边的公车站旁有人扔了份报纸。

报纸虽小，用处却大得很，摸个钱包手机什么的可以遮挡视线，挑走架在上衣口袋的钢笔和墨镜也是趁手的工具，且便于携带不引人怀疑。单子凯赶紧过去捡了起来，还真是巧，报纸里夹着一张一块钱的人民币，八成是买报找的零钱，这下连挤公车的钱也有了。

这是繁华地段，来往的公车很多，不过单子凯足足等了十分钟才上车。虽然车多，但也不能没选择，单子凯挑的这一班次，是去往市区繁华地带的。找钱，自然得往有钱人的地方去，就像钓鱼，水草丰美的水域鱼儿才肥，数量也大。他再下车时，手里还是那份报纸，鼻梁上多出一副水货雷朋墨镜，报纸中间，夹着一只手机。

虽然墨镜是水货，但戴在真正的帅哥脸上完全不影响效果。单子凯手艺没得说，"轻快稳准"四字诀每一条都能打满分，刚才那辆公车上至少有五个同行虎视眈眈，愣是没人看出他出了手。这还是多亏了师父老韩平时的高标准严要求，为了训练徒弟们的基本功，老韩甚至专门设计了一个通体带电的模特。

钱包里有两百多块钱、两张银行卡和一张公交卡。银行卡暂时派不上用场，公交卡倒是可以先收着，至于钱嘛，先吃点东西再说。

单子凯去了一家食客众多的茶餐厅，还没进门就闻到了生滚牛肉粥的香气，不由得食指大动。他也不看价钱点了一大堆东西，一边吃着手里也不闲着。刚才落座时他就特意选择了背后有人的座位，借着手里报纸的遮掩，一边换着姿势等上菜一边把背后那位男士挂在椅子上的西装口袋摸了个遍，又收获了一只手机。

该买单了，单子凯从身后那位吃得奋不顾身的男士身旁把那人的皮包轻轻地拖到了自己的椅子上。那是个看起来很不错的包，黑色真皮，闪亮的爱马仕标志。不管是真货还是A货，单子凯都没有兴趣，他只是借这只包打打掩护。他掏出手机假装接电话，声音还挺大："喂，小丽啊，你到哪里了？你说什么……听不清，我去外面接你吧。"他边说边站起身，朝门外走去，一名服务员看见了，赶紧上前拦住："先生，您还没买单。"

"我去接个人马上就回来，另外还要一打蛋挞一个双皮奶一个西米露打包，待会儿一起买单。喏，就是那桌，我的包还在椅子上，麻烦帮我照看下。"单子凯冲自己刚坐的地方指了指。

服务员一看，椅子上的确有个不错的皮包，也就没有多想。他这一出门当然不会再回来了。对一个称职的老千来说，吃好霸王餐是必须的技术，这只是入门级的，更高级的是吃完了还得让对方付给自己钱。

吃饱喝足，是时候办正事了，单子凯朝着附近一家五星级的酒店走去。他不走正门，特意绕了个大圈，走到酒店后门，趁着周围人少，一头钻了进去。

员工通道连接着员工厨房、食堂、储物室、休息室好几个地方。工人们蚂蚁般忙碌，来去匆匆，没人注意单子凯这个生面孔。他也不拿自己当外人，笑嘻嘻的，有人对他多看一眼，他就笑容可掬地点点头，算是打招呼。

单子凯边走边寻，一会儿就找到了目的地——洗衣房。十余台洗衣机一字排开，洗衣机对面还有十余台干衣机正轰隆隆地运转，这里的气温显然比其他地方更高，只在门口站上一会儿都能感觉到强大的热流从里边涌出。一位大婶吃力地推着车出来，车里放了两只大箱子，里边是洗净烫好的员工制服。

单子凯眼前一亮，看一眼大婶胸前的名牌，拦下大婶说："花姐，衣服不急着送，经理让你去办公室等他，有事要找你谈。"

大婶哦了一声，盯着单子凯看了一眼，大概是觉得面生。酒店那么大，员工也有好几百人，有几个面生的也不奇怪。

大婶走后，单子凯飞快地把那车衣服推到走廊拐角无人的安全通道内，挑选了一会儿，找到一套尺码合适的员工西装。几分钟后，单子凯已经穿上了一整套的员工西装，去盥洗室洗干净脸，把头发理齐，看起来，他跟大堂里任何一位工作人员别无二致。

还差一个关键的东西——酒店工作人员的定制胸卡。这也难不倒单子凯，走廊里，迎面走来一位穿着同样工作西装的男工作人员，单子凯主动跟人打招呼，还帮他拍了拍肩上的头皮屑，友善地提醒道："经理今天心情不太好。"

这位工作人员起先也觉得单子凯面生，不过很快，他的注意力就转到了头皮屑和善意提醒上，完全没有发现胸卡已经不翼而飞。

接下来，只消等待穿戴体面、一身名牌的客人出现，单子凯就可以施展手段了。

还记得他手里现在有几只手机吗？没错，两只，用任意一只拨打公用电话，就能看到来电号码。知道其中一只手机的号码后，用另一只拨出，两只手机都保持在通话状态。其中一只手机设置成扩音模式，趁着客人在前台办理入住手续的当儿，假装路过，把这只手机放在柜台上，用报纸遮挡住。

另一只手机当然还贴在耳朵上，他走得远了，也能听到前台说话的声音，需要掌握的只有两点：房客姓名，房间号。

留在前台的手机可以不用管了，能多听到几个房客姓名，还有房间号，就算超额完成任务。单子凯会把房客姓名，还有房间号都记下来。耐心地等上一会儿，估计客人们已经进了房间安顿下来，就可以开始行动了。

首先，单子凯用手机打电话到酒店总机，请总机转接到客房，然后冒充酒店工作人员，热情地开始服务。

"李先生，您好，我们的工作人员发现您的房卡可能有点小问题，需要升级，我们会有工作人员去找您，打扰您休息了。"

"什么问题？"

"很对不起，可能是门卡上的电子码串码了，一般情况下还不要紧，就是很可能其他人的卡也能打开您的房门。当然，您也可以在门内挂上链条锁，只是万一有其他客人找错

门的话，您可能会被打扰。"

"搞什么鬼，我要投诉！"

"非常抱歉，我已经跟经理申请，帮您把行政套房免费升级到豪华套房，今晚您可以入住豪华套房。"

"这还差不多。"

挂断电话，单子凯走进了电梯。电梯间里，戴上胸卡，再一次核对客房号码和住客姓名。找到客房后，礼貌地敲门，因为门卡升级需要半个小时，请客人暂且离开，等待期间，客人可以选择做一次免费SPA，当着客人的面，把门锁好。

真有免费SPA？不可能的，客人走到美容部一问就会穿帮，没准还会打电话去质问值班经理。值班经理也会觉得奇怪，他并没听到门卡升级的消息。等客人带着保安赶到客房时，他的笔记本电脑，几千块现金，还有名牌箱包，都不见了。

同样不见的，还有那位来历不明的酒店工作人员。这家伙很麻烦，穿着酒店制服不说，每每经过有摄像头的地方，不是抓头发就是打喷嚏，就没留一个正面的图像。

其实准备行动倒是花了半个多小时，正式行动只花了六七分钟，离开酒店时，值班经理正带着一帮保安进入电梯，单子凯穿着那位李先生的T恤，把头发揉得乱糟糟的，戴上墨镜，谁也认他不出。

大半个上午转眼过去，单子凯已经把名牌包、笔记本电脑顺利卖掉。接着，他又打了个电话给司徒颖和梁融，打听战果如何。

B

半个小时后，单子凯、梁融、司徒颖在一家咖啡馆里见了面。

梁融最先到，和早上那套廉价的打扮不同，他穿着格子衬衣、牛仔裤和休闲皮鞋，还背着个笔记本电脑包，俨然一副IT人的模样。单子凯坐下时他正忙着用一部新款的掌上电脑发送信息，连头也没抬。

"弄什么呢？"单子凯凑过去，马上就笑了，"都什么年头了，还会有人相信短信骗人的把戏？"

"把戏是老，只要台词够新就行。瞎猫还能撞上死耗子呢，碰上一两个傻帽就不白忙。"

"我看看，你都什么新台词。"单子凯一把夺过梁融的掌上电脑，翻看着：

钱还没汇吧，那张银行卡磁条消磁了，请把款汇到这个农业银行卡上……

我等你……

一别三年，还是忘不了你，本想打电话给你，那些话又不好意思说，你可以拨打1259079×××听我的留言。

爸妈，我东西被人偷，速汇500元到朋友卡上，我要急用，农行卡62284806308071×××，不用打电话，手机欠费了。

您好，您的儿子出车祸了，现正在我们医院抢救，请速汇两万块手术费，账号是……

我在北京出差，换了号码。刚才打你的电话不通啊，找你有急事，快回电话。

小美已帮你加入定位游戏，现在她正在探测你的位置，回复ＤＹ到1259079×××拒绝她，ＤＺ到1259079×××接受她，ＤＷ到1259079×××隐藏你的位置。

恭喜您获得限时100元话费赠送机会，回复1马上进行兑奖……。

信息的内容大多是中奖、兑换话费，还有就是编个理由让人汇款，都是老套的路子，但万一有人收到信息时正好在汇钱，没准还真会中招。

"为什么有些短信里面有账号，有些没账号呢？"单子凯看了好几遍也不明白。

"我用境外服务器注册了一个收费号码，有人回复短信或者回拨电话也都会自动扣费，就算不留账号，也会自动转账到我的户头。"梁融从单子凯手里拿过掌上电脑，把最后一条没完成的短信写完，反正他是用别人的手机群发短信，成本为零。

弄完手里的，梁融又变魔术般从包里掏出十多个手机，一个个地群发这些短信。

"你一上午就忙着弄手机了？"单子凯皱起了眉头，二手手机在深圳街头的价钱可不高。

"你看看包里。"梁融从牙缝里挤出一句。单子凯扒开包一看，里面大大小小厚厚薄薄的还有一堆钱包，随手翻出两个，里面都是港币人民币和美金。单子凯目测了一下，梁融的收入跟自己的应该差不了多少。

"好久没出手了，生了点。"梁融漫不经心地甩甩手转转脖子，终于发完了所有的短信。

"叫吃的没？我饿死了。"司徒颖风风火火地走过来，她身上居然穿着空姐的制服，紧身小马甲勾勒出曼妙的腰身，超短的一步裙露出两条白皙的长腿，好身材惹得众多男客侧目女客嫉妒。

"真有你的，一上午的工夫你就混到航空公司去了。"单子凯见怪不怪，这种事发生在别人身上不太可能，但发生在司徒颖身上却是完全可能，因为她本人的存在就是个奇迹。

"这衣服的做工不像是仿的，你从哪弄到的？"梁融曾经学过服装设计，对衣服特别敏感。

"说来话长，卖了一上午的票我都累死了。"司徒颖一坐下马上招来服务员先叫了点喝的。

C

两杯冰镇果汁下肚，司徒颖缓过劲来，这才细细说起她这忙碌的一上午。

她先是去弄了套像样的衣服换上，然后去了火车站。虽然是早上，但也有不少路人和游客，她摸到两个钱包后找了家小打字社，花几十块钱印了厚厚一叠优惠券。优惠券上写着：一百块玩转世界之窗、欢乐谷和锦绣中华。

当然是假的，一百块还不够买一张门票的，怎么可能玩遍三个地方。但司徒颖在优惠券上加了一行小字：本券为团体特惠价，仅供内部流通。司徒颖又定做了个旅行社的胸牌，一开口吆喝马上招来很多生意。只用了半个小时，那叠厚厚的假优惠券就卖了个精光，顺便还弄了十来个钱包和四五个手机傍身。

司徒颖是个聪明女人，不会一个把戏玩上一天。接下来她去买了个漂亮的包装盒，在路边捡了个啤酒瓶打碎了扔进盒子里。一边在地王大厦里转悠，一边假装打电话，然后用眼角的余光瞅准身边有人经过的时候，就装作撞上对方，手里的东西落地，稀里哗啦的碎玻璃声音就传了出来。

她撞的人都是男性，而且都是三十来岁，看起来有钱也有教养的那种。被撞的人肯定会有些吃惊，接下来她就开始演戏——哭，怎么伤心怎么哭，边哭还边责怪自己不小心，手里的东西是给客户送的货，价值两千块的水晶花瓶，一个月的工资就这么没了，也许老板还会开除她……司徒不仅人漂亮，演技也是一流，梨花带雨惹人怜惜，男人们心一软，就掏出钱包了："小妹妹不要急，我也没当心，这点钱你拿着，希望能帮到你，有什么需要还可以打我电话，这里是我的名片……"

地王大厦里的男人大多不会很吝啬，这种苦情戏也只要演上三四场就有了四位数的收入。这让司徒大呼过瘾，她从小就把骗人当乐趣，骗的人越多越是开心。不过玩了几把她又厌了，正巧在女装部看到一位空姐在买衣服，心想还从没穿过空姐制服，不知道效果怎么样，就要了点小手段，拿走了试衣间里的制服。

穿着漂亮的制服，司徒发现自己的回头率更高了，心想不能白白浪费这个机会，于是灵机一动，又一个赚钱的点子来了。她在一家路边制作名片的店里做了个不大不小的广告牌，上面写着：只需一百元，优惠一千公里。这一次，她别出心裁地为航空公司做了个促销计划，手里捏着一叠厚厚的自制优惠券就张罗起生意了。她本来就漂亮，再加上一套空姐制服，更没人怀疑。

"喏，就是这些了，我赚了差不多三万块，你们怎么样？"司徒亮出手里厚厚的一叠钱，单子凯和梁融对视一眼，心里透凉，自己的成绩就不说了，太没面子。

吃了些东西，大家聊了会儿，话题就落到了陆钟身上，这小子在做什么？

单子凯跟梁融都忙了一个上午，谁也没空打电话给陆钟，司徒颖却曾看见他在喜来登大酒店里悠闲地喝咖啡看报纸。

"他什么都没做？"梁融很好奇。

"我才不信，这小子鬼得很。"虽说单子凯跟陆钟同岁，却很不客气地叫他小子。自从陆钟跟了师父老韩后，老韩对他的态度让人不能不嫉妒。

"他肯定做了些什么，要不就在计划些什么。"司徒颖见到陆钟时，他那身行头就已经超过了她手上这叠钱的数目，但她不会透露更多，免得长他人志气灭自己威风。

"唉，说不定这次他会赢呢，这小子做事太让人猜不透。"单子凯不甘心地伸了个懒腰，准备活动活动筋骨，下午继续奋斗。

"我说，咱们能不能合作？"司徒颖眼珠一转，看着在座的二位，"咱们三个联手肯定能赢他。"

"可是，要是咱们赢了，将来谁做主呢？师父说了，胜出的一方可以设计四次的局呢，虽然我不是很想当设局人，但输给晚辈也太没面子了。"梁融不置可否地耸耸肩，他没什么野心，每次行动也多是担任后勤供给、技术支持和跑龙套。

"先赢了那小子再说。"单子凯已经看出了司徒颖的志在必得，合作这么久，大家都了解司徒的好胜心。

"那咱们就一起行动吧，有你们陪着我就轻松多了，凯子哥，你会帮我拿包的吧？"司徒的大小姐脾气一会儿一个样，谁也不知道她下一秒是哭还是笑。

"没问题，只要你不叫我凯子哥，什么都好说。"单子凯最怕的就是司徒乱叫他的名字。

"大小姐，这顿饭的饭钱你给解决一下？"梁融想起自己身上的现金跟司徒颖比起来少得可怜。

"没问题，你们先去门口等我，记住，一定要看着我，不要看其他地方。"司徒颖说完，就起身开始寻找目标。相隔三张桌子的距离，有两个二十多岁的年轻人正盯着她看，那两双眼睛恨不能变成透视眼，把她上上下下看个通透。不错，就是他们了。司徒心里暗自好笑，巧笑嫣然地朝着他们走去。

"你们好，很冒昧地打搅一下，能不能问问你们的名字呢？我跟朋友打赌，说能在一分钟内认识二位帅哥，能不能请你们帮个忙，配合一下。"司徒颖假装不好意思，顿了顿才道，"要是输掉的话会很没面子呢，拜托了，好不好？"

司徒颖还特意朝门口指了指，高高的单子凯和胖胖的梁融正目不转睛地看着这边。两位帅哥眼看制服美女朝自己走来早已经高兴坏了，没想到美女居然还跟自己搭讪，更是喜上心头，连忙点头："没问题，只要你告诉我们你的手机号，我们就配合你。"

"这是我的名片，咱们电话联系。"看到两条小鱼上钩，司徒颖笑得更甜了，随手掏出一张别人的名片递过去，"待会儿我叫你们的名字，你们就举起手来答应一下，再冲我笑笑，好吗？"

"没问题！"小帅哥们马上报出了姓名，还主动把手机号码留给了司徒颖。

司徒颖大大方方地准备离开，早就盯着他们这桌还没买单的服务生赶快追了过去：

"请问三位谁买单？"

"我朋友说他请客。"司徒微笑着向两位小帅哥挥了挥手，叫出两个名字，因为刚才特意关照过，帅哥们自然赶紧站起身来，冲她高高地举起手来，笑得无比灿烂。

D

众人拾柴火焰高。司徒颖说既然是三个人合作，就不能再做小CASE。

他们讨论了一番，单子凯和司徒颖制定了两个可行性计划，梁融又去置办了几样道具，总共用掉两个小时，正式开工的时候，已经是下午两点半了。不过磨刀不误砍柴工，重新出场的司徒颖此时已胸有成竹，只要顺利执行，准能赢过姓陆的小子。

华强北一家瑞士表行里刚刚结束了一笔不错的买卖，店长和促销小姐心情不错，眼看着进来一位打扮入时的空姐更是打起十二分精神，热情地招呼着。空姐收入高路人皆知，空姐的男朋友通常也是有钱人，只要她看得上眼，肯定也出得起价钱。

店内的人不多，于是店长亲自为空姐挑选，欧米茄、雷达、浪琴……这位空姐挑来选去，最后却看中一块18K金的劳力士女款，总价六万多，空姐说自己卡上的钱不够，付一部分现金，一部分刷卡。

从看货到定下来也不过几分钟，店长欢喜还来不及，看空姐掏出两叠厚厚的钱，赶紧搬出点钞机。就在这时，旁边一位刚进来的高大男士冲了过来，一把抓住空姐的手，大声喝道："看你往哪逃！"

空姐显得很不自然，她试图挣脱男人的手却无能为力。店长和店内的其他人都被这突如其来的状况惊呆了。

"我是警察，我和我的同事已经调查这个女人很久了，她涉嫌走私假币，现在你们交易的这些钱里肯定有假币。"高大而英俊的男士掏出"警官证"对大家亮了一下，与此同时又进来一个体型略胖的男人，静静地站在高大警官的身旁，不消说，他是那位警官的同事。

对表行的职员们来说，这是在电影里才会出现的状况，远远超出了她们的生活经验。连同店长在内，所有人都不知所措，更何况这位高大的警官如此英俊，她们甚至没有多看一眼警官证上的名字，注意力全都停在警官的脸上，舍不得挪去。

"请配合我们的工作，这些假钞我们要带回去做证物，还有这块表，也得带回去做证物。等我们录完口供，登记完毕，会派人把表再送回来。"帅警官一边说着，就掏出了亮闪闪的手铐，咣当一声套在了空姐的手上。胖警官熟练地掏出两个透明的胶袋，把钱和金表分别装了进去。

从刚才警察亮出身份到他们即将离去，总共不超过一分半钟，在场的人都来不及怀疑，唯一感觉不妥的是店长，眼看着价值数万的金表就这样从自己手上被拿走，还是不太放心，"你们能不能打个借条？"

"借条？我们不用那玩意，这是我的名片，有问题打我电话，我不会让你老板为难你。"帅警官说话的样子也格外帅气。

"真的？我可以给你打电话？"店长动了私心。

"当然可以。"走出大门时帅警官不经意地回头看了她一眼，微微一笑。店长觉得魂都要飞了，软趴趴的全身乏力。

单子凯和司徒颖走出表行大门后赶紧加快了脚步，直到离开表行职员们的视线后，他们脸上才露出了得意的笑容。骗人，就是这么容易，只要计划周详配合得当，不到十分钟就弄到了货真价实的金表。虽然这块表在黑市上的交易价格只能打个对折，但好在时间还早，大家还有足够的时间继续奋斗。

拐出两个街口后，单子凯帮司徒颖把手铐打开，就在这时，梁融站定惊道："快看，是陆钟。"

两人抬起头，只见一辆象牙白的凯迪拉克迎面驶过，陆钟坐在后排，正透过车窗冲大家微微挥手，脸上是他的招牌笑容，灿烂至极，仿佛有阳光从他的眼中投射出来。

"如果我没看错，他怀里搂着个美女。"梁融巴巴地望着凯迪拉克的背影，感叹道，"这小子还真有办法，居然泡起妞来了。"

"是哦，那妞好像还不错，对我的胃口。"单子凯摸着下巴，回味着刚才的惊鸿一瞥。

"不，他肯定不是泡妞，是在进行新的局。"司徒颖恨恨地望着凯迪拉克消失的方向，有些莫名的懊恼。

"大小姐，我怎么觉得你对他特别敏感呢，该不会对他有意思吧？"单子凯收起道具手铐，慢条斯理地说。

"拜托，我的品味没那么坏吧！"司徒颖脸上微微一红。

"其实说起来，他也不算很差劲吧，现在道上人都叫他六哥了，大小是个哥啊，也是个响当当的人物了。"梁融为陆钟说了句好话，其实他打心里佩服这个聪明的师弟，至少陆钟设计的那些局他就想不出。

"喂，你们该不会现在就想认输了吧，怎么说还没到结束的时候，咱们不搏一搏怎么知道赢不了他呢？"司徒颖最听不得别人说陆钟好话，自从他来了后，就连她在干爹心里的地位也有些不同了。

"好好好，我们听你的，你说怎么做就怎么做。"单子凯有些心灰意懒，他何尝没看出陆钟不是真的泡妞，谁都知道，那小子对泡妞没多大兴趣。

"让我想想，咱们再玩个大的。"司徒颖把高高盘起的头发放了下来，更显得妩媚动人了。路边一家超市门口有人摆摊卖仿真首饰，十五块钱就能买到一枚锆石戒指或者项链，再加五块钱还能买到一个印有大牌LOGO的高仿首饰盒。也许是首饰卖相不错，买的人不少，司徒颖看在眼里，一条妙计浮上心来。

E

半个小时后，一个美得足以吸引所有人视线的女人走进了珠宝店大门，她披散着长发，头上是一顶大大的宽边遮阳帽，身着一条白色的及膝连衣裙，明眼人一眼就可以看出她从头到脚全都是夏奈尔的新款，如此璧人，即便不是明星也肯定来头不小。用美女来形容她绝对是不够分量的，这样清丽脱俗的只能是仙女。店内的人们纷纷注目，可惜仙女戴着宽边墨镜，除了一点红唇和水当当的好皮肤外再也看不到什么名堂。

仙女端庄地在出售钻戒的柜台前驻足，请店员小姐拿出一枚八心八箭一克拉的钻戒来试戴，试了一会儿，又请店员再拿出另外一款两克拉的来。这样尊贵的客人可得好好伺候，仙女却一派名门作风，寡言少语，对店员小姐的奉承话和推荐也都爱答不理，自顾自地端详着手上的戒指。

这时，又进来一个高大英俊的白衣帅哥和一个胖胖的花衬衣男子，两人正在为什么事争吵着。

"你说，你送她的项链是不是这里买的？"胖子揪着帅哥的领子，把他拖到白金项链柜台前。

"误会，真的是误会，什么项链，我不知道啊。"帅哥在胖子面前显得十分懦弱。

"别想骗我，她全都交代了！"胖子猛地扇了帅哥一个响亮的耳光，声音大得让在场的所有人都惊了，停下手里的事回过头来。

"就是这根一万八千八的，你给我看清楚了，好好想想。"胖子指着柜台里的某款项链，气得满脸通红，"今天你说也得说，不说也得说，不然的话……别怪我不认你这个兄弟。"

"大哥，大哥你听我说，是小红在挑拨我们的关系啊，她是勾引过我，但我什么也没做过，你要是信了她的话，那就中了她的奸计了，她其实是大胆豪的女人啊……"帅哥脸上的巴掌印红红白白的，这番话也带着哭腔。

原来不仅有奸情还有奸计！大胆豪莫非是黑社会……在场的师奶们觉得眼前的一幕比八点档的肥皂剧精彩多了，八婆之情油然而生。

还是大堂经理比较冷静，这可不是看热闹的地方，被这二位一闹生意还怎么做下去，和和气气地把他们劝出去才是正经。经理冲保安打了个手势，让保安打头阵，还搞不定的话他就亲自出马，总之不能再让这二位留在店里。

好在这两位也不是不讲理，眼看保安朝自己走来就醒悟了，帅哥哀求道："大哥，咱们能不能出去说话，影响人家做生意了。"

胖子虽在气头上，倒也通情达理，只哼了一句，依旧揪着帅哥的领子把他拖出了门去。

一场虚惊，还好没出大事，大堂经理长长地舒了口气。

正在试戴戒指的仙女也淡淡地叹了口气，好像兴致被人坏了，冷着脸把手上的两枚戒指褪下还给店员小姐，说了句谢谢，就头也不回地出得门去，上了一辆黑色的劳斯莱斯，绝尘而去。

都怪那两个男人，到手的生意没做成。店员小姐有些气恼，收戒指时却觉得有点不对劲，可细细一看，戒指好端端的，坐劳斯莱斯来买东西的女人能有什么问题？

三分钟后，端坐在劳斯莱斯里的司徒颖摘下了墨镜，掏出藏在手心里的两枚钻戒欣赏着。她的手法也超快，趁着所有人注意力被吸引的瞬间，用两枚人造锆石戒指换走了手中的两枚真钻戒。大大的遮阳帽挡住了监控镜头，就算日后珠宝行的人查录像也查不出什么名堂。下午的太阳早已过了最烈的时候，却也把两枚戒指照得璀璨出火，上好的成色，值得她花费两千大洋租这辆劳斯莱斯。

"我看看。"梁融从司徒颖手里接过戒指，细细端详，"不错，这枚两克拉的石头市价至少值十五万，这枚一克拉的市价也有三万多，转了手十万八万还是能马上换到的。"

"很久没这么过瘾了，今天一天就是小打小闹也赚了不少啊。"单子凯伸个懒腰，满意地瞥了一眼战果。

"不行，咱们还得再干一票，我们三个人加在一起才十多万，没准陆钟玩的是票大的。现在离六点还有一个多钟头，还来得及。"司徒颖求胜心切，完全不觉得疲惫。

"还干一票？你还真是不嫌累。"单子凯不情愿地看着窗外的风景，"不知道陆钟那小子现在在做什么。"

"我也想知道陆钟现在在做什么。"梁融放下两枚沉甸甸的戒指，"可惜，他要做的事情我们肯定猜不到。"

听着两位同伴对对手的赞叹，司徒颖居然什么也没说——大半天没见到了，他现在究竟在做什么呢……

F

陆钟什么也没做，他只是坐在一家老字号金行的贵宾接待室里，喝着雨前龙井。在他身边，除了满脸堆笑的经理外，还有一位娇滴滴的小姐。

这位小姐姓黄，本市名媛，家境不凡，陆钟今天最主要的工作内容就是结识这位黄小姐，并在最短的时间内取得她的好感和信任。从黄小姐的眼神和动作上来看，他的目的已经完全达到了，接下来的事情就好办得多了。

陆钟自称姓陈，是刚从国外回来的生意人，他的妹妹要嫁给龙岗一位村长的儿子，作为唯一的长兄，哥哥自然要为妹妹办些嫁妆。这笔嫁妆必须够重，要为妹妹和陈家挣得回面子。因为回国不久，"陈先生"对本地的情况不是很了解，便请了好朋友黄小姐帮他当个参谋。黄小姐是这家金行的常客，很自然地就介绍了他过来，让经理亲自接待。

"这是缅甸产的玻璃种翡翠镯子，二十万，水头好颜色正，您请过目。"经理把一方晶莹剔透的镯子呈了上来。

可陈先生看也不看，就摆了摆手："我妹妹不喜欢翡翠，觉得老气。"

"那您再看看这对黄金镶钻龙凤镯，这个式样是我们的最新设计，还有一套的耳环和戒指可以搭配，摆喜宴的时候带上绝对够洋气，金重六两，另外碎钻加起来也有十八多克拉，总价四十万。"经理很懂套路地赶紧呈上另外一套。

这回陈先生倒是看了一眼，不过还不够满意："这个款式还不错，但分量太轻，不够气魄。"

"陈先生是不怕价钱贵的，还有什么镇店之宝就都拿出来吧。"黄小姐也发话了，看样子她对这位陈先生的身家信心十足。

"您再看看这个，纯白金打造的米奇新郎新娘一对，盒子也是奥地利水晶定制的，这个款式是我们独家买断的，还没正式上市，成色最好的PT950白金，金重八两八钱，这个应该够洋气也够分量了吧。"经理捧着水晶盒的手在微微颤抖，脑门上沁出了一层细密的汗珠，这位大客人真是够挑剔。

"式样不错，但是白金，潮州人结婚可不喜欢用白色的东西，您应该了解的吧？"陈先生有些不耐烦地抬起手腕看了看时间，"要不这样吧，用金条拼成一个囍字，嵌在红色天鹅绒的盒子里就行了。金重六斤六两六钱，盒子正方形，五十厘米宽就行，摆酒的时候要放在新人面前给宾客看到的。"

"六斤六两六钱……现在一克的市价是四百三，六斤六两六钱的价钱就是……"经理准备用计算器好好算算，他的心跳得厉害，这单生意要做下来可顶得上他半个月的营业额了。

"怎么，你们没这么多货？"见经理犹豫，陈先生已经站起了身。

"不，不是，我们可是老字号，货这方面您不用担心。"经理擦了把汗，赶紧堆笑道。

"那好，我现在还有事，你们抓紧时间弄好，五点半之前帮我送到这个地址，这是我姨妈家开的诊所，你们到了就说找陈四哥。我会准备好银行本票，结账给你。"陈先生显然很赶时间，留下一张名片后就跟黄小姐一起离开了。

经理站在门口羡慕地看着二人的背影，感叹道："当他的妹妹可真幸福啊。"

这边陈先生离开了金行后，便打发黄小姐去帮忙买些女人用的东西，两人约好五点半在姨妈家的诊所见面，忙完事情后一起吃晚饭。

黄小姐离开后，陈先生径自赶到了留给金行老板的那个地址。入门处虽然不大，其实里面是家规模很大的妇科诊所，门口挂着长长的大招牌：无痛人流，五百包干。

陈先生在门口看了好一会儿才进去，他对这家诊所并不熟悉，问过护士才知道医生在哪里办公。

"赵医生好，耽误您两分钟，我有件事想拜托您。"陈先生微笑着冲穿着白大褂的医生点了点头，显得彬彬有礼。

"请说。"医生是个四十多岁的中年妇女，很精明的模样，朝来人身上打量一番，不敢怠慢。

"是这么回事，我有个女朋友，最近怀孕了，凭着肚子里的孩子硬逼着我离婚跟她结婚。我老婆一直没生养，按说让她生下来也没什么，没准还是个儿子。可她不太检点，我担心孩子不是我的，又担心她是假怀孕骗我的，想让她来做个B超孕检，顺便连亲子鉴定也一起做了。"陈先生情真意切地说着。

"现在人家都说啊，不在乎有波有箩，只在乎冇睇妇科（广东话：不在乎是否身材好，只在乎有没有看过妇科），这年头很多事都不好说，做个检查的确很有必要。"赵医生当然要为自己揽生意。

"我这个女朋友脾气不太好，一说要做检查她就跟我闹，我也是被逼无奈就想了这么个办法，跟她说您是我姨妈，咱们是亲戚，今晚您请我们吃饭，这么一来她就不会怀疑，会乖乖地来您这儿。您千万帮我留住她，咱们趁她不注意看看能不能想点办法，把检查做了。"陈先生掏出一千块钱摆在医生面前，"我知道您贵人事忙，这事无论如何都要请您帮帮忙。这里一点小意思算是定金，事成之后我再付您五千块，您看可以吗？"

"好说好说。"赵医生两眼放光，喜滋滋地把钱收下，"谢谢你的信任，待会儿我会准备好麻药，还有其他的工具。亲子鉴定这个项目我们暂时还不能独立完成，我可以帮你采好样，送到权威的检测机构，这个结果你完全可以放心。不过DNA鉴定的费用是另外付的哦，三千九，没有问题吧？"

"没问题，一切都拜托您了。"陈先生已经站了起来，用力地握了握赵医生的手，"对了，待会儿她来的时候我让她上楼找您，还请您配合一下，跟她聊两句，就说我们一起吃晚饭，让她先等我一会儿。"

"请放心，她会好好睡一觉，什么都不会发现。"赵医生收了钱，态度自然超好。

"那我就放心了，我先去下面等她，待会儿来找'陈四哥'的就是我女朋友，您就叫我小四吧，咱们得把戏做周全些她才不会起疑。这是我的名片，完事后请打我的电话，我会来接她去吃饭。"陈先生掏出一张名片，放在赵医生的办公桌上。

五点半很快就到了，黄小姐准时赶到了"姨妈"家的诊所。接待处的护士被赵医生吩咐过，和颜悦色地问道："是找陈四哥的吗？"

黄小姐点了点头，护士马上去把在接待厅里看杂志的陈先生请了出来。正好金行送货的人也来了，手里捧着一个大大的锦盒。陈先生接过锦盒打开瞄了一眼，就满不在乎地拎在了手上，冲黄小姐笑笑："姨妈在楼上，我把银行本票放她那了，你带他上楼去取，我把车上的东西拿进来，马上就来。"

金行的人见东西被拿走有点不放心，但贵客黄小姐在场，早就知道黄小姐脾气不好，也没敢多问，只一步不离地跟紧了她，一齐上了楼。

"你就是小四的女朋友吧，还真是漂亮，他眼光不错。"赵医生收了钱，笑得合不拢嘴。

"姨妈。"黄小姐也甜甜地唤了一声。

送货的小子眼看这形势立刻就放下心来，坐在一旁耐心地等着。

楼下的陈先生上了黄小姐的凯迪拉克，半分钟后，他再下车时只拎着个不大的黑色胶袋。他再次进入诊所，却没上楼，而是从诊所的后门走了出去，那里有一辆他早在半小时前就电话预定好的的士等在那里。

陆钟赶回酒店时正好是六点，老韩的面前已经摆满了一堆手机和钱包，还有两枚亮闪闪的白金钻戒和两块金表。另外梁融的手机里有最新的收获，半小时前有人真的打了五千块钱在他的账户里。老韩已经为这堆东西估过价了，二十三万八千五百六十块零四毛。那些短信也有十来个人回复，每次回拨可以扣费二十，也小有收获。不过是一个白天，这样的战绩放在任何一个老千身上都已经很拿得出手了。

陆钟什么话也没说，依然是招牌微笑，只是笑容里多了些自信和骄傲。当他把整整六斤六两六钱重的金条从黑色胶袋里拿出来，黄灿灿的光芒让大家的精神都为之一振。不用再说什么，这场比试胜负已分。

G

来到深圳已经有阵子了，原本老韩设好了大套，陆钟也计划周详，万事俱备只欠东风，可一哥（被骗的人）出了点变故，家人病故奔丧去了美国，计划只能搁浅。偌大的深圳，满街都是有钱人，就这么放弃简直是入宝山而空手回，谁都不甘心，而老韩的几位弟子也正为下次谁做主设局的事在闹。大徒弟梁融和二徒弟单子凯被司徒颖撺掇，说老韩偏心，每次都让三徒弟陆钟当话事人，得让大家轮着来才公平。老韩行走江湖一辈子最讲一个义字，最忌人家说他不公平，只得想办法摆平。

于是老韩决定再多待一天。早上八点开始计时，四个徒弟每人都只穿最便宜的T恤、短裤和人字拖鞋，除了一张手机卡外不准带钱和其他任何东西。坑蒙拐骗都可以，随便用什么办法，晚上六点回来，能者为上，谁的收获最多谁就赢，可以得到四次的设局权。

"你抢银行了？"单子凯掂量着金条，那种厚重的分量感假不了。

梁融早知陆钟的本事，他拿了两根金条敲击着欣赏那美妙的声音。

司徒颖是唯一看起来不开心的人，把嘴噘得老高，环抱着双手看着干爹，老韩立刻明白了，她很想知道陆钟是怎么做到的，却又不好意思问出口。

"说说，你小子是怎么做的？"老韩赞赏地看着陆钟，欣慰之情溢于言表。

"其实也没什么，就是按照您上次讲的邵氏公司老电影里面的办法，稍微变了一点点。前辈的办法就是经典，都几十年了，现在用起来同样很不错。"陆钟不好意思地挠了挠头，乖巧地给师父奉上一杯茶。

"干爹，你还说不偏心，我怎么没听说过什么老电影的办法，一定是你给他开小灶了。"司徒颖逮到了机会怎么肯放过，小嘴噘得更高了。

老韩却摇摇头，斜了她一眼："这个点子是我前天才讲过，你们当时都在，不是我偏心，是你们不用心。"

司徒颖不好再狡辩，只能吐了吐舌头，心不甘情不愿地认输。梁融和单子凯本来对陆钟就没什么意见，纯粹是被司徒给强迫的，现在更是心服口服。

"古为今用，不错。"老韩喝了口茶，忽然想起了什么，"不过这次的事主可确实为应骗之人？你没有找错对象吧。"

"师父请放心。三个人都打听清楚了，绝对是应骗之人。"陆钟怕师父不放心，又细细解释了一番。

黄小姐家很有钱，平时爱出风头，昨天的特区报上登过一则关于她的新闻，原来早在半年前她就在某慈善晚会现场承诺要为灾区捐赠一所希望小学，可时隔半年那笔钱迟迟没有到位，现在有媒体追问此事，她还找了黑社会和打手去威胁记者不许报道。

那家金行的老板也不是什么好人，仗着自己是老字号的金字招牌，经常以次充好，把B货翡翠当成A货，把次品钻石当成上品钻石卖，就连店里用来清洗金器的药水也有问题，来店里洗过的首饰基本上都要少上一些分量。被客人投诉后闹上了电视，老板却栽赃在无辜的员工身上，一名辛辛苦苦干了大半年的打工妹被扣掉了所有奖金和三个月工资，然后被老板开除了事。

至于那位开诊所的赵医生就更不是什么好人，不仅无证行医，还销售违禁药品，上星期有个打工妹在她手上做人流，因大出血而死，仗着上头有人她竟然拒不负责。

"骗得好。不过那位黄小姐和金行的老板肯定都有相当的背景，你这一手玩得不大不小，他们肯定会来找我们麻烦。"老韩放下手里的茶杯，从怀里掏出了几张机票，"八点钟的飞机，你们把这些东西处理一下，咱们马上动身，去见我的一个老朋友。"

老韩说的处理，可不是变卖换钱据为己有。手机、钱包、钻戒和金表，统统打包，快递给公安局的失物招领处。至于那些金子，则找熟人换成钱，捐给当年黄小姐承诺过的希望小学。

 第二章　别来有恙

A

风光独特的武夷山上游人如织，背包客独行侠，跟团的大部队，还有全家出动的自驾游精锐族，一支支队伍如涓涓细流般涌进景区大门，汇合成一条粗粗的人流，缓缓流向景区内的各景点。

一对恩爱的小夫妻开着白色的小QQ驶入景区停车场，付过停车费后，他们不急着进景区观光，而是在停车场里到处转悠，墨镜下面的眼睛不住地朝那些外地牌照的车上瞄来瞄去。他们打扮得很阳光，女人大大的宽边帽下披着长长的大波浪头发，贴身的运动T恤和超低腰热裤勾勒出火爆的身材，吸引了不少男性路人的眼球。男人则穿着最新款的耐克速干T恤和运动短裤，脚下的运动鞋白得炫目，胸前还挂着个数码相机，典型的游客行头。虽然是俊男靓女一对璧人，但在这旅游区里并不打眼。

停车场里的车很多，多是自驾游的客人停在这里的，其中不乏宝马奔驰之类的好车在阳光下熠熠生辉。小两口不像来旅游倒像在参观车展，围着停车场绕了一整圈。

他们在自己的QQ车附近发现了一辆崭新的猎豹SUV，车后挡风玻璃上挂着一串大大小小的娃娃，还贴着一张醒目的字条，写着这么四句：驾校开除，自学成才，各路高手，多多包涵。

小夫妻相视一笑，女人趁周围没人注意，忽然蹲下身去，从随身背着的小包里掏出一瓶东西，洒在了那辆车的右前胎附近，还小心地弄了些在汽车底盘的某处。弄完后，他们就回到自己的QQ车上开始了耐心的等待。这一等就是三小时，直到太阳西沉，天边的火烧云把整个武夷山都铺上了一层绯色的霞光，游客们才像是退潮的海水般从景区大门纷纷涌出。

猎豹车的主人也回来了。那是对二十多岁的小情侣，男人揉着酸涩的大腿，女人拼命往晒红的脸上喷着矿物水，虽然有些疲惫，站在停车场门口还是不忘照相留影，然后才打

开车门准备上车。

就在这时，QQ男出现了，他很热心也很有经验地指着地上黑黑的一摊液体说，你们的车可能出了点问题，如果地上漏的那些液体有气味的话，八成是刹车机油。

准备上车的小两口吓坏了，猎豹男赶紧蹲下来，用手蹭了点地上的油嗅了嗅，然后又趴在地上看了看汽车底盘。

"天啊，这可怎么办！你不懂修车，这人生地不熟上哪去找人来修啊，要不先开回酒店去？开慢点。"猎豹女还没意识到严重性。

QQ男一听就笑了："美女，这可是刹车啊，其他地方坏了你还可以先不管，万一路上有个坡，或者半路上蹿出个人怎么办？会要命的。"

"还是大哥说得对，我这也是才拿到本就上路了，一点经验也没有。唉，这可怎么好呢？"猎豹男犯愁了。

"我知道附近有个车行，离这儿最多一公里，路上也平坦，咱们靠边慢慢溜，应该可以开过去。老板手艺不错，收费也不高。要是信得过我就带你们去看看，要是信不过我的话，我也可以告诉你们市区另外两家车行的电话，让他们派车来拖。不过，从这里到市区的拖车费是多少我就不知道了。"QQ男蹲在猎豹车旁认真地说，"我们两口子都是景区的工作人员，就住在附近。"

他的普通话带着明显的本地口音，QQ车上的是本地牌照，这让小两口很放心。

"今儿遇到好人了，大哥一看就是热心肠。"猎豹男操着京腔，一脸遇到了好人的欣喜。

"那太谢谢你们了，今晚我们请你们吃饭吧。"猎豹女也有些不好意思。

"吃饭就不用了，今天是我们结婚周年纪念，还有其他安排。你们别不好意思，其实我帮你们也是帮自己，那家车行是我老婆公司的关系单位经营的，我们带过去的客人消费积分都可以算在她名下，积分满了一定数量我们也有奖品可以拿。"QQ男憨厚地笑道，QQ女也夫唱妇随地跟着一起笑了。

他这么一"坦白"，猎豹两口子反就更放心了，马上上车，请QQ夫妻带路。

一小一大两辆车，一前一后，慢慢地开出了景区停车场。虽然只有一公里，但猎豹车不敢开快，磨蹭了半小时后，终于龟速抵达了那家车行。

车行大门倒是气派，挂着很豪华的招牌，停车场也很大，挺靠谱的样子，可惜卷闸门全都紧闭，门口只有一个穿着脏兮兮连身工作服的瘦小子拿着扫把在扫地，一靠近就能闻到他身上浓浓的汽油味。

"小子，你们老板呢？" QQ男很熟络地用本地话打着招呼。

"他丈母娘七十大寿，把车行的人都带去吃酒席了。"小子满脸怨气地打扫着，很不高兴没被带去吃香喝辣。

"噘着嘴干嘛，不高兴？你小子傻啊，去吃酒是要出钱的，不带你去就是不要你出钱啊，你一个月才赚几百块，老板是对你好才不要你去的。" QQ男下了车，拍着瘦小子的肩膀安慰道。

"你找老板有事吗？"瘦小子抬起头问道。

"我没事，我朋友有点麻烦，好像漏刹车油了。" QQ男把猎豹男拉过来，"这可是我的大学同学，铁兄弟，一会儿他们回来要把修车费记在我名下啊。"

"没问题赵哥，不过他们要八点钟才回来，现在才六点半呢，要不你们先去吃点东西，等下过来？车可以放在这里，我帮忙看着。"那小子看了看手机上的时间说。

"也好，那我们先走了，车放这里，你别忘了记在我名下。" QQ男挥挥手，拉着猎豹男和猎豹女上了自己的车，"我知道附近有家不错的农家乐，送你们去吃晚饭吧，然后我就要跟老婆过二人世界去了。"

"耽误你们这么久真是不好意思，要不还是我们请你们吃晚饭吧。"猎豹女再次表示感谢。

QQ夫妻笑着婉拒，并把猎豹男女送到了距离车行不远的一家农家乐门口。

一刻钟后，QQ夫妻驾驶着那辆猎豹车离开了车行，他们的QQ车则由那个浑身汽油味的小子飞快地开走了。他们得赶在猎豹车主回来前赶去熟人开的车行，把猎豹车上的GPS拆掉，发动机上的编号也需要修改，换上新的车牌后才好出手。

此时此刻，猎豹车的车主和他女朋友正在农家乐里等着饭菜上桌，却不知爱车已经落入骗子手中。

好心的夫妻当然是一对骗子，车行留下来的小子是他们新收的徒弟。车行关门也不是因为老板真的吃酒席去了，那根本就是家已经倒闭的车行，近一个月都没开过门了。这种事游客不会知道，所以他们才是最好下手的对象。

B

南平是个旅游城市，是福建辖区面积最大的设区市，武夷山也隶属南平。虽然自然条件得天独厚，但南平市区内除了胜利街、鼓楼街和滨江路、中山路这"两街两路"外，热闹的地方就不多了。这里民风淳朴，市区内酒吧之类的娱乐场所也不多，十二点后，能吃宵夜的地方也很少。

但只要有人的地方就会有捞偏门的，这跟城市大小无关；只要有这群人就会有销赃和聚会碰头的地方，全世界每个城市都一样。

南平某条幽暗的小街上，有一家没招牌的小茶馆，虽然没有豪华装修，虽然只供应瓜子花生和茉莉香片，却每天聚集着这样一群人，有男有女，有老有少。有人为自己刚偷到或骗到的东西寻找下家，有人寻找合适的搭档合作新骗局，还有人把道听途说的消息说得口沫横飞。在这里不用担心警察临检，也不用担心那些秘密的交易会被圈外人听去。

今晚，钱渝带着他的女人和徒弟来这里，打算找个合适的人把那辆刚到手的猎豹出手。但约好的人并没准时出现，接连问了好几个熟人，大家都说最近车不太好脱手。钱渝有些失望，那辆猎豹九成新，最少值十万，可没有下家就不能变现。他不甘心地在茶馆里又转了转，打算再碰碰运气，可没过多久，他就发现几乎所有人都在议论着同一个人：六哥。

"听说六哥来南平了。"

"真的？你说的可是韩老大的徒弟？"

"当然是他。他是来找人的，听说找的是一个女人。"

"相好的？"

"才不是呢，六哥找的是个中年女人，听说是司徒的表姐，被人骗到福建来做传销了。"

"司徒是不是司徒颖？那可是个超级大美女啊！跟六哥很熟吗？"

"切，你怎么连这都不知道，六哥和司徒早就在一起了。"

"骗鬼吧你，你见过司徒颖没有，人家可是正宗的千金大小姐，干咱们这行只是玩玩票而已。"

"江湖上混的人，但凡带个哥字的，都是有身份的人。六哥被人称为'哥'倒不是因为他的年纪大辈分高，那是因为他的本事。"

"我说，只要有耳朵的人就都听过他的大名。"

"你到底知不知道六哥是谁？"

"我靠，老子也出来混很久了好不好。"

……

钱渝心里有些不痛快，他出来混也好几年了，从没听过这号人物。

"听说，他还在读高中的时候，就在一个月里赚到了五万块。"

"这事我也听说了。据说他当时跟家里吵了一架，离家出走的时候又没带多少钱，就去租了一套西装，拿着伪造的电视台介绍信，在人才市场上招到了几名'助理'。这些人在他的带领下，在五所大学里搞电视台实习记者招募，每个人收五十块钱的试镜费，可以对着摄像头念三分钟的稿子。当时花掉的成本也不过是一台租来的摄像机，甚至不用录像带。每个人都以为自己真的有可能成为省台的实习记者，只要说初选结束后会电话联系复选的人，那些学生们就都乖乖地回去等待结果了。"

"真是聪明！"

"才高中就那么能赚钱啊，我家那小杂种都大学毕业几年了还跟我要钱！"

赞叹声啧啧声不绝于耳。

"我听说，六哥拿到那五万块钱后，把几千块的零头付给了招来的'助理'，全都是四五十岁的人了，一个个都感激涕零。他一边数钱一边感慨道，就算是帮那些大学生们体验社会了，晚被骗不如早被骗，五十块钱买到个人生经验，利人利己。"说话的男人是个光头，做了个很夸张的表情，"啧啧，他居然这样说话，那时候他才刚刚拿到身份证，十六岁就能把比他大得多的人骗得团团转。"

"这不奇怪，我十六岁也开始赚钱了。"一个柴禾男手里把玩着半片薄薄的剃须刀片感叹着。那枚锋利的刀片在他的手指间来回翻转，就像被磁石吸住了一样，怎么也掉不下来。

此人外号"小一刀"，年纪虽然小，但功夫相当老道，是全南平最出名的"公车工作者"。"一刀"的意思是不论对方的衣服有多厚，他只要轻轻一刀就能准确地划开，且不伤皮肉取走钱包。在场的心里都明白，各自不动声色地捂住了钱包，对此人提高了警惕。被同行偷了钱的话那可是奇耻大辱，只能怪自己学艺不精。

"按辈分我也要管六哥叫哥的，你说他什么辈分？"说话的是个驼背老人，雪白的胡子有半尺长，虽然身体不便，却双眼精光四射，手中的拐杖戳在柴禾男身上，他手上的刀片马上掉在了地上。

"驼爷，你可是我们南平辈分最高的了，凭什么叫他哥？"柴禾男不甘心地说。

"他师父是我师叔，你说，他是什么辈分？"驼爷淡淡地说，"他师父老韩年纪轻轻就出道，出来混可是比我还要早上两年，又跟的是当年上海滩最出名的大师爸，连我师爸都佩服。"

钱渝也觉得好奇，这位驼爷可是南平辈分最高的老骗子了，一直都是响当当的人物，居然对那位六哥和他师父也如此看重。

"驼爷，什么是大师爸？"旁人好奇地问。

"这都不知道，师爸不就是师父嘛，入室弟子懂不懂，师父对徒弟像儿子一样好，弟子当然尊称师爸了。"

"放你的狗屁吧，哪有对徒弟像儿子一样的师傅，徒弟还不就是免费的劳力，杀猪的，洗头的，就连桑拿房里的师父都一样，哈哈。"

众人嬉笑一番。驼爷却不笑反倒有几分低落，注视着窗外，叹了口气。透过黑黝黝的窗口看不见江水的流淌，却能隐约听到水声。

钱渝全都看在眼里，心想：也许是驼爷没有弟子，一身绝学无人传授，有些遗憾吧。本地这些目光短浅的小骗子们，不过做做丢钱包、调包、装神弄鬼之类过时的小把戏，很多人三五年都弄不到十万块，还得提心吊胆被警察抓或被人抓住了痛打，根本就比不上自己。他才用一下午时间就弄到了一辆价值六位数的车，这可比那个什么六哥高明多了。他一个外地人来福建混饭吃，仗着胆大心细，到如今也算个不小的人物，也曾几次恳求驼爷收他为徒，可驼爷总是婉拒，偏偏那个六哥就这么了得，钱渝越想越不痛快。

"那种骗试镜化妆费的招数，如今拿到大学里去已经不会有人上当了，根本早就被人用滥了，这个六哥也不过是个小骗子罢了。"看出钱渝心里不痛快，他女人忙道。

"小骗子？你是才入行的吧，居然说六哥是小骗子。"光头男人的表情更夸张了，瞪大了眼睛看着周围的一圈人，"你们知道么，他读大学的时候，每个学期的零花钱都上六位数，全都是自己赚来的。"

"快说说，他是怎么赚的？"旁边有好事者赶紧追着问。

"据说他赚钱甚至连面都不用露，只是在网上打包出售肉鸡。"秃头男人神秘兮兮地接着讲故事。

"肉鸡？在网上卖鸡肉？"

"不懂了吧。学着点，现在要想赚钱多还得玩高科技。六哥卖的肉鸡不是吃的那种，是中了木马或者留了后门，可以被远程操控的电脑。中招的电脑里所有虚拟财产和个人隐私资料全都可以拿走，这些东西有什么用就不用我解释了吧。远程控制对方的摄像头、Q币、网络游戏账号和装备、网上银行的账号和密码，还有私人照片和私人信件，甚至商业秘密，全都可以变钱的。在肉鸡电脑上安装自动软件点击广告也能赚钱，如果是黑客的话，还可以通过肉鸡电脑做跳板对其他电脑发起攻击而不留自己的IP。总之，肉鸡就是金矿，可以像白菜一样被卖来卖去的金矿。"光头男侃侃而谈。

"这个鸡能卖多少钱？"一位年纪颇大的长者饶有兴趣地问。

周围的同行们也都露出了贪婪的目光，只要是关于钱的，他们就都感兴趣。这行的竞争大，必须与时俱进。

"现在价钱是便宜了，但六哥是国内最早卖这个的，那时候只要他开价，就有人买。"

越是贵的，被信任程度就越高，看来这位"六哥"很早就明白了这个道理。钱渝当然也明白这个道理，只不过，他是在女人身上明白的。

"六哥是黑客吗？他也懂那些程序？"有人继续追问。

"你也不想想，如果是真的那就不算本事了。他卖出去的全是打包的病毒，用很少的钱从计算机系校友那里买来的。反正那些买肉鸡的也不是什么好鸟，被骗活该。所有交易都在网上进行，只要每次换一个代理服务器和银行账号，根本没风险。"站在光头男旁边的一个胖子插了一句。

"六哥是为咱们这一行开创了很多新局面，学他的人总是很多。"

"那当然，他什么生意都能做，也从没失过手。"

赞美声更多了，这让钱渝有些听不下去了。

"再了不得也就是个小老千罢了，这里在座的谁又没几招看家的本事。"钱渝终于忍不住说话了。

没想到此言一出，他立刻招来所有人的白眼和围攻。

"六哥虽然骗人，但他从来不骗不该骗的人，他是好老千。"

"他每次骗来的钱都拿三分之一做善事。"

"钱老九，是你呀。什么时候过来的？"小一刀认出了钱渝。

"哦，最近弄了台车，来找个下家。"钱渝老家在江西，前几年因为诈骗在当地严打中被当做典型，还坐过九年牢，出狱后人称钱老九。他在当地名声不好，不断被人排挤，混不下去后这才辗转到了福建。

"什么钱老九，连六哥都不认识，根本就是个老表嘛。"人群中有人奚落道。老表的意思可不只是亲切的老乡，指的是土气和没见过世面。

"哪个王八蛋在放屁，有本事出来切磋切磋！"钱渝的拳头重重地砸在桌上，连茶杯都震倒了。他平日自视甚高最爱面子，眼下被人当众奚落，哪里咽得下这口气，更何况在场的还有驼爷，心里已经下了打一场的决心。

众人知道钱渝脾气火爆，他一个外地人在福建混能出头也算有两下子，冤家宜解不宜结，谁也不想得罪他，一下子都闭了嘴，整个茶馆马上冷冷清清。

"兄弟，别生气别生气。"人群中一位蓄着八字胡的男人笑嘻嘻地出来打圆场，"我看那六哥也不过如此，名气大而已，八成是假的。究竟有没有这个人还不知道呢，咱们没必要为这个可能不存在的人伤了和气。"说着拍了拍钱渝的左肩，很轻，完全是示好的意思。

"你说的还像人话……"钱渝并不想把事情闹大，可不知道为什么，这打圆场的在自己左肩上就拍了一下，自己左手的拳头就攥不紧了，胳臂竟也使不上劲来。

"我替我哥向你赔不是了，他喝点酒就爱胡说，您别往心里去。都是出来混的，以后青山不改，绿水长流。"那汉子又在钱渝的右肩上拍了一下。

那人的哥并没站出来，但这已经不重要了，因为钱渝马上就感觉右手也有点不对劲了，一阵阵发麻。眼前这人看起来很普通，可又说不出的古怪。

钱渝只当对方是懂异术的高人，他曾听说过驼爷是什么"江相派"的。所谓的江相就是江湖上被人尊称为"宰相"，由一群以智谋行骗的江湖人士组成的门派，好像很有点来头。对了，宋代那位著名的法医宋慈就是南平建阳人氏，这南平说不定藏龙卧虎，还是别逞一时之气反倒吃了亏，更何况对方都说青山不改了，那是后会有期的意思，留点面子大家都好。

"我只是看不惯大家盲目崇拜，说句心里话而已。算了，我等的人大概也不会来了，小弟先走了，各位后会有期。"钱渝的脸色不太自然，但还是努力挤出个笑脸，跟大家道了别。

走出人群，在江滨花园里又坐下了，让女人帮忙捏捏膀臂促进血液循环，足足半小时后才感觉不那么麻了，可还是使不上劲。钱渝起身要上车时才发现，猎豹车的钥匙和自己的钱包不见了！那钥匙原本放在裤子口袋里，后来他认出茶馆里玩刀片的小子是小一刀，便把钥匙和皮夹都转移到衬衣的上口袋，在自己眼皮子底下，谁要偷也不容易。

思来想去，整晚跟自己有过肢体接触的就是那个拍肩膀的八字胡男人，难道是他摸走的？可当时众目睽睽之下，那人明明只碰到了他的肩膀而已，莫非那家伙真有什么异术？现在可好，车钥匙不见了，皮夹里钱虽不多，但还有一张身份证。

钱渝大惊之余赶紧回茶馆，大部分人已经散了，灯都关了，只剩下窗外的淡淡月光透进来，照出不甚清晰的一小块地方。驼爷不在，一个老头坐在窗边驼爷常坐的酸枝木圈椅上，旁边还摆着另外两桌，分别坐着三个年轻男人和一个妙龄女子。

两张小桌上居然摆满了精致的茶点，每一个玻璃杯里都能隐约看到小巧而精致的茶叶，却是茶馆里前所未见的上等雀舌，空气中飘散着清新的茶香。钱渝很诧异，这间茶馆可从没出现过这些东西。

那几个人都背对着月光，老头器宇轩昂，正在抽雪茄；三个年轻男人，一个胖一个瘦，还有一个中等身材，看起来全都很面生；妙龄女子高高跷起二郎腿，全然不顾那旗袍的开衩高至大腿根部，幽暗中难辨面目，修长雪白的双腿让钱渝眼前一花，顿时忘了该说些什么。

"好女儿，你的身体可是本钱，咱们财不露白。"抽雪茄的老头幽幽道。

"六哥，你可是听到了，帮我把那偷窥的混蛋眼珠子挖出来下奶茶喝。"妙龄女子娇嗔道。

不过看了她一眼居然要挖老子的眼珠子，还下奶茶喝？这女人好狠毒，钱渝心里一紧，马上意识到不该把自己人都留在楼下，现在就他单枪匹马的，单挑群挑都斗不过对方，赶紧走才是。

"请问驼爷在吗？"钱渝的声音有些发虚，他假装没听到刚才两人的对话，一边说一边往后退。

"他不舒服休息去了，有事的话，我们可以转告。"黑暗中，看不清是谁在说话。

"没事，没事，我先走了。"撂下这一句，钱渝已经脚底抹油飞快地消失在门口。刚才那女人说到六哥，难道就是今晚那些人所说的六哥？

绝不在不知深浅的水域下水，这是出来混最基础的生存法则。

出道十余年的钱渝已经隐约感觉到，那辆猎豹车可能有点名堂，里面坐着的这些人更有名堂。人在江湖，难免惹到不该惹的人，赶快离开才是最好的选择。

楼道很黑，钱渝心慌意乱地踏空一脚，整个人四仰八叉地摔在了地上，屁股疼得厉害，像是伤到了尾椎骨，豆大的冷汗马上涌了出来。他不敢做声，强忍住疼，摸索着楼梯走了。

C

"喂，你的五百钱可是越来越厉害了，那家伙还不知道自己中招，他那双手三天之内都使不上劲了。"听着钱渝摔倒的声音，司徒颖扑哧一笑，偏过头冲老头说，"干爹，你的演技真是炉火纯青，今晚这群人居然没有一个发现驼爷是你假扮的。"

她所说的"五百钱"是江相派中的不传之秘，也叫做短手。与打穴、闭穴等点穴功法不同，五百钱多使用大指和中指，靠的是暗劲。高手往往借着握手、扶肩、拍衣等很自然的举动摸拿对方的穴位，防不胜防。如果摸拿的穴位是普通小穴，不过麻痛无力而已，大穴轻则受伤，重则死亡。别说是钱渝这样的小老千，真正的习武之人也很少知道。

"是啊，师父你那忧郁的眼神，还有发自内心的苦闷，简直就是深得斯坦尼表演体系的精髓。"偏瘦的男子正是单子凯。

"你这是拍马屁嘛，怎么一点屁味都没有呢？"胖胖的梁融笑着说。

"我老了，都快忘记南平话怎么说了，如果不是梁融的化妆手艺好，差点露出马脚。"老韩吐出一口烟，摇了摇头。

"托干爹的福，我又赢了，这老表还是回来了。愿赌服输啊，每人两百。"司徒颖站了起来，向三个男人收取打赌的赢来的钱。

"这局是你赢了，但我就不用给钱了吧。"梁融坐在那儿动也不动地说，"陆钟那个局里，我是赌他肯定能把车钥匙拿到。"

"大小姐，我也不用给钱了吧，我也是赌那个陆钟拿得到车钥匙的。"单子凯嘻嘻笑道。

"明明我坐庄赢了的，难道一分钱都收不到？"司徒颖有些气恼。

"不是一分钱都收不到，是你还得给我两百，因为第二局是我做的庄，第一局我没下注。"陆钟手里把玩着一把崭新的车钥匙，钥匙扣上的LOGO正是猎豹，钥匙串上还有一根极细的透明鱼线。显然，他就是用这个小道具成功地把车钥匙弄到手的，不过也得手法超快才不会被人发现。而刚才，他不过是撕掉了假胡子，钱老九居然认不出他了。

"喂，你太霸道了，居然要我给钱。"司徒颖向老头撒起娇来，"干爹，我不管啦，他欺负我。"

"大小姐也要愿赌服输。"陆钟虽然仍是笑嘻嘻的，却丝毫不为对方的娇柔所动。

"干爹，你看嘛，他这是说我赌品不好。"司徒颖继续撒娇，娇滴滴的声音像足十多岁的少女，但她成熟丰腴的身材却显然不止于此。同样的话从别的女人嘴里说出来只有做作和恶心，由她说来却天经地义，再甜腻些也无妨。

"回头让你表弟替陆钟给钱嘛，你把车还他，当然要好好谢你。"单子凯出来打圆场。

"嗯，这还差不多，本小姐从来不打赚不到钱的赌。"司徒颖仍有些不满，心里却知道这钱是拿不到了。

"哈哈哈，师叔，咱们有十年没见了……"从大厅远处走廊的尽头走来一位鸡皮鹤发的驼背老人，老人右手拄着拐杖，左边还有个十多岁的小姑娘搀扶着，才得以缓慢前行。

"老驼子，你真的病了？"老韩放下手里的雪茄，走上前去搀起驼背老人的双手，细细端详起对方。虽然老韩比驼背还年长七八岁，看起来却比驼背老人年轻许多。

"不病你就不来看我了。"驼背老人笑道。最近发生的事已经让他心力交瘁，要不是强撑着精神出来接见几位远客，此刻早该躺在床上吃药了。

小姑娘帮老人整理好圈椅上的垫子，又端来一盏古色古香的烛台点亮了，她细心地为在座的各位斟满茶，跟大家道了声晚安，才关好茶馆的大门悄然离去。盈盈一豆的烛光渐渐旺盛起来，众人的面目也清晰起来。

"老友重聚，秉烛夜谈，这是我近十年来梦寐以求的事，今天终于实现了。"驼背老人颤巍巍地端起茶，对着众人举了举杯。

老韩精神矍铄，虽然头发花白，但举手投足间老派贵族作风十足，加上从头到脚的大牌行头，相当招惹眼球。单看人，是个六七十岁的有钱人，但他的外形太有欺骗性，单看外表，谁也猜不准他到底是干什么的，身家几何，甚至连他的真实年龄也看不出来。

老韩身边的司徒颖也令人惊艳，美女很多，但美到令人过目难忘的却少之又少，脂粉不施更显清雅丽质，且天生带着一丝不羁的傲气。他们以干爹和干女儿相称，倒也搭衬，即便对外人说是亲生父女也会有大把人相信。

老韩的三位弟子，梁融面目和蔼可亲，一看就是个好脾气，说话的腔调有点像蔡康永。单子凯帅得一塌糊涂，活像从时尚杂志上走出来的模特，一米八三的个头，衣架子体型。而坐在二人中间的陆钟，一米七七左右的标准身高，浓眉下却有双弯弯的眼睛。跟单子凯比起来他不算英俊，但所有见过他的人都忘不了他的笑脸，不论怎么笑都能让人倍感亲切。这笑容就像与生俱来，自然而然地挂在这张脸上。

驼背老人看在眼里，似乎对几人的身份已经了然于心。

老韩看着小姑娘离去的方向："怎么不早告诉我你有孙女了，刚才小的们打赌让我假扮你，要是不知道你有这么个孙女，会露馅的。"

"我可没有孙女命，那只是请来做事的乡下妹子，还是你有福气，无妻无子，徒弟却一大把，走到哪儿都热热闹闹。"驼背老人无奈地叹道，"说不定哪天我就翘辫子了，连个捧牌位的人都没有。"

"胡说，你才大我几岁而已，还有好多福要享，想早死老天爷也不会收你。"说了句玩笑话，老韩正式向徒弟们介绍，"这位就是二十年前跟我在福建设局赚钱时合作过的老前辈——驼爷。他的千术可是出神入化，连我也自愧不如。"

"前辈好。"几位弟子一同鞠躬，正打算各自介绍一下自己，驼爷却摆了摆手。

"长江后浪推前浪，你这几位徒弟早已名满天下，让我这老眼昏花的来看看，能不能认出他们谁是谁。"驼爷眯起了眼，一一打量着眼前的几个年轻人。

"这个漂亮得让人嫉妒的女娃娃就是司徒老爷子的孙女吧，你爷爷可是咱们江相派当年在北方最著名的大师爸，就连当年国民党的将军都跟他是莫逆之交。你辈分高啊，我都不知道该称呼什么才好。"驼爷捋了捋白胡子，欣赏地打量着司徒颖。

"现在也不讲那些老规矩了，我也不管什么辈分不辈分的，您是干爹的好朋友，我也叫您干爹吧。今后我要是来福建玩，您可得罩着我呀。"司徒颖落落大方，小嘴也甜。

"我可不敢当你干爹，要乱套的。你干爹是我师叔，我最多当你的大哥，老大哥罢。大小姐肯屈尊来我们这小地方，不嫌弃的话就把我这儿当自己的家吧，想住多久都可以。"驼爷笑得眼睛眯成了两条缝，高兴地看老韩，"你这个女儿收得好啊，像你，能说会道。"

"那当然，我这好女儿比亲女儿还亲呢。我第一次见到她时才十六岁，一个人手无寸铁就收拾了十多个小混混。当时那些小混混冲进她家的加油站打劫，每个混混手里都有刀。她也不慌，指挥工人们抵挡，自己却爬上了油箱打开高压油枪对准下面的人一阵猛喷，然后高举着点燃的打火机震住了在场的所有人。年纪虽轻，却有勇有谋，我打心眼里喜欢。"老韩绘声绘色地说完，又凑近驼爷身边压低声音说，"这丫头什么都好，就是脾气大了点。"

"干爹，我脾气大不是随你嘛。"司徒颖又撒起娇来，"驼爷，以后要是我胡说八道，您老还得多多包涵。"

"是你干爹胡说嘛，这么好的闺女哪里脾气大了。"驼爷笑道，目光转向了单子凯，"这位是你的二弟子单子凯吧，好标致的小伙子，能被你看上，肯定也是个实力派。"

"说得不错，他出手还没有搞不定的女人。我们的审美观倒是最接近的，跟他出去玩也最开心。"老韩和单子凯最契合的就是欣赏女人的标准，去风月场所寻欢总是结伴而行。

"这位就是大徒弟多面手梁融吧。早就听说，他的易容术很了不得。"驼爷赞赏地看着梁融。

"梁融跟我最久，手艺没得说。今晚就是他把我变成了你，一屋子的人都没认出来。"老韩满意地看了梁融一眼，最省心的徒弟非他莫属。

驼爷最后把目光定在了那个笑眯眯的年轻人身上，久久不愿移开，"这位一定是声名在外的六哥了，听说你从没失过手。"

"前辈您太客气了，叫我小六就行，我姓陆，单名一个钟字。外面传的那些都夸张了，是师父赏碗饭吃，今后还请驼爷多多关照。"陆钟站起身来，毕恭毕敬地对驼爷作了个揖。

一个完美的老千团队，不仅需要高素质的演员，更需要高素质的编剧和导演，陆钟入行时间最短，却已是这个团队里的灵魂人物。

"好，好，好，难得你这么谦虚，本门有望啊。"驼爷竟然激动地连说了三个好字，"要是能找到段七，我一定把那本书讨来送你，我们这些老骨头不中用了，今后，靠你们这些年轻人了。"

"原来那本书在段七手里。"老韩眼中闪过一丝惊喜。

"师爸是在临终前把那本书传给他的，你也知道按照本门规矩，其他弟子是不能看也不能谈论的，更不能把这秘密说出去。"驼爷抑制不住激动，挂着拐杖的手也在颤抖。

"当年你死都不告诉我，现在怎么肯说了？"老韩有些责备的意味。

"我知道这二十年来你始终放不下那本书，这次请你来，我是打算用这本书的下落向你讨个人情。我只剩下半条命，就算进了地府面对师爸指责也不怕了，这么做也是为了振兴本门，等我们这些老骨头全死光，世上便再没有江相派存在了，数百年的传承，绝不能断送在我们这一辈手里……"驼爷眼中浊泪翻滚，却生生忍住，他长长地叹了口气，"实话跟你说吧，我这次请你来是有事相求。"

"先不说那书，你遇到了什么难事？"当年的驼爷，虽然身有残疾却是条流血不流泪的硬汉子，究竟是怎样的事能让他落泪呢？

 # 第三章　事关五百万

A

二十年前，老韩还不叫老韩，自打出道，他就是风度翩翩的阔少，上了年纪，也是风度翩翩的阔佬，道上的人都管他叫韩老大，跟他关系够铁的人也会直呼他的本名韩枫。当年的驼爷也不叫驼爷，他师爸门下有七名弟子，他排行老三，人称驼三。

福建算得上富裕地方，不仅有农田土产，也有丰富的矿产和旅游资源，还有人数多达千万的华侨。八十年代末九十年代初，人们的日子越过越好，衣食无忧后，总会有人想到赌，麻将、牌九、扑克，这些解放前就充斥民间的金钱游戏卷土重来。老韩和驼三出道都早，又都师承江相派正宗大师爸名下，均为千术高手，"文革"那些年都给憋坏了。那几年老韩和驼三，还有几个要好的兄弟组团合作，在福建开牌设局赚到了不少钱，一时风光无限，老韩的名声也是从那时开始响亮起来的。

按江湖上的称呼，做赌局的是千门八将。八将又分为上八将和下八将，上八将是：正提反脱，风火除谣。下八将是：撞流天风，种马掩昆。

正将，技术含量最高的工种，通常做设局的主持大佬，利用千术或牌技做假。不但要求技术精湛，战无不胜，靠技术吃饭，而且要有过人的气质，必须能在第一面可以做到以貌服人，能让一起玩牌的人深信其经济实力和江湖地位。

提将，搞公关的，专门拉人入局，在内地某些地方也称为"带笼子"。

反将，通常在旁怂恿或用激将法诱人入局，多为美女，但也不限性别，能者而为之。

脱将，万一出千败露，负责制造混乱便于大家跑路的人，算得上是后援机动部队。

风将，专门望风的人，需要了解所有赌徒的底细，摸清对手一切资料，最好能掌握所有不为人知的秘密，除了监视警察动向，还能预防和阻止对方出千。

火将，唯一的非智力型成员，也是打手兼杀手，万一局面到了难以收拾的地步，负责以武力解决问题。

除将，负责谈判交涉，以及赌局散场的善后，相当于香港警察里的谈判专家。

谣将，专门散布假消息蛊惑人心。一个计划的顺利实施需要具备有利的条件，可东风不一定天天有，经常需要借，总之煽风点火，闹得动静越大越好。

上八将以高明的手段和团队配合设局引人入局，与黑白两道常来常往，在江湖上地位颇高。也有些不学无术之辈，只求骗财不顾及其他，不惜动用暴力、威逼利诱甚至毒品药物之类禁忌手段，江湖中称这些不入流的老千为下八将。

彼时老韩的队伍能人众多，四五个人就能很好地完成上八将各自的任务。

老韩和驼三当年都轮流做过老正，老韩的演技好，总能不动声色地以气势压倒对方，除了做老正，还能兼当除将和提将。驼三的千术则更胜一筹，人送外号"福建千王"，因其千术出神入化，甚至有人怀疑他的驼背里暗藏机关。他是本地人士，也常担当谣将和风将。

老韩和驼三一直合作愉快，两人同样嗜赌又性情相投，但做赌局这种事不能长久，在福建各地混了一两年后这支临时队伍就散了，大家也赚够了钱，各奔东西。

驼三回到老家南平定居，他天性好赌，瘾头比老韩有过之而无不及，他没结婚，也没找女人，把钱都用在彩票上。

其实他当年赚到的钱不少，省着点用的话，足够一个三口之家过上一辈子小康生活。但再多的钱也顶不住他每期彩票必买，不论福彩、体彩、足彩、七星彩、大乐透，驼三每期都花上三位数，除去吃饭睡觉，所有的时间都花在研究彩票走势上。没过几年，他的积蓄就全都为国家的福利事业和体育事业做贡献了。再加上年纪大了，手脚越来越不利索，曾经娴熟的千术也渐渐力不从心，在牌桌上再也不能像从前那样收放自如，渐渐地从有输有赢变成了多输少赢。赌徒最怕手气不好，心一急手气就更不好。如果不是他还有这家小茶馆，以及多年来积攒下的良好人脉，怕是连吃饭也要成问题。

好在天无绝人之路，两个月前他居然奇迹般地中了个头等大奖——五百万奖金，除去百分之二十的"偶然所得税"还能拿到四百万，他兴奋得三天三夜没睡着，打算用这笔钱买套好房子，安心养老。

然而事情就出在这个头奖上，他给福彩中心打电话确认的当天，接到了一个神秘人打来的电话，那人称愿意承担所有税金，以五百万的现金购买那张彩票。

　　平白无故多得一百万，换谁都高兴，但老江湖驼三当然知道天下没有白吃的午餐，便追问对方这张彩票的用途，如果不说，他就不卖。

　　对方最后摊牌，原来这张彩票是准备用来行贿的，用来送给省里的某位高官。天底下还有什么是比一张可以兑现五百万的彩票来得更合情合理又合法的正当意外收入呢？那已经不是一张彩票了，而是一张不记名无密码还零风险的现金支票。

　　驼三很满意这个答案，既然与他无关，而且是用在这种见不得人的勾当，他们之间的交易就算正常，不会有危险。就这样，他把彩票卖了五百万。但好事才刚刚开始，坏事就紧跟着来了。

　　几天后，家里进贼了，那恶贼简直把他家都给抄了，不仅把钱一洗而空，还留下一张字条，声称驼三的五百万是非法所得，如果不赶快还给失主就要去报警。虽然没有损失多少现金，但以他一个从没工作过的老驼子，没有正当职业，根本无法解释这笔巨额存款的来源，如果被调查，这就叫巨额财产来历不明罪，足以送他去坐牢。

　　多年的道行毁于一旦，驼三这才意识到跟自己打交道的人绝非善类，对方肯定早就计划好了这一切，既得彩票去送礼，又不用真的给钱，黑吃黑一箭双雕。但现在知道这一切为时已晚，那人背景复杂，不仅在福彩中心有人，还跟黑社会有瓜葛，不论他逃到哪里，都会有人追杀。他一把年纪行动不便，没有子嗣，又能往哪里逃？

　　为保老命，驼三不得不求助于多年前合作过的老韩，老韩的义气是最出名的，老友有难他不会袖手旁观。

B

　　"他们说，要是这个月内再不给钱就要把我的驼背掀开。"说完这番经历，驼爷已经累得气喘吁吁，"广东人呢有句话：不赌不知时运高，不玩不知身体好。我身体不好，也只有这么点爱好，唉，让你们见笑了。"

　　"没想到有生之年我认识的人里还真有能中头奖的，这可是咱们赌鬼了不得的运气，连老天都帮你，我又怎能不帮你。"老韩为驼爷递上一杯茶。

　　"都怪我，当年那笔钱如果不花掉也不比五百万少，到头来，又活回去了。"驼爷缓

了缓，精神好了些，"你已经想到了点子？"

"没有，我跟你一样，也老了。"老韩摇摇头。

"那你又说帮我。"驼爷有些失望。

"我想不出点子，不代表我的徒弟想不出点子，陆钟，你说是不是？"老韩话锋一转就把问题抛了出去。

陆钟不说是也不说否，只道："驼爷，那些人威胁说要以巨额财产来历不明罪告您？据我所知，巨额财产来历不明罪只能用在国家干部身上，这条罪状在您身上派不上用场。"

"那只是欲加之罪，如果我不给钱他们就要我的命，动手的可能是白道也可能是黑道，他们上头有人，吃定我老驼子了。"驼爷有些激动，一口喝干了剩下的茶水。

"驼爷，我想问你个问题。"陆钟正色道。

"尽管问。"

"您那笔钱还剩下多少？"陆钟倒是毫不顾忌，直奔主题。

"我在市郊买了栋联排别墅，还预付了一些装修款，现在只剩下两百万，全存了银行，但存单却被他们偷走了。好在我有密码，他们拿不到钱却不许我挂失，说是一挂失就要我的命。他们还逼我把房子卖掉，这阵子逼得很紧。好在傍身的二三十万被我藏在马桶水箱里，没被他们发现，现在手头只剩下这点了，你们需要的话可以全部拿去，我知道，办事需要资金。"驼爷无奈地看着老韩，这是他唯一的希望。

"钱您留着傍身吧，我只是想知道损失究竟有多少。经费我们可以自己解决的，不用您操心。"陆钟沉着地说。

"这就算是……答应帮我了？"驼爷激动不已。

"是那些人不地道，我们帮您是天经地义。"陆钟坦然道。

"这么大的事，你在电话里怎么都不说，要是我晚来几天没准会发生什么事。"老韩有些责怪的口气。

"咱们不说这些了，回头我帮你去打听段七的下落，那本书，我一定会给你个交代。"驼爷话说到这份上，意思也挑明了，他会提供那本书的下落作为报答。

陆钟不免有些好奇，究竟是本怎样的书，会让师父如此梦寐以求。这一夜，驼爷和老韩直聊到东方泛白。那些陈年往事司徒颖不感兴趣，挑明了自己的任性，相信干爹和驼爷也不会怪她，早就蜷着身体在沙发上睡着了。单子凯和梁融强打起精神陪老韩坐着，为了不让自己睡着，喝掉了驼爷珍藏的所有上品茶叶，不过两位老人的话却没听进去多少。唯独陆钟始终正襟危坐，认真听着老韩和驼爷口中讲述的那些传奇往事，以及江相派的各位前辈。

陆钟对江相派的故事始终很感兴趣。

所谓江相派，江是江湖的江，相是宰相的相，江湖上的宰相就是这个帮派名称的隐喻。此派自清朝伊始，至今已有数百年历史。门中有人拜刘伯温为嫡祖，也有人拜洪门五祖之一的方照舆。洪门势力在解放前盛极一时，曾有传说孙中山领导的同盟会许多经费都是洪门人士提供的，洪门中相当一部分也都是江相派成员。所以，后来在孙中山和蒋介石成立的政府中，曾有过不少江相派人士担任要职。

所谓的江湖十二相：京、皮、朵、目、柴、马、离、降、风、火、随、谣，除"皮相"有些确能以真实技术替人治病，"离相"以杂技谋生外，其余都是骗人勾当。虽说是骗子，江相派却有几本秘传数百年的秘籍，且流传有序，每一位得到秘籍的门人日后都是成就一方的大师爸，名动江湖。但归根结底，曾经的江相派只是些不入流的社会底层人士，说白了也就是乌合之众，并不体面。所以年轻一辈的新人们全都对这个名声不佳的门派不感冒。

司徒颖是货真价实的大小姐，当老千并不是为了钱，玩的是心跳。

单子凯觉得赚钱最要紧，反正也不用评什么职称，什么秘籍他才不关心。

梁融对秘籍的态度倒是比较含蓄，只是委婉地表示过古人的东西不一定适合如今这时代，老把戏大概不太实用了。

起初老韩对每个徒弟都抱有希望，希望他们中能有人继承衣钵，助他重振江相派。可弟子们对此全都不感兴趣，直到他遇上陆钟。陆钟年纪不大却老成持重，这一点他格外欣赏，其过人的天资让老韩把他视为最理想的人选。不过陆钟入门时间短，此事又责任重大，老韩须有百分之百的把握保证自己所托非人，于是一直都在观察考验他。最近半年来，他越来越强烈地感觉到陆钟逐渐超越了自己，便放手让他统筹全局。陆钟没让他失望，成功策划了一个又一个漂亮的骗局。

动身来南平之前，老韩不是没想过向驼三打听那本秘籍的下落。两人本系同门，老韩师从上海滩上最著名的大师爸傅吉臣，他是师爸收下的关门弟子，天资聪颖，自打会走路起就在街上混，十岁入门拜师，辈分极高，几十年来走遍了五湖四海，学得各地方言，积累了丰富的人脉。

当年名动省港的大相士玄机子张雪庵是江相派鼎盛时期的掌门，人称通天教主，张雪庵死后，何立庭接任掌门，大弟子李星南则是驼三的师爷，傅吉臣就是何立庭的二弟子。同为名门嫡系，何立庭临终时传给两名弟子各自一本秘籍。傅吉臣的那本秘籍最后传给了老韩，这事一直是个秘密，就连老韩的师兄们也无人知晓。而李星南的那本却众说纷纭，老韩寻访多年才听说，秘籍可能在驼三手里。当年会跟驼三的合作，不能说跟那本秘籍没有关系，可驼三守得紧，从不肯露半点口风。足足等了二十多年，老韩才最终确认了秘籍的下落。

"小子，这事你怎么打算的？"回酒店的路上，老韩试探着问道。

"您放心，我一定会给驼爷一个满意的交代。"陆钟成竹在胸。

"好，有你这句话，我就放心了。"

"驼爷的钱，还有您想要的那本书，都会搞定。"陆钟自信的笑容像秋收时节的阳光让人放心。

老韩没再说话，这小子简直能看透他的心，他要什么想什么，全都不用点透。不知道从什么时候起，他已经开始习惯由陆钟来打理所有的大事，是自己老了吗？

虽然已经六十多了，老韩还从没服过老。少年时倒是轰轰烈烈过，到了该成就一番事业的时候偏偏赶上了特殊时期，一耽搁就是几十年，重出江湖时头发已经白了，虽说这些年过得倒也潇洒，但他还远远没有玩够。这个世界有太多精彩，他觉得自己还可以像徒弟们一样好好享受生活，可惜视力越来越模糊，手脚也不如前两年利索了，这才熬了个通宵，居然开始头疼。一切都力不从心了，老韩轻轻揉着隐隐作痛的太阳穴。

此刻，早晨七点，太阳刚刚升起，小小的城市也开始苏醒，新的一天，一切都会从新开始。

C

福州市区到处挤满了趁着黄金周最后一天逛街购物的人们，城内大大小小的酒店也生意兴隆。傍晚六点，正是吃饭的时间，香格里拉的停车场里车满为患，新来的车只能停到酒店门前的大街上。一辆很不起眼的国产标致也沿街停着，车窗上贴着深色的镀膜，没人注意到车内有两个男人正在摆弄一个类似卫星电视接收器的小型仪器。

观鸟仪，又名远距离声音捕捉放大器，半只篮球大小，只要把这个高科技玩意对准方向，调整频率，使用专业耳机就能听到距离一百米到两百米范围内的声音，其功能相当于迷你雷达。

这东西是梁融找来的，也由他操作，只要把数据线连接在电脑上，就可以储存需要的音频。梁融人称多面手当然有他的一套，他是美工出身，干过的工种多到不可思议：插画师、电视台舞美师、专业发型师、剧组化妆师、游戏设计师、广告设计师、网站工程师……他的理想是赚够钱后去巴黎开家顶级服装店，打造一个可以被全世界都认可的高级服装品牌，平时最大的消遣就是挂在网上，还担当着国内一个相当有影响的时尚论坛版主。他不太抛头露面，偶尔客串小角色但演技很不错，那一脸的忠厚欺骗程度相当高，最多接触的还是幕后各类技术性工作。

工欲善其事，必先利其器。除了观鸟仪外，梁融还为陆钟准备了一台很专业的单反相机，即便从车里，也能拍摄到酒店里的动静。

今天他们的对象是个三十多岁的男人，此人的大名早就从驼爷的嘴里听过了：邹天明。

邹天明是声名在外的大牌律师，当初用五百万从驼爷手里买下那张彩票的人就是他，如今以死相逼要驼爷退钱的人也是他。此时此刻，大律师正在酒店大堂的咖啡座里和一位油头粉面的非主流男士在密谈着什么。

之所以说非主流，是因为此人的打扮根本不像是会跟律师打交道的人，脖子上挂着狗链一般粗的金链子，手指上的翡翠戒指也大得不像话，短袖的花衬衣下更是露出胳臂上颜色夸张的刺青，凶相毕露，光是看一眼都能把小孩吓哭。这种人在港片里出现的最多，不是卧底警察就是混黑社会的。邹天明之流当然不会跟卧底警察打交道，此人很可能就是跟

他勾结的黑道人士。

邹天明认为自己的做法很安全，他已经压低了声音，并注意到身边没有其他熟人。但他怎么也想不到，自己的对话竟然会被远在几十米外的两个陌生人听得清清楚楚，并且录了音。

"要不我明天再去催催那个老不死，听说他以前也是道上混的，我怕……"

"怕什么，这点小钱还不值得我浪费时间。不是让你跟那老不死的说了嘛，一个月的期限。这个月我得盯紧老爷子，招标必须拿到。"

"是那条路的招标吗？不是说年底才动工嘛，怎么这么快？"

"我哪知道，兴许老爷子想捞最后一票就上岸了。"

"所以咱们也要好好赚这最后一票。"

"放屁！他拍拍屁股出国了，我可还没赚够。"

……

听到这里，陆钟和梁融对望了一眼，这番对话已透露了不少秘密：邹天明眼下有桩大生意要做，暂时顾不上驼爷，这一个月的期限内，看来是比较安全的。

"你说多大的生意，才能让几百万也变成小钱？"陆钟已经嗅到了钱的气味，而且是浓郁的气味。

"不知道老不死和老爷子，有什么区别。"梁融冷笑道。

不用说，老不死肯定是指的驼爷，老爷子可是带着尊敬的意味，多半就是当初让邹天明费尽心机花五百万买下彩票上贡的那位大人。

这些对话被梁融全都录在了电脑里，陆钟也拍下不少照片。半小时后，邹天明跟那个黑社会在酒店前分了手，他们才发动汽车，远远地跟在邹天明的黑色凌志后面。

与此同时，老韩坐在香格里拉顶层的豪华套房里，考虑着晚上该先去哪家酒店，司徒颖和单子凯则在梳洗打扮，商量着晚上去哪家酒吧。

D

三天后，摸底调查结束，由陆钟主持的资料分析会开始了。梁融打开投影仪，播放准备好的幻灯片，大屏幕上出现了一个肤色偏黑，平头，身高一米七左右，戴一副金丝边眼镜的男子。

"邹天明，福州人，三十六岁，曾帮一位黑帮老大和两位政府官员打过翻身官司，黑道白道叱咤风云的人物，为人阴险且极势利，只帮有钱有权的人打官司。他的发迹是因为女人，起初当了五六年的小律师都籍籍无名，后来傍上了事务所的老板，一个四十多岁的老女人，才接到几个大官司，从此一炮打响。他在专业方面还是比较有能力的，打过二十场大官司，其中十七场胜诉，三场庭外和解。成名后进入本地上流社会，除了打官司，还以境外投资的名义帮人洗钱，以及协助在职高官办理移民，从崭露头角到被上流社会认可只用了一年时间。去年年初，事务所老板移民去了新加坡，他接管了事务所，并成为律师协会副主席。目前正在追求交通厅某位很有实权领导的女儿，一位刚刚离婚独居的三十岁熟女。"说完这些，陆钟坐回沙发等待大家的意见。

大屏幕上的照片上，显示出邹天明对待下属和权贵们截然不同的两副面孔，刻薄起来就像黄世仁般颐指气使，谄媚起来又像条摇着尾巴的哈巴狗。

"此人演技不错，干爹，你可以考虑再收个徒弟。"司徒颖笑道。

屏幕最后定格的照片是一个女人，中等姿色，微胖的身形，如果是贤妻良母倒也不是不能接受，问题是她脸上的表情简直就是盛气凌人的代名词。这女人显然雷到了大家，单子凯肃然起敬感慨道："这样的女人也要，邹大律师简直就是软饭王。"

"这张还算好的了，你要不要再看一张软饭王前老板娘的照片，那才叫恐怖。"梁融笑道。

"师父，这世上除了你，我就佩服他了。"单子凯大呼小叫。

"小混蛋，你这是赞我还是损我呢？怎么听着那么别扭。"老韩皱眉道。

"别看不起人家吃软饭的。一个有前途的软饭王，在政界混也能混出名堂。"陆钟还是那张笑脸，语气却严肃了不少。

"照你这么说那些吃软饭的都可以去当官了。"司徒颖跟陆钟杠上了，陆钟总是不买她的账，让她很恼火，只要遇到能抬杠的机会就绝不放过。

"首先他们都擅长揣摩别人的心思，迎合别人口味拍马屁，其次他们都擅长撒谎，能把黑的说成白的，能把不爱说成爱。最重要的是，他们还同样不要脸。师父，你看我说的对吗？"单子凯抢着说。

"凯子哥，你帮我还是帮他？"司徒颖板起脸来。

"大小姐，求你别这么叫我了，要倒霉的。"单子凯拿司徒颖没辙。

"干爹，你帮我还是帮他？"司徒颖又向老韩撒起娇来。

"对对对，你们说的都对。"老韩每次都打圆场。

"有黑就有白，有忠就有奸。其实当官的也有好人，只是咱们每次都只盯着那些贪官污吏，忽略了好人的存在。"陆钟补充道。

"咱们的工作不就是只盯着坏人嘛，有坏人我们才能替天行道赚大钱。如果这个姓邹的是好人，这个局可就做不成了。"梁融补充道，"驼爷的彩票被软饭王送给了交通厅的一位主要领导，也就是这女人的老爸，所以他们现在走得很近。软饭王除了当律师外，还在外面以合股的名义跟人开了家建筑公司，专门包揽政府工程。不过他并不是那位厅长最为看重的人，老头子知道他之前和老板的暧昧，对他并不欣赏，如果不是因为他泡牢了女儿，恐怕也不会成为入幕之宾。"

"我爸说过，交通厅其实油水很足，所有政府工程中技术含量最低却最能赚钱的就是修路。建桥建不好会垮塌，建楼建不好也容易被人抓到把柄，只有修路不怕出问题，而且来钱最快，一米的报价好几万，一条路修下来没有几亿几十亿是搞不定的。"司徒家族在北京一直经营着规模很大的家族事业，常和政府打交道，司徒颖从小耳濡目染，也懂得一些。

"最近要招标的这条路是政府重点工程，据说投资十多亿，招标会在月底举行。"梁融最后补充道，"为了这个工程，交通厅所有领导都忙坏了，每天要应酬方方面面想包工程的生意人。"

"想必那些贪官和开发商们都已经嗅到了钱的味道，这就是我们下手的好时机。律师很麻烦，这次还会涉及那位领导和他的女儿，所以计划得更加完备，大家行事也得更小心才行。"老韩提醒道。

"福州城我们基本上混熟了，还有点小收获，应该够几天的开销。"单子凯一边说着，从身边的纸袋中拿出五六个新手机和厚厚的一沓钱包，钱包里有各种各样的卡和不少现金。这几天他和司徒颖分头泡吧，斩获颇丰。

陆钟有一个理论：不论大局还是小局，不论骗人一千万还是偷人一百块，从法律的角度来说同样是犯罪，也同样需要承担风险，为了保证成功率就应该把风险度减到最低，尽量避免不必要的麻烦。如果不是在深圳的那个大套子即将收网之际，一哥（被骗的对象）出国了，大家也不会空手而回。

"很好，待会儿买几张新手机卡，就可以开工了。"陆钟满意地点了点头，继续问梁融："你那边呢，跟艾米联系好了吗？"

梁融点点头："联系好了，他会在我们离开之前修改酒店消费记录，这次直接把账记在邹天明身上好了。"

艾米是个性格古怪的超级黑客，只跟极少数信得过的老千合作。虽然梁融也会做简单的网页，但真正涉及技术方面的东西还得靠他帮忙，只要是跟数字和网络有关的东西，还没有他做不到的。每次都是在网上联系，他的佣金也都在网上支付，大家连艾米是男是女都不知道。住这种每天五位数的豪华套房，可以请艾米黑进酒店内部系统，修改消费记录，或者把付账的账号改成陆钟他们提供的号码。

"还有什么要补充的吗？"陆钟环视一圈，见无人应声，便请示老韩，"师父，您还有什么要提点的吗？"

"我想这次可以吃个炸酱。"老韩放下手里的雪茄，给大家小上一课。

所谓的"吃炸酱"也被称作吃包子，其实就是串骗。民国时期，济南黑帮"安清道"最擅长这种手段。济南花生税局公开投标招商，这单生意油水充足，山东议员有不少卷入其中。这年的招标事先已被议员国晋卿暗地包下来了，但原先的承包者不愿交出，花重金请安清道首脑聂鸿昌助一臂之力。国晋卿也花钱请另一位安清道首脑郦秋江鼎力相助。郦、聂本是同一道上的人，两人私交甚厚，便密谋计策实施串骗。郦秋江率领三十多名道徒，护拥着国晋卿来到花生税局。聂鸿昌早已率人占领税局，见郦某到来，便假装怯场，率手下喽啰离去。于是，招商之事稳稳当当落入国晋卿手中。事成之后，郦某不仅得到巨额酬金，而且一批道徒还被安排了工作，聂某也私下从郦某那里分得部分酬金。

山东济宁安清道的刘裕泰，也是此道高手。此人童仆出身，善于结交官场中人，常在衙门中走动，关系极广，手下众多门徒，敲诈骗财无恶不作。有一次，刘某在澡堂发现越河涯皮行的扈老板也在冲澡，便把一包毒品偷偷塞进扈老板的衣袋，然后吩咐手下去宪兵队报告。宪兵将扈某押走，之后，刘某又出面假扮说情人。结果宪兵罚钱两千元，将扈老板释放。扈某对刘某感激不尽，还对他重金酬报。

总而言之，串骗就是几个人假戏真做合谋骗钱，只要把剧情编得完满，不穿帮，就可以把"一哥"玩弄于股掌，让他们自动自觉奉上钱来。

老韩的典故虽然讲得活灵活现，可感兴趣的只有陆钟一人，到了最后，也只剩下陆钟的声音："我已经找到了那位领导常去的俱乐部，今晚就可以跟他打个照面。"

第四章　闪亮登场

A

　　整个福州城里，消费最高的并不是总统套房，而是一家五星级酒店里的雪茄吧。每小时四千的包房费和六位数的会员年费，是隔绝暴发户与乡巴佬的最佳方式。据说本省那些听得见却看不着的大神们常活跃于此，吞云吐雾中成就一桩桩生意赚进一笔笔钱财。这里的顾客只有两种人，有钱的，有权的，就连此吧的服务员每月小费也超过五位数。

　　值得一提的是，当晚所有见多识广的客人都被一个人给镇住了。

　　如果他们被一个女人镇住并不奇怪，女人只要够漂亮，就能艳惊四座。

　　但今晚震住全场的居然是个老头。

　　那是个蓄长发扎辫子的老头，礼帽西装领结皮带皮鞋，可以打扮的地方都是白色。白色是昂贵的颜色，不仅难打理，还需要极高的气质才穿得出去。老头还很拉风地戴了副墨镜，所过之处，男女老少皆行注目礼，受瞩目度堪比天王巨星。

　　比这身全白打扮更拉风的是老头带来了一整盒的蒙特克里斯托。

　　蒙特克里斯托是哈瓦那雪茄中最受欢迎的品牌，历史最悠久的品牌，气味独特而浓烈，备受资深雪茄迷推崇。今天老头带来的这盒蒙特克里斯托竟然是每支都价值数百美元的限量版，整整一盒也算是天价了，而老头仅仅是因为结交了新朋友高兴而让给包厢里才认识两天的朋友们人手一支，豪爽得就好像那根本不是天价雪茄。此间的贵人们谁也没见过传说中的限量版珍品，纷纷兴奋地点燃这难得的极品开始享用。

　　老头当然就是老韩，这晚的他自称老黄，把"以貌服人"这四个字发挥到了极致。跟在他身边和颜悦色的小子就是他的儿子小黄。小黄由陆钟扮演，不像老韩穿得那么拉风，只是一套很不打眼的灰色装扮，甘当绿叶，好让众人把所有的注意力都集中在老韩的身上。

　　其实在国内想通过正规渠道进口雪茄是非常麻烦的事，一来要得到特殊的批准，二来费用很高，对数量的限制也相当严格，所以国内市面上流通的大多是假货和水货。老韩曾说过一个笑话，自称铁杆雪茄迷的某男抽了几年的某大牌雪茄，某日得外国友人相赠的真货，才抽一口居然说那是假的，正应了那句"假作真时真亦假"。谁也没想到手里的极品只是几十块一盒的国产长城雪茄换了层茄衣和商标而已。眼见在座的贵人一个个对"极品雪茄"交口称赞，陆钟脸上的笑意也更浓了。

附庸风雅是很多到了一定年纪，又有了一定资本的男人最热衷的事，赵厅长就是这样的人。担任厅长这些年，他早被身边那群狗腿子们捧得忘了八辈祖宗。对待牛逼之人的最好办法就是比他更牛逼，此道老韩最拿手，没人比他闯荡江湖的时间更长，见识更广。他只用余光瞟上一眼门前傻眼的赵厅长就知道，今晚已成功了一半。

赵厅长本是来包厢找人的，却被老韩的倾城风范所折服，愣在门口忘了该说些什么。那个好莱坞老牌男明星般的老头光彩夺目，其他客人围绕着他，如同众星拱月，他什么都不必说，只随意地轻吐出袅袅云辉，就足以证明不凡的地位和品位。

"马克·吐温说，如果不能在天堂抽雪茄，那我情愿不去那儿。拜伦说，给我一支雪茄，除此之外，我别无他求。我比他们的追求要更多一点，除了雪茄最爱的就是朋友。来，为了朋友，也为了雪茄，咱们干一杯。"豪爽的老头举起杯中琥珀色的醇酿，一呼百应，很难想象这些所谓的朋友不过才认识一两天。

赵厅长生平第一次在几分钟内对一个老头产生了极大的兴趣。正好有人发现他的存在，赶紧起身打招呼："赵厅长，什么风把您吹来了。快来跟我们一起坐，给您介绍位新朋友。"

在熟人的引见下，赵厅长得知"老黄"和"小黄"是刚从国外回来的24K纯金海归，福建华侨本来就多，这位熟人亦是城内响当当的地产大亨，他推荐的朋友肯定错不了，加上老黄的开朗善谈，很快就被赵厅长视为知己。

赵厅长接过老黄递过来的极品雪茄细细品味着，心中却有着另外的寻思。几十年悉心经营出来的上下关系都还不错，升任厅长这几年钱是捞得更多了，可苦于自己的身份始终不敢露财，谁都不敢保证没有把柄被人捉住。每次听说谁谁谁被纪委找去谈话他就提心吊胆，连觉也睡不好。捞到的钱越多就越担心，但要把这些钱退掉，那可比让他去死还难受。思来想去，还是出国最安全，国内携巨款出走海外的高官屡见不鲜，说明这条路是很可行的。半年来，他一直在暗中咨询出国的事，也格外待见"老黄"这种有钱的海外华人。

"黄先生真是见闻广博，贵公子也沉稳大气，很久没像今晚这么尽兴了，有机会还要跟你喝上一回。"临分手时赵厅长已经喝得脸红红的，他今晚兴致很高，除了聊烟聊酒聊女人外，还谈了不少海外华人生活方面的事。

厅长大人还没出门，就有好几个狗腿子抢着为他买单了。

"大家给我点面子，今晚的单我买，我们父子初到贵宝地，以后需要大家关照的地方还有很多，请大家给我这个机会。"老韩掏出皮夹抽出一张VISA金卡，顺便秀了秀腕间炫目的钻石袖扣。世上有许多方法可以让人对自己生出好感，金钱总是见效最快的那种。

此金卡是陆钟刚从同包房一位喝得酩酊大醉的生意人身上顺手拿的，又利落地塞进老韩的钱包。这晚消费数万，当然可以慷人之慨，反正在这里消费的全是会员，那位生意人也不会仔细查账，刷完卡后陆钟会把卡还回去。

陆钟贴心地挽着赵厅长出门，顺手将一张纯金打造的名片放进了厅长的上衣口袋，老韩凑在他耳边低声道："这趟回来我们是想做点生意，还望赵厅长方便的时候指点一二，改日一定登门拜访。"

赵厅长心中明白了七八分，"老黄"这番人情也不是白做的，端着架子点了点头，这才安心离去。除了"老黄"的豪爽和大方，那张纯金名片也足以留下深刻的印象。话说回来，整晚的应酬唯一的现金投入就是那张名片，七八克而已，加上工钱才两千。用两千块换来一位活财神的青睐，是非常划算的投资。

B

"您觉得这位厅长怎么样？"回酒店的路上，陆钟边开车边问老韩。

"标准的贪官。你看到他手上的表没，江诗丹顿限量版，不是有钱就可以买到的。"老韩的眼光不亚于专业奢侈品分析人士。

"他好像对出国很有兴趣。"陆钟若有所思。

"没错。正好给我们制造了机会，他想要什么，咱们就给他什么。"老韩意味深长地说。

"软饭王能给他的只有钱，咱们不止给钱，还要给他一个未来。"陆钟马上明白师父在想什么。

"你比我想象的更聪明。我已经老了，没有多少能教给你了，只希望这次事情成功后能顺利拿到那本书。相信我，那绝对是一本让你惊喜的书。"应酬很消耗精力，老韩已经有些累了。

"师父别这么说，您才不老，世界上还有很多坏人等着被我们骗呢。"陆钟何尝没看见老韩眼中的深深倦意，但他不愿师父这样消极。

"自己的身体自己知道，一年不如一年了。现在我只想找齐那两本书，再找个可以托付的人也就可以退休了，希望我能活着看到你重振江相派的雄风。"老韩终于说出了藏在心中多年的心事。

"您不是说这辈子都不退休嘛，顶级的老千连阎王爷都可以骗过。"陆钟微笑着看向师父，他早已把老韩视为父亲。

"要是真能骗过阎王爷，我岂不是孙猴子了，你见过这么老又这么帅的猴子吗？"老韩开起了自己的玩笑。说完话，他掏出一支雪茄，刚才应酬的雪茄是为别人抽的，现在这支才是为自己。

"昨晚我听见您咳嗽了。"陆钟婉转地想让老韩少抽烟。

"我这年纪还能享受的乐趣已经不多了。"老韩点燃雪茄深深地吸了一口，让那浓郁的植物精华充分刺激每颗味蕾，良久才徐徐吐出，惬意地说，"给你讲个老故事吧。"

陆钟最喜欢听老韩讲老故事，所谓的老故事，那可是集合了无数前人的经验，用现在的话说那就是经典案例。

　

古时候，金陵城里有个老翁，有一天拿了二两散碎银子去银号兑换铜钱，因为银子的成色与掌柜争论不休。这时，一个过路的男子走进银号，对老翁说："您儿子在常州做生意，与我熟识，他托我带给您家书和银子。正要去您府上拜见，没想到在这遇到了。"男子递过银子和书信后就告辞了。

老翁自称不识字，请掌柜读信，信中末尾写道：此番烦友人携纹银十两，给父亲做生活费。老头听完很高兴，说："不用争论成色了，那二两银子也不换了，我儿子寄来的纹银信上写明十两，就用它换铜钱，如何？"

掌柜用自己的秤称过，那锭银子足足十一两还有余，他以为是老翁的儿子粗心，现在正好将错就错，赚这多余的银子。

于是，掌柜就按十两银子付给老翁九千文铜钱，眼看老翁高兴地背着铜钱走了，掌柜窃喜，以为自己占到了便宜。老翁走远了，才有个老顾客对掌柜说："您恐怕受骗了，那老翁应是做假银的骗子。"掌柜大惊，忙剪开那块银子，内里果然是铅胎。好在老翁没能走远，掌柜带领家丁将其扭送至官府，当着府尹大人的面怒斥老翁是老骗子，拿十两铅胎的假银子换了他九千真铜钱。

府尹询问原故。老翁赶紧拿出书信解释："我拿儿子寄来的十两银子兑换铜钱，并非铅胎。这店主说我用假银，我原来那块银可拿来给大家检验吗？"掌柜就把剪破的银子给大家看。老翁笑说他的银子十两，这假银不止十两。府尹下令一称，果然那假银有十一两多。掌柜无法解释，只能自己认栽，反向老翁赔礼。

听完故事，陆钟思考了片刻才说："真是经典，至少可以演变成十个不同的骗局，也许这次这个局也可以派上用场。"

"你听进去了就好，我最近记性好像变差了，得在得老年痴呆症之前把这些东西都教给你。"老韩看着窗外的夜色，欣慰道。几个徒弟虽然得意，但每一个都各有理想，迟早会离开他，只有陆钟不一样。早在见到他的第一天，老韩就认定这小子天生就要当老千，这点，像极了当年的自己。

虽然已近午夜，街头还有不少年轻人逗留，有人大声唱歌，有人聚在一起斗着街舞，勾肩搭背的小情侣更是数不胜数，那些年轻的身影就像永远不会感觉疲惫。陆钟怕师父见到年轻人触景伤怀，赶紧加大油门，让车加速离开。

C

"干爹，您比谢霆锋他爸还帅！走走走，咱们出去逛一圈，搀着您的手回头率肯定百分之两百。"司徒颖拉着老韩的手左看右看，小小的一个马屁就把老韩给逗笑了。

"鬼丫头，就知道说好听的哄我。"老韩是真的累了，摘下头上的假发，跟大家说笑几句就回房休息了。

"今晚怎么样？"梁融问。

"很好，一切照计划进行。你们呢，你们都进展得怎样了？"陆钟作为统筹全局的老正，必须把握每个人的进度。

"我打听过了，邹天明跟人合股的那家建筑公司规模不小，但目前不招人，我只能以临时工的身份混进去，做些电路维修和勤杂工的活儿，有机会进入办公室内部。"梁融道。

"很好，已经报名了吗？"陆钟道。

"报名了，一起报名的还有另外两人，不过没关系，我打算黑进他们内部网，把那两人的电话号码改掉，公司联系不上他们，肯定会来找我。"梁融一边说一边打开了笔记本。

"好，你办事，我放心。"陆钟满意地点了点头，接着又问司徒颖和单子凯的进展。

"真要我去泡那个又丑又凶的女人？能不能申请换人，我算过了，那女人跟我八字不合。"单子凯哭丧着脸。

"拜托，你能不能找个像样点的借口？能忍就忍，不能忍你就先奸后杀吧。反正这周之内你必须搞定她，离间她和软饭王的关系。"陆钟皱起了眉头，最后来了句，"不过是个女人，蒙住头关上灯不都一样嘛。"

"什么叫蒙住头关上灯都一样？能一样吗，到时候蒙住头关上灯你替我上吧，要不，我自费请个专业人士攻关。"单子凯对女人很挑剔，英俊的男人大多如此。

"拜托你专业一点，谁说一定要上床才能搞定女人。"陆钟谆谆开导着。

单子凯不出声了，显然还是很不满意这次的安排。

"是谁说要当中国的斯皮尔伯格的，是谁说要去拿奥斯卡包揽最佳制片最佳导演最佳男演员三枚大奖的，是谁说要开家比米高梅还牛逼的电影公司的，是谁……"司徒颖轻轻地摇着腿，一双妙目斜着单子凯。

大家都知道单子凯有个电影梦，他是学表演出身，当过临时演员，也在某部大片里跑过龙套，曾不止一个富婆要包养他，令他不胜其扰，所以对有钱的老女人有心理阴影。他自己也说过，当老千为的就是赚够钱去开电影公司，但他自己存的那一点点，距离电影公司的目标还差十万八千里。

"好好好，我从了还不行嘛，每次都用这个来压我。"单子凯被司徒颖念得烦了，起身回房，"明天我会去的。"

"这还差不多，谢谢大小姐帮忙。"陆钟笑道。

"这个人情可不是白送的。"言下之意，是有事相托。但自打司徒颖从娘胎里出来，就从没说过一个求字，反正她总有办法让别人满足自己的要求。

"是不是关于邹天明？"陆钟连头也不回，就已经知道了司徒颖想说什么。

"算你聪明。"司徒颖哼了一声，此时大家都已回房，只剩她和陆钟两人，有话也方便讲，"这次的计划，也有我不喜欢的部分。"

按照陆钟的计划，司徒颖将以实习女大学生的身份进入邹天明的律师事务所，勾引他，并诱其拍摄艳照。美人计是司徒颖最擅长的，通常要吊足男人的胃口也只需点到即止，并不会真的吃亏。但昨晚陆钟把计划说出来后，她心里就很不舒服，可谁让她在前几天的比试中以绝对的劣势输给了陆钟，愿赌服输，必须听他的安排。

"女人被强奸反应会很激烈，通常会报案。但如果是被骗上床，最后往往宽容得多，究其原因，是女人在被骗的过程中已经得到了精神享受，此理用于男人亦同。这可是某位心理学大师说过的哦。"陆钟嘻嘻一笑，自顾自地说出这番模棱两可不着调的话来。

"姓陆的，你到底什么意思？"司徒颖柳眉倒竖。

"邹天明那菜鸟怎会是你的对手，只要……"陆钟如此这般耳语一番。

"亏你想得出。"听完这番话，司徒颖忍不住笑出了声。

"我就知道，你不会舍得看我被人占便宜。"看着陆钟的背影，司徒颖心道。虽然江湖上人人都知道她是大小姐，知道她家遭遇到困境的人却不多。

半年前，司徒家族的生意接连出现问题，觊觎她美色的高干子弟求爱不成恼羞成怒，还联合了司徒家的商业对手对其恶性竞争，不仅如此，那人还找上了黑社会，扬言要给司徒一点颜色看看。司徒的爷爷是与老韩有着多年交情的江相派老前辈，担心司徒颖的安全，把她托付给老韩，一来避风头，二来让她学点社会经验。司徒颖虽出道偏晚，但从小就见惯大场面从不怯场，且胆大心细机敏过人，深得老韩欢喜。

　　这半年来，司徒家的经济危机一直没解决，作为独女，她很想找个信得过又帮得上忙的男人协助自己。认识陆钟后，她早认定此人非他莫属，可陆钟对她总不上心，这让她好不气恼，又不好意思挑明。昨天听陆钟让自己去勾引邹天明还要拍艳照时，心里难过得不得了，没想到今天他居然说出那样一番妙计来，看来他早就为自己打算过，不由又是高兴又是纠结。

D

　　窗外夕阳西斜，大诚律师事务所的接待办公室里，秘书小姐无精打采地拿起最后一份简历，把今天参加面试的最后一名实习生叫进了办公室。

　　这是个身穿玫红色花苞短裙的窈窕女子，腰间的黑色宽边腰封裹出让人讶异的细腰，笔直的长腿居然没穿丝袜，瓷器般细腻的雪白简直晃得人睁不开眼睛。此女落落大方地走入办公室后，秘书小姐叹服，这女人竟然把如此烂俗的颜色穿出了碧水荷花的效果。

　　"甄欣，名字有点意思。请先做自我介绍。"说话的是个平头男子，相貌普通眼中却无时不流露出精明，此人正是大诚事务所的首席大律师邹天明。两小时内面试了十来个名校毕业生，可他就是觉得不合自己的路子，本来对最后一个不抱希望，可美人一亮相他的眼珠就转不动了。

　　"您好，我叫甄欣。我觉得什么学校毕业不是最重要的，年龄和毕业成绩也不是最重要的，最重要的是做人做事都要真心。如果愿意给我机会和空间发挥，我会百分百真心为公司服务。为了公司和我自己的前途，不论付出怎样的代价都在所不惜。"司徒颖一脸媚笑显得风尘味十足。她不愧是老韩的干女儿，以貌服人这门功夫早已练到九成九，一露面就让昏昏欲睡的邹天明抖擞了精神。

　　"看得出你是个聪明姑娘。"邹天明很满意对方的不按牌理出牌。他放下手里的简历，目光贪婪地在司徒颖身上流连，完全不顾及这里是办公室，"这条裙子很不错，但太短了点，如果你要在这里工作可能需要买些新衣服。"

　　"短吗，我只是觉得遮住这双腿是全世界男人的损失。"司徒颖笑着眉毛一挑，恰如其时地来了个换腿，正是莎朗斯通出演《本能》时的招牌动作，春光似露未露，已撩得邹天明心跳加速呼吸发紧。

"能不能请您陪我去买衣服，另外还想向前辈讨教如何应付客户的问题。"

邹天明虽然还端着架子，却被这撩人的小妮子惹得心猿意马。这姑娘太上道了，他想要的就是这种聪明人，不但可以跟自己发展发展，带她去跟法官私聊案情也会事半功倍，只要不被那只母老虎发现，那可就太妙了。邹天明极力掩饰着窃喜，目光却更贪婪，恨不能变成透视眼，把美人里里外外都看个透。

司徒颖笑颜如花，只消一眼就了然于心，这个男人搞定了。

当晚，大家回酒店汇报各自进展。

单子凯去赵厅长女儿赵美琳的车行转了转。两家四S店，除了卖正规车、走私车外还兼营汽车用品，名下还有三家汽车保养中心，生意不小。单子凯了解到：凡是在该车行买的车，办理交通违章之类的罚款都可以走后门，减免或者打折，甚至报上赵家父女的名字，交通厅下属单位也都会给几分面子。所以有求于赵厅长的人通通会照顾生意，就连消息灵通的普通市民也多来光顾，生意很火。单子凯还打听到，赵美琳现在上海谈生意，不确定什么时候回来。

总之，单子凯暂时还不能正式出场。梁融也还在等待建筑公司的通知。司徒颖的效率无疑是最快的，下班后，她已经挽着邹天明的胳膊去逛名店了，还买回一堆衣服，邹天明还主动提出明天共进晚餐。

"好女儿，你可得小心点。"老韩关心地提醒道，"别吃亏。"

"干爹放心，我可不会去趟没有胜算的浑水。"司徒颖摆回平日的高姿态，不过说话时，情不自禁地瞟了瞟陆钟。

可惜陆钟在忙着帮梁融整理东西，根本没留意，他头也不抬地插了一句："师父你别忘了大小姐是跆拳道黑带四段，我倒更为软饭王担心，万一得罪了她，可就吃不上软饭了。"

这话把大家都逗乐了，司徒颖虽然克制着没笑出声，但心里窃喜，陆钟总算不是呆子。

"现在我最不放心的是赵家小姐，她出差还要好几天才会回来，计划不能延迟，招标会已经定在月底不会有更改，恐怕你要离开我们一阵了。"陆钟看着单子凯，正色道。

E

上海车展上熙熙攘攘观者如潮，超大的展厅内到处都有刺眼的灯光闪烁，或妖娆或端庄或性感的各色车模大摆POSE，女人们忙着看车看富豪，男人们看车也要看美女，忙得不亦乐乎，几乎所有人都处于瞳孔放大状。

一个身材粗短却穿着范思哲豹纹紧身裙的女人徘徊在各展台前，挑剔的眼光扫视着站台上的最新款跑车和性感的女车模，如果展台上再多位帅哥可能会让她更满意。忽然，身后一个男人叫住了她："赵小姐，赵小姐。"

女人回头一看，一位身穿白色衬衣的英俊男子冲她微笑。此时正好男子旁边的展台上有台新车亮相，一阵干冰喷雾袭来，男子施施然宛如天人。

赵美琳的心乱了一拍，此人面生，莫非认错人了？

"请问这是你的钱包吗？"单子凯随意地整理着被干冰喷乱的头发，递出一只蛇纹钱包，用标准的京片子说道："我捡到的，可惜钱和卡都不见了，只剩下照片和身份证。"

"真是多谢了。"赵美琳又惊又喜，接过对方递过来的钱包，里面果然空空如也，只剩下身份证和一张生活照。

"赶紧打电话去挂失银行卡吧，尽量让损失减少到最小。我先走了，再见。"以单子凯的身高优势，基本上是俯视着赵美琳说完话的。

赵美琳根本没发觉钱包居然不见了，不过她才不担心钱，别说是钱包里的几千块，就算丢个十万八万也不心疼，帅哥要是走了就没机会再见到了。

"先别走，我还没谢你呢。"她心里着急，家里虽说还有个邹天明，可跟眼前这位帅哥一比，邹天明只能算只臭虫。赵美琳也不是小姑娘了，经商多年又离过婚，交往过不少男人，她知道自己不漂亮，却有自己的优势。钱多的男人总是很自信，钱多的女人同样自信。

"你连钱都被偷光了还怎么谢我，是不是没钱吃午饭了？"单子凯格外善解人意，微微一笑道，"要不我请你吃午饭吧。"

"非常荣幸，不过我能不能先请教尊姓大名？"赵美琳灵机一动。

"你太客气了，我叫谢丹儒。"单子凯再次展现经典笑容，那可是他对着镜子练习过上万次的必杀技。

赵美琳心花怒放，看来帅哥不讨厌自己，怕要交桃花运了。

两人一起去了展厅附近的餐厅，席间单子凯在赵美琳的追问下有意无意地透露出自己在大学担任工业设计客座教授，以事业为重目前还是单身。短短的一个中午，赵美琳对他的好感愈加浓厚。

做生意的人往往对做学问的人心怀景仰，做生意的女人对做学问的帅男人好感更甚，这是老韩传授的经验之谈，单子凯百试不爽。既然单子凯是搞工业设计的，对汽车自然内行，两人相谈甚欢。

吃过午餐后两人继续看展。单子凯很体贴，不时把个子矮小的赵美琳揽到自己身边，不让旁人撞到她。他的动作很绅士，虽触碰到肌肤却完全没有情色意味，这倒让赵美琳对他越发感兴趣了。一连几天，他们都结伴而行，令赵美琳惊喜的是，她和帅哥越谈越投机，她并未透露自己的真实身家，全程都是"谢丹儒"买单，且毫无怨言。这让她格外感动，好感度一路飙升。

虽然年纪比赵美琳小，但单子凯的谈吐和有意表露的远大志向都让赵美琳折服。两人还去游了次泳，单子凯赤裸着上半身出现在游泳馆时，吸引了所有女性的注意。看似单薄的他竟是个肌肉男，却不似膀大腰圆的健身教练那般粗壮。单子凯这副好身材也是在老韩的督促下锻炼出来的，美男和美女一样，并不是只有脸孔就可以。

完美的体型让赵美琳芳心大悦，周围女人嫉妒的目光下她更是格外满足。

人比人得死，货比货得扔。一个是高大英俊善良纯洁的花样美男，一个是势利庸俗满身铜臭的啤酒肚加地中海，两相对比，邹天明就变成了一泡狗屎，连只臭虫都不如了。正好这几天邹天明身边有美女"甄欣"，疏于跟她联络感情，赵美琳也懒得去想为什么，已经打定了甩掉邹天明的主意，正好集中火力搞定帅哥。让她着急的是，单子凯只是从不拒绝自己的邀请，却未表示过什么。

单子凯知道，对待女人就像钓鱼，尤其是对待赵美琳这样的熟女，收杆要是早了，是会功亏一篑的。只有她自己咬紧了鱼饵，奋不顾身往上跳时，才是收杆的最佳时机。

单子凯耐心地等了四天，赵美琳沉不住气了。在一个月色撩人的晚上，她心怀叵测地把单子凯约到自己的房间里，先是用红酒把自己灌醉，借着酒意对他表示了爱意，并火辣辣地主动求欢。

单子凯觉得有些恶心，本想咬咬牙闭着眼睛顶过这一关，没想到赵美琳像只饿虎般扑了过来，那副尊容像足急于采阳补阴的巫婆。见此情形，单子凯赶紧又给自己灌下两杯酒，心里只有一个念头：早点醉早点吐早点走。当赵熟女用颤抖的手费劲地解开束身内衣后，那白花花颤悠悠的赘肉把单子凯给吓坏了，胃里翻江倒海就要吐出来，逃命般抓起衣服夺门而出，临走时急中生智，站在门口留下震撼人心的一句：别考验我了，我不是那种随便的男人。然后一边哇哇地假扮着要呕吐，扶着墙走了。

赵美琳当然不会觉得自己丑，平时追求她、有求于她的男人简直是数不胜数，再加上邹天明一直拿她当女王捧，她对自己的每个毛孔都充满了自信。谢丹儒谢丹儒谢丹儒，现在她脑海里全是这三个字，完全忘了自己来上海的目的。躺在床上回味着刚才单子凯的羞怯，此番上海之行真是不枉，得此良人，妇复何求啊。

最后的心理防线终于突破了，第二天她就给父亲打了电话："爸爸，告诉你一个好消息，我恋爱了。我找到了最好的男人，我要跟他结婚。我不是冲动，真的，虽然以前我不支持姐弟恋，但现在终于理解了，爸爸，我感觉自己就像年轻了十五岁，又回到了少女时代……"

单子凯用窃听器听到赵美琳的这番话时只觉得肠胃极度不适，幸好他没看到当时赵美琳的表情，否则肯定又会大吐一场。

赵美琳并不知道单子凯每天都打电话去福州，更不知道车展那天根本就是单子凯拿了她的钱包，并用她的卡买金条刷到爆后才把空钱包还给她。钱刷出去就不能退了，即便申请挂失也没用的，而金条很容易变现，那几天单子凯买单消费的全是赵美琳自己的钱。她以为自己搞定大帅哥时，其实是自己被大帅哥给搞定了。

第五章　兵分四路

A

"软饭王真不好当啊，再这么下去，完事后我可以直接改行当大学老师了，知道我费了多少劲看那些专业书吗？你们进行到什么程度了。我真的撑不下去了，赶紧给我回电话。"电话录音里，单子凯有些沉不住气了，想必是赵美琳逼得急，再不早点回来怕是贞洁难保。

听完这段录音陆钟微微一笑，心道：真是委屈他了。相处这么久，他非常了解单子凯对女人的要求，瘦高白秀幼，少一样都不行。

单子凯在上海的这些天，陆钟和老韩几乎每晚都跟赵厅长在一起，有了那张纯金名片开路，后来的事都相当顺利。老韩请赵厅长足浴，赵厅长请老韩按摩，两人一来二往推心置腹相交莫逆。赵厅长还约老韩打麻将，在老韩的授意下陆钟小心地输掉十多万，赵厅长很开心，对他们更热情了。其实这笔钱也是羊毛出在羊身上，赵美琳的卡一共被单子凯刷掉四十多万，用于这次的行动经费还绰绰有余。如果不是老韩和陆钟自称归国投资的华侨，绝不会受到赵厅长如此青睐，所有跟他打得火热的生意人，每一个都在他身上下过血本。

几番应酬下来，陆钟惊喜地发现赵厅长不只是附庸风雅，连吃喝嫖赌也样样精通。之所以说惊喜，是因为江相派的规矩：好人不能骗。

好人就是良善之人，诚实之人，忠义之人，这样的人绝对不能骗，骗了会遭报应。换言之，如果对方是坏人，而且是极坏之人，大骗无妨。

赵厅长三番五次问起关于海外华人的生活问题后，老韩主动提出如果赵厅长去国外度假或者定居都可以出力，只是这次高速公路的招标也想请赵厅长帮点忙。

"你也做这门生意？"赵厅长假装惊讶，其实他早就料到总有一天"老黄"会开口。

"什么赚钱做什么呗。"老韩笑道。

　　"这种事可是很复杂的，牵涉到很多部门，需要很多手续，你们公司的资质怎么样？"赵厅长拿出公事公办的腔调。

　　"这您就放心吧，该给您多少我会按您的规矩再多加三成，事成之后，每年公司的分红也会给您准备一份，不论您人在国内还是国外这一点都不会变，我会让律师写进我们的合作备忘录，您的利益受法律保护。"这晚牌局散场后，老韩慢走了几步，贴近赵厅长的耳边低声说道。

　　"这不太妥吧，我这样的身份不能参与商业股份。"赵厅长不说好也不说不好。

　　"这好办，我们可以以您家人的名义写进这份合同里，大小姐不是做生意嘛，做生意的人和做生意的人打交道，是最正常不过的事情。"为了让赵厅长安心，老韩早就想好了，"我有个侄儿开了家咨询公司，专门帮人办理海外投资移民，以您这种优厚的条件，美国、加拿大、澳洲、法国、英国，随便选。难得咱们投契，只要您有心走，机票和安家的费用我全包。"

　　"老黄，我就知道你有门路，但这样真的能行？"赵厅长有点不放心。

　　"当然是真的。您就放一万个心，只要您不是打算住白宫，什么地方我都能给您搞定。"老韩极为亲密地拍拍赵厅长的肩。

　　"可我英语不怎么好，在外面生活怕是不适应。"赵厅长大喜过望，这个刚认识的朋友简直就是肚子里的蛔虫，才心念一动他就说了出来。

　　"现在国外会说中国话的老外多了，您要不嫌热闹还可以住唐人街，整个区全都是中国人，中文报纸、华人超市、家乡菜也有的是。"老韩说得眉飞色舞。

　　赵厅长被老韩说得心动了，不过老成持重的他不会马上表态，只说先考虑考虑，这次招标也不是他一个人就能说了算的。这番官话倒是说得很正经，完全不像刚才在牌桌上那样嘻嘻哈哈。临别时，赵厅长打着官腔让他好好准备公司资料，过几天再联系。

　　"师父，这个再联系您觉得有几成？"回酒店的路上，陆钟还是心里没谱。

　　"昨晚我听说，这次招标的标底就在赵厅长手里。再联系当然是有戏，哪怕没有戏，我们也要给他做出戏。"老韩已经看准了，这个赵厅长跑不掉。

　　"那我就开始下一步了。"陆钟抿嘴一笑。

B

"GO！"

陆钟的手机收到了一条短信，他赶紧扔掉了烟头走向电梯，跟在他身边的是梁融。前天上午，梁融已经接到通知，正式进入邹天明参与经营的那家建筑公司当起了临时工，今天是请病假跟陆钟来执行特别任务。

"你确定不会出问题？"梁融跟着陆钟走出电梯，走廊上铺着厚厚的地毯，脚步落在上面悄无声息。很好，没有其他人，连清洁工也没有。

"放心，有我在就没事。"陆钟又补上一句，"带纸没，小心待会儿流鼻血。"

"我怎么会流鼻血，我可是过来人了，你小子还……"梁融本想调侃陆钟几句，话还没说完就被他一把拉进了房间。

客房门是虚掩的，门锁上插了半张扑克牌，不用力推的话谁也不会发现这个秘密。走廊上灯光太亮，房间里太暗，一进门，陆钟就觉得眼前一黑。梁融差点摔跤，好在被陆钟扶住，才没发出声响。

耳边有淅淅沥沥的水声，空气里是甜丝丝的味道，眼睛适应这里的光线后才发现，光源来自两支手臂粗的香薰蜡烛。那香薰的味道很特别，嗅上片刻就让人血脉贲张。

"嘘！"司徒颖冲他们做了个噤声的动作，却没出声，拿手指了指一旁的大衣柜。她斜斜地躺在床上，披着长发，身上只穿着薄如蝉翼的睡裙，诱人的身姿如连绵起伏的山峦，引人入胜。

是男人就没法不让视线在司徒颖身上停留，梁融经过时对着司徒颖竖起了大拇指，小声赞道："你不混娱乐圈真是全中国男人的损失。"陆钟只觉得鼻子里热热的，心里更热，但现在不是流鼻血的时候。浴室里的水声小了些，陆钟赶紧把梁融拉进正对大床的衣柜里，虚掩上门，留上一条小小的缝隙。梁融也轻手轻脚地从怀里掏出相机，按下开启键。

半分钟后，邹天明裹着浴巾从浴室出来了，松垮的皮肤和下垂的啤酒肚，摘下眼镜的他看起来有些狰狞，他性急地跳上了床，急吼吼道："小宝贝，你可让我等急了。"

司徒颖娇吟一声，搂住邹天明的脖子，两人滚到了一起……

梁融在衣柜里小心地对好焦距把这些暧昧至极的镜头全部摄入，因为角度有限，对象又不稳定，他必须把注意力完全集中在镜头里，不时调整拍摄状态。陆钟觉得衣柜里憋闷极了，虽然有空调，可汗还是一个劲地往外冒，全身都热。

看邹天明那个如狼似虎的劲头，陆钟怎能不担心。他早就知道司徒颖对自己的意思，也清楚她和自己对着干是为了吸引自己的注意，但师父说过队伍里的人不能发生感情，师父对他的要求还不止这点，所以他一直刻意保持着距离。眼看司徒颖被那禽兽压在身下，他只觉憋闷至极，体内有股邪火直窜。

邹天明从衣服口袋里掏出一个小药瓶，从里面倒出一颗蓝色的小药丸。他药片刚下肚，陆钟就按下了手机里预设的一个号码。

"爱情不过是一种普通的玩意一点也不稀奇，男人不过是一件消遣的东西有什么了不起……"三秒钟后，徐小凤用她低沉的嗓音玩味地吟唱起《卡门》。

"我靠，你这什么铃声！"邹天明很恼火，明知跟BOSS幽会，胆敢不关手机。

司徒颖已经不在乎了，忙推开邹天明走到一边："喂，亲爱的，什么，你回来了？不，我现在不在家。你等着，我马上就回去。"挂断电话，她迅速地穿起了衣服，"我男朋友回来了，咱们下次再继续吧。不好意思邹总，我男朋友是健美教练，脾气可坏了。"

"男朋友？你不是说没有男朋友的吗，你还想不想混了！"邹天明更生气了，"甄欣"逛商场买东西的时候倒是毫不手软，竟然在关键时候撤退。

"真是不好意思，下次，咱们下次啊。"司徒颖看也不看他，就拎着高跟鞋夺门而出。至此，她的戏份就算是结束了。走出这家酒店她会立刻扔掉手机卡，也不会再去事务所上班，她扮演的本就是个有点疯癫又有点风骚的女子，做出这等不靠谱的事也理所当然。走进电梯里她才真的喘了口气，还是被那个大色狼吃了豆腐，但愿陆钟他们撤退顺利。

梁融和陆钟按兵不动，他们得等到邹天明走了才能走。没想到邹天明居然不走了，在床上翻来覆去折腾了一会儿，索性爬起来打电话给楼下的娱乐城。十分钟后，两名操外地口音的小姐敲开了房门，一名穿着护士制服，一名穿着女仆装，娇滴滴地叫着老板。

"扮成救火队员还更合适。"梁融忍住笑，用最小的声音说道。

陆钟做了个开机的手势，示意梁融继续拍摄。

邹天明已经吃下药有好一会儿了，很快进入了状态，这回可就是打真军了，让人惊讶的是，整个过程中他嘴里不停地骂着赵厅长和赵美琳。那些脏话内容之丰富，用词之精准远远超过了普通人的想象力，连最狠毒的泼妇在他面前也会自叹不如。

梁融先是拍了些照片，后来嫌照片不过瘾，索性开启了摄像。半小时后，邹天明像只死猪般搂着两名小姐昏睡过去，呼噜打得连吊灯都在晃。陆钟和梁融功德圆满，功成身退。

要想人不知，除非己莫为。不被人抓住把柄的唯一办法，就是不做坏事。

C

"爸爸，这就是我跟你说过的谢丹儒。"赵美琳已经动了跟单子凯结婚的念头。

赵厅长扫一眼仪表堂堂相貌出众的"谢丹儒"，担心地把女儿拉到一边："这小伙子比你小不少吧。"

"爸，相信我的眼光，他人真的很不错，不但是大学教授为人也很正经。最重要的是，跟他在一起我感觉自己也变年轻了，您不就是想我过得开心吗？"赵美琳三十多岁了，撒起娇来超嗲，好在她爸不会觉得恶心。

赵厅长对下属很有一套，但对女儿却一如既往的束手无策。如果那小子是冲着女儿的钱跟她好，或者欺负她，包管他吃不了兜着走。赵厅长在这方面还是很有自信的，能在厅长的位置上坐得四平八稳当然有些手段，至少那些得罪过他的人，现在已经全都后悔了。

想到这赵厅长换上了笑脸，单子凯也落落大方，分寸恰当。直到今天，赵美琳也没告诉过他自己拥有的财富和父亲的地位，所以，赵家人不会那么快怀疑他的真实动机。

饭桌上，赵厅长像视察工作那样问了"谢丹儒"很多个人问题，"谢丹儒"对答如流，答案也让人满意。赵厅长一直就不太满意邹天明的存在，在他看来这个吃软饭的男人简直就是赵家的耻辱，现在正好有一个清清白白的男人可以替补掉他，年纪什么的也就不太在意了。吃过晚饭，单子凯提出要住酒店，赵美琳可不干，生怕如意郎君被酒店里那些午夜流莺骚扰，强烈要求他住家里。

"那我就恭敬不如从命了，伯父，如果打扰到您，还请多多包涵。"单子凯彬彬有礼。

"别这么客气，就把这里当成自己的家吧。"赵厅长是自学成才弄了个电大文凭才一步步爬到这个位置上来的，特别欣赏有文化的人，也喜欢结交有文化的人。愿意接受单子凯的存在，很大程度上跟他的"大学教授"背景有关系。

背景就是一块敲门砖，如果只是为了敲门，这是块最有效果的砖，但是敲开门以后，这块砖能发挥多大的作用还得看各人道行。

吃过晚饭后，父女俩在书房里谈了很久。

赵厅长疑心重，真正可以交心又能信任的唯有女儿。关于出国的打算，以及最近认识的牛人老黄，还有这次的高速公路招标，赵厅长全都对女儿细细讲来。

"爸爸，既然这可能是您最后接手的大工程就别浪费机会，应该好好地赚他一笔，我有个想法，你看这样行不行……"赵美琳对钱的敏感比爸爸更灵。

"好，还是我的宝贝女儿聪明，我待会儿就打电话叫他们来。"赵厅长听过女儿的建议后笑逐颜开。

"出国的事先不急，赚够这一票再说。我还想去问问丹儒的意思，要走咱们可以一起走。爸爸，你不是一直都想要上门女婿吗？"赵美琳不是一般的自信，这点像足她老爸。

两父女不会知道，单子凯虽然进门才半天，就已经在每间房里都安装了微型窃听器，可以直接在酒店里听到音频。眼下只要司徒颖结束了任务，监听的工作就交给了她。

半小时后。

老韩在浴缸里一边欣赏勃拉姆斯的小夜曲一边泡澡，顺便享用雪茄的香醇，水蒸气与雪茄的白色烟雾袅娜地氤氲在一起，此刻仙乐飘飘恍如异境，忍不住赞道："哈瓦那真是液体的威士忌，如果现在有一杯加冰的威士忌就更正点了。"刚想起身叫陆钟送杯酒进来，没想到陆钟倒先敲门了。

"师父，再联系的时候到了。"陆钟拿着老韩的手机，浅笑的眉目之间，有种一切尽在掌握的轩然。

是骗局还是诡计，其区别在于信心。被人用诡计设计，总有种非常不好的感觉，而陆钟策划的所有骗局里，被骗的对象总是自我感觉良好，以为自己操控着一切。其实，掌握一切的人只有这个游戏的设计者，陆钟。

D

"来来来，小邹，我给你们介绍一下，这位是黄先生。"赵厅长笑吟吟地把邹天明迎进了书房。

邹天明觉得今晚赵厅长跟平时不太一样，平时不苟言笑，今晚他连鱼尾纹都多挤出了几条。每到招标会发布之前，或者有什么忙要他帮的时候，赵厅长就是这副尊容，邹天明只要看上一眼，就知道自己是要发财还是要进贡了。

介绍完两人的身份，赵厅长客气地说："二位都是我的知己，我就打开天窗说亮话吧。这次的招标是个大项目，来找我了解情况的人也很多，包括你们二位。"

邹天明嘴上挂着笑心里却寻思开了：这老鬼就算要索贿，也不能找两个人挑明了公开说吧，也不知这位白发翁什么来头，能被老鬼如此看重。

"我就不跟你们兜圈子了，十几个亿的工程，标底最后是我来拍板。我这个人你们都了解，最讲公平，所以不论新朋友老朋友机会均等。要想拿到这个标底，就要看你们的诚意谁更重一点了。"赵厅长慢条斯理地讲完，端起茶杯喝上两口。

沉默片刻，邹天明和老韩互看了两眼，虽然明白了彼此是竞争的关系，却都没参透赵厅长的意思。

"伯父，您的意思是……"邹天明按照平时的惯例这样称呼着。

赵厅长摆摆手，不让邹天明叫得那么亲热。

"我的意思是在正式招标会之前，咱们三个人来一次小招标，招标的对象就是这次的标底，价高者得。"赵厅长正色道。他心里有数，真正靠谱又有经济实力的，又不会举报自己这一套的，当属邹天明和"老黄"了。

"实话实说吧，二位对我很不错，我对二位也很欣赏，如果我随便把标底给你们中的任何一位都不公平。没有得到标底的一方表面上不说，心里肯定也会怪我，难免要伤和气，所以，我想了这个办法。竞标者只有你们二位，时间只有三天，你们各自准备一下吧，离正式的招标会也只有七天了。"赵厅长说完就放下茶杯站了起来，显然是送客的意思。

"先告辞了，三天后再来拜访。"老韩笑眯眯地站起来跟赵厅长握了握手，先出门了，就像早就知道了会有这样的状况。事实上，他也的确提前知道了赵厅长的目的。

"伯父，您早点休息。"邹天明见赵厅长居然没留他，强压住心中的不快站起身来。

客厅里，赵美琳正从楼上下来去厨房倒水喝，邹天明马上笑脸迎上去："什么时候回来的，怎么也不通知我，让我去接你。"

赵美琳假装没听到，对他不理不睬，这让他更忐忑了，难道自己做错了什么？莫非前阵子跟甄欣的事情被她知道了？公司里可是有她的眼线……正想着，忽然楼梯上传来一个陌生的声音："亲爱的，我只要清水就好。"

邹天明闻声看去，只见一名气宇轩昂的男子站在楼梯上冲着赵美琳微笑，心中大惑，这小白脸是谁？管谁叫亲爱的？

"知道了，你乖乖等着，我就来。"赵美琳冲小白脸摆摆手，遥掷一个媚眼，让邹天明看得鸡皮直冒，认识她这么多年，从没见她这样温柔过。

"美琳，他是谁？"邹天明顾不得面子不面子了，大声问道。让他更担心的是赵厅长分明听到他的话，却无动于衷坐在沙发上看电视，根本没有维护他的意思。

楼梯上的单子凯听到这话，很有风度地回避了，只留下一句："我先上去了，要是有事随时叫我。"言下之意，如果邹天明敢欺负赵美琳，他会马上下来帮忙。

"他是我未婚夫。"赵美琳自顾自地倒着水。

"他是你未婚夫，那，那我算什么？"邹天明气急败坏，今晚的事已经够意外了，没想到赵美琳又弄出个未婚夫来，本来在赵家就不算稳固的地位眼看着要岌岌可危了。

"你算前男友吧，怎么，有意见？"赵美琳急着上楼去见情郎，恨不能一脚踢飞邹天明这只挡路的臭虫。

"这几天我工作忙，没打电话给你，也没去上海接你，是我的错。你要是有想法可以直接跟我说，咱们不斗气好不好。"邹天明强压住怒火，腆着脸赔不是，心中还抱着最后一丝希望，也许真的是赵美琳跟自己斗气，也许这一次也会像从前一样，哄哄她，送点东西就过去了。

"我说的当然是真的。邹天明，现在我就正式跟你说清楚，咱们分手了，以后我的事你别管。"赵美琳端起水杯，头也不回就往楼上走。

邹天明只觉得耳朵嗡嗡作响，他宁可自己什么都没听见。

为了讨好赵厅长他才追求赵美琳，为了这个女人，他不知道付出了多少心血和钱财，两年了，实在是不容易。他知道赵美琳不喜欢他，但只要在赵厅长身上捞到个大工程，自己的心血就算没白费，眼看就要到收获期了，距离招标只有一步之遥，半路杀出个白头翁。这才几分钟，又冒出个小白脸。回想刚才赵厅长看他的眼神，越想越不对劲，心中骂了一声贱人，只要能拿到这个工程，来日方长，看咱们谁玩得过谁。

"我一直都有这个自信，我才是最适合也最配得上你的人，我会等到你冷静下来再跟你谈这件事。"心里一套面上一套本就是邹天明的拿手好戏，说完这些他还若无其事地跟赵厅长道别，并且坚持使用曾经的称谓：伯父。

E

邹天明回去后并没有偃旗息鼓，而是一边在交际圈里打听老黄的来头和身家，一边绞尽脑汁考虑该给赵厅长的"个人招标"投入多少。

赵厅长是个很贪心的人，那张五百万的彩票才换到了一笔七千万的城区道路翻修工程，这一次可是十几亿的大项目，如果按照上次的比例来肯定不行，这还只是赵老鬼的第一关，就算真的吞下了这个工程自己也没那么多钱垫资，当然得贷款，那就要牵涉到银行，如此一来还有上上下下各方面的关系要打点，那些也都是投入。算来算去，他最多能接受的也就是两千万了。想到这里，他恢复了自信，白头翁初来乍到，怎会了解赵厅长的胃口。

第三天很快就要到了，邹天明认认真真地把两千万这个数字写在了纸上，装进信封放在保险柜里。

每次去行贿之前，他总要去吃顿好的。大概是潜意识里不喜欢吃亏，即便送钱出去也不亏待自己，所以每次都会点些好菜。这天傍晚，他照例去了阿一鲍鱼，从办公室开车去阿一鲍鱼的路上有三个红绿灯，大概一刻钟的车程。此时正好是下班和放学的高峰，路上有点堵，餐馆里客人也不少，服务员忙得不亦乐乎，从他走出办公室一直到点完菜，一共用了半个小时。就在邹天明等菜上桌时，梁融已用一把掏耳朵棍一样的专业工具，轻轻戳了几下就打开了办公室的门。

早在梁融进入邹天明公司的第一天，就在他办公室里安装了针孔摄像头，那只信封的下落他了如指掌。接驳解码器后，电子保险柜很快就被开启，里面除了信封外，还有一些文件和现金，文件中居然还有这几年来的秘密账本，里面记满了邹天明行贿的对象和时间，并注明了用于某项工程。

走过路过不能错过，梁融给所有的文件都拍了照，然后又放了回去。进门之前他已经备齐了手套头套和口罩，不会在现场留下一丝一毫的痕迹。梁融大功告成时，邹天明才刚刚吃完第一只鲍鱼，汁浓味美，领班因他是熟客特意送了两个冷盘，令他心情大好。

两个小时后邹天明酒足饭饱，带着信封来到了赵厅长家。

"我这人做事最公平，这两个信封请你们同时打开，摆放在桌上，失败的一方，也就不要怪罪我了。"赵厅长露出狡黠的目光，看着在座的一老一少两位客人。

这是属于他的游戏，他的话就是规则。在他的注视下，邹天明率先打开了信封：两千万。但他万没想到的是，老韩手里的白纸黑字地写着：两千两百万。

"胜负已分，小邹，你可不要怪我呦。"赵厅长说完，满意地握了握老韩的手。

"不好意思了邹律师。"老韩面露喜色，转身告辞。来到大门口时，司机过来帮他拎包，今晚"小黄"没来，由司机送他前来。

那司机戴着顶压得很低的鸭舌帽，看不清面目，只能隐隐见到此人蓄着极漂亮的络腮胡，走下门口的台阶时脚底一滑，不小心撞上了邹天明，就在他失去平衡快要摔倒的一刹那，飞快地伸出手在邹天明身上搭了一把。

邹天明心情已是极端恶劣，被司机这么一搭身体立刻失去平衡，趔趄了一下只觉眼前一黑，怨气顿生，本想责怪几句，可话到嘴边却怎么也说不出来，恍惚间有种说不出的古怪，就连赵厅长道别时说了些什么也没听清。

这几年来，他用在赵家的钱也不止两千万了，钱倒是其次，最重要的是赵家根本就没把他当过人看。逢年过节的例行孝敬自然免不了，好几年过年都没陪过自家父母了，忙着帮赵家采购年货张罗年夜饭。平时的各种消遣更是随叫随到，打牌桑拿叫小姐，只要他在场就全是他买单。这些也都忍了，每个想在赵厅长身上捞点好处的人都是这样做的，但最让他难忘的是去年肾结石住院，人还躺在病床上，赵厅长就叫他过去凑牌局，他忍着刚做完手术的剧痛硬是去了，只不过错放一个炮，就被赵厅长骂得狗血淋头。这一切为的是什么，还不是能得到今天这样的机会，可他姓赵的居然翻脸不认人。

邹天明无比深刻地体会到了得不偿失的感觉，这感觉让他想死。

等他从那巨大的打击中清醒过来时，已经是第二天早上了。让他清醒的是一通电话，一通来自老黄的电话，改变他命运的电话。

这个老鬼想干什么？他不是已经得到了标底吗？难道要在我面前炫耀一番？

带着疑问，邹天明按下了接听键。

第六章 功德圆满

A

邹天明做梦也没想到，运气又从天而降。

老黄在电话里告诉他，有生意跟他谈。

邹天明的太阳穴还在隐隐作痛，在沙发上坐了整整一宿，昏昏沉沉的也不知睡着没，每根骨头都透着痛。可这点点痛算得上什么，老黄的语气让他感觉自己还有戏，也就没再多想，匆匆出门了。

潮福城是福州城内人气极旺的老牌茶楼，装修一般价钱不地道但口味地道，邹天明是这里的常客。周末的上午九点半，正是人最多的时候，如果不是老黄先到，等位子也要半个多小时。

凤爪，杨枝甘露，流沙包，金沙鲮鱼球还有一个烧鹅拼叉烧，老黄一个人已经开始享用美味了。邹天明一看东西都合胃口，只添了份虾仁肠粉，两个人并不寒暄，很快就进入了主题。

老黄毫不隐瞒地说最近生意不太好，回国其实是躲债的，熟人介绍认识了赵厅长，还得到了他的青睐。小投标的数字其实是乱写的，歪打误撞地居然比邹天明的价钱还高，他根本就拿不出两千多万，更拿不出钱去运作十几亿的大工程，唯一的赚钱机会，就是把这个得到的标底转手卖掉。如果邹天明有心要这个标底，现在就可以谈价钱，如果邹天明不想要的话，他就联系其他朋友，反正标底他是用不上了，也不打算参加竞标。

邹天明不动声色地吃着东西，心里已经乐坏了，闹了半天这个豪客老黄只是个提篮子的，转了一大圈，最后生意还是落在自己手上。他本就怀疑老黄的来历，现在正中下怀。

"给老赵的钱是在招标成功后，工程项目款到位才支付的，我现在缺钱周转，希望能在招标会之前拿到钱，只赚个时间差。"老韩喝着普洱茶，缓缓道来，"我相信老赵的眼光，他选择你我进行交易，你肯定也是信得过的人，所以第一个想到了你。"

"想要这个标底的人很多，我们不过一面之交，你就这么信得过我？"邹天明狐疑地看着老黄，还是有点不确信这天大的好事居然真的落到了自己头上。

"坦白说，我的生意出了些状况，那些合同很烦人，交你这个朋友当然是想今后请你帮忙。邹律师的大名我来福州的第一天就有耳闻，一直想跟你认识认识，这次的标底我就半卖半送吧。"老韩掏出雪茄，递过一支给邹天明。

那是货真价实的古巴蒙特鱼雷，每盒价值数千，邹天明当然是识货的，心里琢磨开了，这老头豪爽出名，周转不灵还抽这么贵的烟，真是个老败家子。难不成这老败家子还想要我一千万，那怎么行，现在是他求我，不能让他定条件。律师最擅长的就是谈条件，邹天明很快找到了还价的借口："你说的是要现金，而且在招标会之前拿到，这可有点困难。"

邹天明说搞工程的人最需资金周转，很多项目都是自己先垫资的，不仅要购买原材料，支付运费，还要发工人工资，大部分资金都在账面上流动，就算是全省实力前十位的承建商都不可能一下子拿出一千万的现款。那些人都做不到，他也不可能做到。至于另一个条件就更不可能了，如果老黄给出的标底有问题，那他不是要吃大亏。

老韩当然知道这只是邹天明在讲价钱，只有真心要交易的人才会讲价钱，所以这单生意十有八九可以做成。

两个人喝了一上午茶，直到中午时分才把事情敲定：邹天明付给老韩三百万，不是现金，而是支票，如果在招标会当天下午四点半他不电话取消的话，老韩才可以兑现。如果邹天明拿到的标底有问题，那这张支票就会作废。

三百万，比起老韩开出的一千万足足少了七百万，比起赵厅长要的两千两百万来只算个零头，邹天明心想这可真是塞翁失马焉知非福。昨晚的失落和此刻的兴奋程度是成正比的，不，还多出许多，没让赵老鬼赚到自己的钱就轻而易举地得到标底，简直大快人心，爽啊。他走出潮福城时步履轻盈，像是踩在棉花上。

老韩看着他洋洋得意的背影，满意地一笑。

B

招标日终于到了。大会议厅里坐满了各建筑公司的承建商和政府工作人员，还有媒体记者。主持人照例介绍坐在主席台上的各位领导，以及此次参与招标的各公司。

赵厅长坐在主席台正中表情庄重，俯瞰着台下的熟人们，却没发现老黄。他到哪去了，昨晚还在电话里说今天肯定是第一个到场，这么关键的时刻居然迟到。赵厅长心中不快，却正好看到邹天明坐在前排的位置上对着自己古怪地笑。

主持人已经介绍了工程项目的有关情况，接下来由招标人代表，也就是赵厅长当众宣布评标定标办法。公证员负责核查各公司提交的投标文件和有关证件、资料，并检视其密封、标志、签署的情况，一切都像平时的招标会一样有条不紊地进行着，最后，主持人开始唱标。

时间一分一秒地过去，可直到唱标结束，老黄的公司也没派一个人来。眼下赵厅长也不好打电话过去质问，他开始烦躁不安，如果老黄不能顺利得标，那两千多万他一分钱也拿不到。在统计过最后的标价后，邹天明的公司以绝对黑马的姿态顺利出线，每一个数字都神奇地接近标底，了解邹天明和赵厅长关系的人们无不投去复杂的目光。

赵厅长显然也感觉到了这些目光中的质疑，谁也不会相信这次他跟邹天明真的没关系。他脸色难看得紧，直觉老黄的不出现一定跟邹天明有关，这小子手段辣得狠，九成九是他把老黄给逼走了。

就在大家鼓掌祝贺邹天明公司的成功得标时，会场上的投影机莫名其妙地自动开启，一些不堪入目的照片出现在大屏幕上。那是梁融拍摄的人物照和视频，构图完美画质高清，连邹天明嘴角没刮干净的须根都清晰可辨。

掌声戛然而止，所有走神的聊天的看热闹的人们全都被屏幕上的画面给吸引住了，男主角的生猛和平时的斯文判若两人。邹天明咆哮着让秘书去关闭投影机，那个可怜的女人上蹿下跳急出一身的汗，可投影机怎么也不听使唤。他慌乱中跑到大屏幕前试图挡住那些图像，可无济于事，那些不堪的画面全都投射在他身上，让他无所遁形。

有人开始偷笑，有人开始窃窃私语，记者们更是举起了所有摄像机，明天的头版头条，还有这月的奖金全都有着落了。

每个人都把目光聚焦在邹天明身上，却没人注意到他身边有个胖胖的保安，手里捏着的正是投影机的遥控器，他正在欣赏邹天明惶恐不安直冒冷汗的表情，这是每次骗局中他最有成就感的部分。

当大家亲耳听见邹天明狠毒地辱骂赵厅长和赵美琳时，每个人脸上都露出了匪夷所思的表情，震惊、诧异，还有幸灾乐祸。赵厅长脸色难看之极，美琳当初就不该跟这个混蛋来往，真把赵家的脸都丢尽了，他的手在颤抖，哆哆嗦嗦地掏出速效救心丸吞下，稍微冷静后立刻召来保安让他们去关闭投影机的电源。

保安们去了好一会儿，可就连整层楼的供电都切断了，还是不能阻止投影机的运行。梁融做事最稳妥，早在改装投影机时就预防着他们会切断电源，所以把投影机的电源改接在一个蓄电池上。这时镜头一晃，更令人震惊的画面出现了：

"我的意思是在正式招标会之前，咱们三个人来一次小招标，招标的对象就是这次的标底，价高者得。"

"实话实说吧，二位对我都很不错，我对二位也很欣赏，如果我随随便便把标底给你们中的任何一位都不公平，没有得到标底的一方表面不说，心里肯定也会怪我，难免要伤和气。所以，我就想出了这个办法，竞标者只有你们二位，时间只有三天，你们各自准备一下吧。离正式的招标会也只有七天了。"

……

画面的角度上看不见老黄，却能清晰地分辨出赵厅长和邹天明的身影和声音。

赵厅长面如死灰，几年来噩梦里出现的全都是类似今天的画面，现在终于噩梦成真了。在场的全是部下和熟人，他很想保持冷静，可他的身体已经失控了，愣了半天才想起逃，腿却使不上劲，连滚带爬地朝门外冲去。

C

赵厅长还没爬出会议室，外面就传来了警车的呼啸。

邹天明早就意识到了危险，这次肯定是被人设计了，但他还是很冷静地分析了形势，警察最多也就给自己一个嫖娼的罪名，男人嫖娼也不算罪不可赦。那些图像上并没有自己送钱给赵厅长的画面，确切地说，自己这个标底也不是从赵厅长手上买来的，行贿的罪名不能安在他头上，比较难解释的恐怕还是赵老鬼，他这可是主动索贿。想到这里，邹天明赶紧掏出了手机，他得抢在警察前把名下的钱转出去，"洪义，听我说，现在放下手上的所有事，马上去一趟银行……"

"邹哥，你开什么玩笑，我现在人在泰国。"电话那端的男人脖子上挂着狗链粗的金链子，手指上的翡翠戒指也大得不像话。

"这节骨眼上你去泰国干什么？"邹天明心里一紧。

"不是你让我带着兄弟们出来玩的嘛，机票是你买的，酒店也是你定的，你还说让我们怎么开心怎么玩。邹哥，你不是想说这趟是自费游吧？"洪义的口气不太好，黑社会可不好惹。

"我……我什么时候说的？我怎么不记得。"邹天明越发糊涂了。

"那天晚上是你自己打电话给我说弟兄们辛苦了，要犒劳大家，还说让我把那个驼背老鬼的存单给还了，说什么大生意搞定了，小钱就无所谓了。我可全是按你吩咐做的，当时也有小弟在场听到你说的话，你可别说自己喝醉了。"洪义粗着嗓子吼，声音大到站在邹天明旁边的小秘书也听得一清二楚。

邹天明继续追问，洪义说的那天晚上正是小招标那晚。

那晚分明是失败了，痛苦还来不及，怎么可能会打电话让洪义去把钱还给那个老鬼，更不可能自己出资让这帮古惑仔出国旅游。邹天明这才意识到自己是着了道了，却不知着的是何方高人的道。

他永远也不会知道，自己是栽在一个司机手里，就是小招标那晚老黄带去的那位。临出门时，司机经过他身边时假摔了一下，一掌拍到了他身上，就这么一下他就迷糊了，让他做什么就乖乖地做什么。这就是传说中的拍花。

拍花是利用药物对人进行麻醉，使其丧失心智，跟催眠效果差不多，不同的是催眠需要心理暗示才会醒，而被拍花的人只要用冷水浇头就会立刻清醒。

不少拐卖妇女儿童的人贩子就会使用拍花的手法，也不乏站在大街上被人拍一下，然后迷糊了心智，带着人回家取出所有的存款和首饰送人的事，坊间更有不少女大学生被人拍一下就被卖到深山老林里去的传说。手法高超的拍花者只需要轻轻一下，对方根本无从防备，而且使用的药物也是无嗅无味，很难察觉。

拍邹天明的就是位高手，此人姓花名不毁，拍花的技术是祖传的，却也盗亦有道，行走江湖四十余年从来都是只取钱财，即便对方是貌若天仙的美女，也绝不害人。花不毁的父亲花在峦跟老韩是同年同月同日生，亲如兄弟。花不毁自小跟父亲行走江湖，对老韩也是敬仰不已。五年前，花在峦因病去世，花家只剩花不毁和花不如两个小辈，这次是老韩特意请他过来帮忙。

邹天明急出了一身冷汗，小秘书在他旁边连着叫了他三声才听见。得赶紧打电话转移银行里的存款，邹天明的手哆哆嗦嗦地好不容易才按下拨出键，警察就已经到了。来的不止是警察，还有纪委的工作人员，除了邹天明和赵厅长外，还有好几名跟邹天明交往密切的官员被带走。整个会议厅里就像明星退场一样热闹，闪光灯不时亮起，不过镜头对准的对象却是一位位贪官。

这全是梁融的功劳。那晚他把从邹天明保险柜里拍摄到的秘密账本打印出来的照片，用快递送到了市公安局和纪委。

"好在这里的警察还没被污染，我还担心他们是否会给邹天明通风报信。"陆钟在大楼对面的街上，和老韩、单子凯、司徒颖一起观赏着这精彩的一幕。

"陆钟，你知道花大叔会来帮忙，为什么还弄出这么复杂的一套，浪费大家的时间。让他把那几个该死的全都拍了不就完了。"司徒颖还在怨恨他安排自己拍艳照。

"要是那么做就没乐趣了。"陆钟继续欣赏着眼前的好戏。

"乐趣？"司徒颖不解，她除了被人吃豆腐就是憋在酒店里守监控录像，闷都闷死了，何来乐趣。

"看着这些自以为是的家伙跳进自己挖下的陷阱里，难道不是最大的乐趣吗？"陆钟笑眯眯地说。

被押出大楼的邹天明像只斗败的公鸡，赵厅长就更差劲了，裤管下湿了一大摊，居然吓得尿裤子了。

"回想起刚见到他们时的春风得意，此刻的表情，的确是很有观赏价值。"单子凯掏出手机拍下了这值得纪念的一幕。就在这时他的手机响了起来，是赵美琳打来的，她一定是听到招标会上的风声，找"谢丹儒"商量对策。单子凯看到她的名字都觉得恶心，连关机键都懒得按，直接把手机扔进垃圾桶里。

远远的，梁融也走出了酒店的大门过来了，带着胜利的微笑，对大家伸出了大拇指。

"走吧，咱们得赶在银行关门前把这张支票兑现。"陆钟举起手里的支票，对大家晃了晃，这可是大家辛苦半个月的报酬。现在距离四点半还有十分钟时间，邹天明肯定不能打电话取消交易了，但大家还得抢在银行冻结账户之前把这笔钱拿到。

D

"驼爷，您还满意吗？"看着精神健旺起来的驼爷，陆钟放下了心。

"好，好啊。你们可真是帮了我大忙了，谢谢你们。"驼爷从洪义手里接过存单时还觉得不可思议，那原本就是属于他的钱，但从邹天明手里拿回这笔钱无异于虎口夺食。

不过一天，整个福州城内已经闹得沸沸扬扬，报纸上电视上，还有人们的嘴里都在流传着各种版本的招标内幕和大律师的"艳照门"，在媒体和舆论的压力下，邹天明不得取保候审，必须待在看守所里，警方还在搜集证据，要把这个利益集团调查个水落石出。远在国外的洪义也听到了风声，短期内不会回国，自然也不会有人再来找碴，驼爷终于可以过回太平日子。

"您不用客气，都是我们应该做的。"陆钟搀着驼爷的手，扶着他坐下。驼爷身边还有另一位年轻人，也帮着拿起驼爷的拐杖，此人身形消瘦，有些面熟。

"这位是……"老韩猜测着年轻人的身份。

"我新收的徒弟，小一刀。"驼爷捋了捋胡子，满意地看着身边的年轻人，"这几天我想明白了，还是你说得对，年纪大了，那点手艺也不能带进棺材里。"

"韩老大好。"小一刀毕恭毕敬地鞠了个躬，马上就向老韩讨教，"能请教您一个问题吗？"

"尽管问吧。"

"那个混蛋律师很有钱，为什么不多骗一些呢？只要了这么几百万，不过是他银行账户里的零头。"小一刀觉得骗少了。

"呵呵，这个问题可是入行的时候必须要知道的，还是让你师父告诉你吧。"老韩抬抬手，示意让驼三来回答。

"小子，是这么回事。咱们江相派有三条规矩是一定要遵守的，你一定要记牢，如果将来坏了规矩，我可是要逐你出门的。"驼三收起笑脸，严肃起来，"第一，绝对不能泄漏行中的秘密，失手不能出卖同门。第二，只能骗钱，不能骗色，所骗的也要是不义之财。第三，不能做瓜（死）一哥。"

"那些是坏人，为什么不能把他们骗死？"小一刀不太明白。

"一个有职业道德的老千，永远不会把一哥骗到倾家荡产。如果闹出了人命，事情肯定会闹大，对于咱们老千来说，最最重要的就是安全。我们能做的是给他们一些教训，真正能给他们定罪的只有政府，明白吗？"驼三认真地解释完，又补充道，"还有一点你一定要记住，江湖财，江湖散，不散有灾难。这一点虽然不在门规里，但你也一定要遵守，当老千的是吃的江湖饭，没有朋友，是绝对混不下去的。"

"小子你可要好好记住哦，以后咱们就是一家人了。"老韩欣慰地拍拍驼爷的手。

"真不知道该怎么谢你，上次说起那本书的事，段七跟我已经多年没见了，我只知道他在广州。"驼爷面有愧色。

"见了面，我会替你跟他问好。"老韩知道驼爷跟段七曾有摩擦，马上转移话题，"不说那些了，咱们还不老，真的，还有几十年呢，你争取再生个小驼子，哈哈。"老韩说完，自己也笑了。

"你又笑话我，儿子什么的我就不指望了，只要能跟徒弟合得来，这辈子就这么过了。"驼爷看着已经满头白发的老韩，记忆中，当年那个潇洒一方的韩枫身影已经有些模糊了，"我记得你总是说，要做一个骗得过阎王爷的老千。"

"这句话真是太妙了，回头我要写进干爹语录。"司徒颖乖巧地说道。

"怕是骗不过阎王爷了，最近身体越来越不争气，只能指望这帮小的们帮我骗骗阎王爷了。"老韩话都没说完，就咳了起来。最近几天胸口老是发闷，咳嗽也比平时更多了。知道抽烟对身体不好，可要让他不抽，那比要命还难。

"你比我小呢，可别死在我前头。别忘了我们以前约定过，这辈子还要一起去拉斯维加斯参加WSOP世界扑克巡回赛的。"驼爷看着老韩，这一别，不知相逢是何时了。他沉吟了片刻，又想起一件事来："对了，司徒姑娘上次说你表姐在我们福建做传销，我打听过了，一个月前，公司总部搬到广西来宾去了。"

"驼爷你真是太好了。"司徒颖高兴得在驼爷脸上留下了响亮的吻。那位表姐是远亲，比司徒颖大十岁，老家在乡下，没读过多少书，司徒颖很小的时候她就去司徒家帮忙照顾司徒颖，司徒颖的童年都是在她的陪伴下度过的，可比亲姐姐还亲。

"老韩，你还记得当年帮我们跑腿的小周吗？他现在就在来宾，可以帮你们找找人。"驼爷的人缘一直很不错。

"小周，当然记得，很勤快的一个人。"老韩对小周的印象很好。

现在有两条线索，司徒表姐和段七，先找谁是个问题。

老韩说，让陆钟决定。

陆钟的决定是先救表姐，段七前辈不会有性命之虞，而表姐就不好说了，听过太多关于传销组织的负面消息，司徒家里的人全都很担心。

邹天明那张支票兑现的三百万，以驼爷的名义捐出一百万给中华慈善总会，剩下的两百万，老韩提出收购一家小公司，最好是一家曾经红火过赚过大钱，如今又濒临破产的那种。大家变成股东后在公司的账目上做点动作，以后就再也不怕有人以所谓的巨额财产来历不明罪要挟大家了。

这个任务该交给谁呢？司徒颖忙着逛街血拼，梁融则忙着泡论坛当他的版主，至于单子凯，更是忙得厉害，平时泡美眉还忙不过来，他名下还有家模特经纪公司要打理——当然是假公司。广告上说不收报名费，其实跟当年陆钟玩的那套把戏一样，打着找模特和临时演员的招牌赚点摄像费资料费化妆费存档费，赚头不大。碰上个别有钱又不吝啬的，也请梁融帮忙搞搞包装赚点包装费，偶尔还可以为队伍里龙套角色的需求提供人力支援。单子凯很聪明，总是以试镜为由，让那些做明星梦的人客串到骗局里，只要解释成隐藏拍摄很少有人怀疑。实在被追问急了，就弄个假广告，印几张广告再给个几百块的广告费，就算是有交代了。当然，假广告永远不会发到街上去，也就不会有人告侵权，但用几千块买个广告模特的荣誉还是很多人愿意做的事。公司很小，不到十个人，发展得却不错，已经在好几个省会城市开办了加盟店。当然也都是圈内人加盟，大家互帮互助，共享资源。所以，最后这个收购小公司的任务还是落到了陆钟身上。

新的目的地已经定下，很快就到了与驼爷作别的日子，离别前这晚，大家照例把酒言欢，驼爷对陆钟的身世很是好奇，他羡慕地看着老韩："跟我说说，你是怎么收到的这么好一个徒弟的？”

　　“还是让他自己说吧。”老韩亲昵地拍了拍陆钟的肩膀，这动作就像父亲在拍儿子一样。

　　师父的手宽厚温暖，陆钟执起酒壶，驯良地一笑：“师父下令，徒儿岂敢不从，只是说来话长，驼爷您先续上一杯。”

 ## 第七章　天下有贼

A

出道前的陆钟还不叫六哥，人人都叫他小六，那时候的他非但不是狠角色，还曾被人骗得只剩一条内裤。

基本上，他是个老实学生，除了偶尔赚点外快，很少做出格的事情。十六岁那年跟爸爸吵架离家出走，去临城的大学玩了次假招聘弄到几千块钱，大一时因为跟人打赌，在网上卖"肉鸡"也赚过两万。虽然捞偏门来钱快，但他只把这种事当成智力游戏，事后的内疚也远远大于成功的喜悦。陆家家教素严，尤其是出了陆钟爸这个大败家子后，爷爷对他的管教更是严苛。

小六老家在东北某个不大不小的城市，家境本来不错，爷爷的爷爷解放前是当地大户，"文革"平反后政府归还了一栋位于市内旺地的祖屋，还投资了几间铺面可以收租。按说日子挺滋润，可小六爸爱赌，一坐到赌桌前就像打了鸡血，扑克麻将来者不拒，却输多赢少。

高三那年，小六爸输光了家产，两间铺面被迫抵债，爷爷被活活气死。

家庭对于真正的赌鬼来说只是累赘。小六上大学那年，他爸把家里住的房子也抵给了债主，扔下小六妈跑了。小六就读的大学远在千里之外，小六妈怕影响他学习，时隔半年才告诉他这些。

小六妈命苦，这辈子没享半点福，没多久得了尿毒症，不论是换肾还是透析，都需要很多钱。她下岗多年，日子难得没法说，她也就不说。小六偶然地在报上的新闻里看到妈妈的照片后，才知道她过着怎样的日子。

他一直以为妈租房住，没想到她居然睡在桥洞里。桥洞里塞满了各种颜色的塑料袋和空瓶子，一床千疮百孔的破棉被垫在地上，逼仄的空间只够勉强蜷着身体躺下。照片旁的报道说这位老妇人在翻越桥栏时被路人发现，以为她要自杀就拦住了，小六妈解释说她不

过是要去桥洞里睡觉，那人说什么也不信，最后还招来了警察和记者。

在媒体的介入下总算把事情给弄清了。小六妈是下岗工人，有低保，救助站不收，在媒体的帮助下几位好心人捐了点钱，还有人提供闲置的仓库让小六妈住，医院也表示治疗费用可以减免一部分。

那晚小六捧着报纸哭了一宿，报上妈妈的脸病态地饱满，满脸放光，他知道，那是因为减少了血液透析的次数而浮肿的。

毕业后，他怀着对钱无比强烈的渴望南下找工作，以为凭着学历和能力，只要吃苦耐劳就一定会有前途。他想凭着真本事赚到一笔钱后就回家见妈妈，却万没想到，这次南下改变了他的人生。

B

习武之人都知道，想要学好打人首先要学会挨打，同理，想要当一个优秀的老千常常有被骗的经历。

深圳火车站永远人满为患，时值毕业季，从全国各地赶来的学生和农民工混在一起，还有来做生意的大小老板们，把火车和车站塞得满满当当。火车上冷气很足，刚下车的小六被迎面袭来的热浪弄得头昏脑涨，他拎着包，在人潮汹涌的站台上四下张望，寻找出站口。

一个穿着超短牛仔裙的漂亮姑娘走了过来，冲小六说了几句难懂的本地话，表情像是在求助，小六听得云里雾里。就在这时，不知从哪里蹿出个干瘦男人，手在他胸前轻轻一抓，玉坠就不见了。

玉坠是小六爷爷临死前留给小六的，上好的老坑蛋清地浓翠色温玉，爷爷唯一的遗物。小六条件反射地追出去，可人实在太多，人流像潮水般淹没了他，他艰难地逆流而行。这样的事在火车站随时都有，没人在意他的呼救。等他发现求助的姑娘早就不见了踪影，才意识到他们是一伙的。

郁闷地出了站，他来到站前广场上打IC卡公用电话。有位师兄在这里工作，小六和他联系过，找到工作前暂时在他那落脚。

电话响了两声，旁边有只大手忽然伸过来啪地一声挂断了。搞什么鬼，小六回头一看，那是个穿着黑色工字背心的猛男，手臂上文着两只很花哨的动物，耳朵上戴着很夸张的耳环。

"认错人了。"猛男不置可否地扔下一句，扭头就走。

旁边兜售本市地图的男人凑过来，小声说那人是黑社会。

小六觉得奇怪，又不认识，干吗跟他说这话。卖地图的看出他的怀疑，赶紧解释有个老乡前几天被猛男打伤了，猛男不是好人。对方既是好心，小六也就没再想下去，继续拨打电话给师兄，这次他直接按了重播键。师兄的声音不太对头，说自己感冒了，小六也就没多想。师兄还说临时加班，女友过来接他，让他打女友的手机联系。

挂断电话，那种不对劲的感觉再次出现，可陌生的城市陌生的人群，除了师兄，他实在没其他可投靠的人。叹了口气，他还是按师兄给的手机号码打了过去，这回很快就通了，师兄的女友声音软软的很温柔，她说车站前不能停的士，让他多走几步去马路对面的酒店门口见面。她说的酒店很醒目，距离火车站最多两百米。

那是个很热情的女孩，接过小六手里的包带他进入酒店大堂先吹吹冷气，客套地寒暄了几句，她说手机没电了，问能不能借小六的给师兄打个电话。

小六掏出手机递给了她。

女孩微笑着接过按下一串数字，应该是接通了，可她喂了半天那边还是听不清。女孩说外面可能信号好些，就出去了。小六干等了十多分钟没见女孩回来，这才意识到可能再次被骗了，等到他冲出酒店，哪还有她的影子。

何止想哭，他简直想死，手机没了，师兄的号码也没了，他失去了唯一可投奔的人。女孩手里还有他的包，包里有毕业证和学校统一制作的求职简历，没了这些还能拿什么去找工作。

他绝望地站在酒店门前，最后被保安粗暴地推到路边。

C

听说小偷偷完钱包后会把没用的身份证扔掉，小六抱着渺茫的希望翻找着垃圾桶，可除了惹来很多拾荒者鄙视的目光，什么收获也没有。

他发现那个双臂文身的猛男又挂断了好几个人的IC卡电话，卖地图的也一直守在电话亭边。也许火车站附近的公用电话都被做过手脚，只要按下重播键，就会自动拨到另外的号码。可惜他弄明白了也不能怎样，一个初来乍到的外地学生，那些人弄死他就像捏死只蚂蚁。幸好钱包还在，除了两百块现金还有张存了三千七百块的银行卡，存了两年的勤工俭学工资和奖学金，这是他的全部家当。

天色越来越暗，车站的人也越来越少，妖艳女子和身份可疑的人从各个角落里盯着他，那些眼神都带着绿，像狼，盯得他体虚。

得去住店，可火车站附近的招待所是不敢住了，他只能盲目地走着，不知走了多久，眼前出现了一个高档小区。穿梭在附近的车辆大多是奔驰宝马，这里的治安应该比火车站好些，他来到街角的ATM机旁，小心翼翼地掏出了钱包。

直到按下密码的前一秒还一切正常，可等待机器出钞时，身边忽然冒出个操外地口音的老头。老头举着一张卡说自己不会用提款机，问能不能帮他取钱。就在同时，他胳臂下钻出个脏兮兮的小男孩，吸着鼻涕朝他身边挤。小六嫌脏有意躲着，那孩子却大胆地把手朝出钞口伸去。他忙把孩子推开，可老头却拉着他，要告诉他密码。

小男孩抓起一把钱就朝路边跑，小六只觉眼前一黑，拼了命追出去，足足追出三个街口才把他抓住，小兔崽子叫得像杀猪。攥着夺回来的一千块才想起卡还在提款机里，他只能又飞跑回去，心里还抱着一丝幻想，也许卡还在机器里，机器出故障把卡卡住了，或者机器里的钱恰好全部被取完了。

没有奇迹。等他回到提款机前时，老头早就消失了，卡也不见了，小六疯了般冲到公用电话亭打给银行。结果是绝望的，卡里的钱全被取光了，挂失也无济于事。末了，客服小姐还说这种情况属于个人保管不当，银行不负任何责任。

那晚，他在火车站的贵宾候车厅坐了一宿，那里是性价比最高的过夜场所，没床，却有电视通宵播放，还有免费的茶水和空调。虽然来往不息的乘客很吵，但小偷和乞丐几乎都去免费的候车大厅混了，只花十块钱，不能要求太高。

才来这个城市不到十二个小时就沦落至此，他沮丧透顶，在卫生间里洗了把脸，开始考虑出路。

捡来的报纸上有条很不错的信息，某外贸公司经营可自行制作的工艺品，不限时间，不要坐班，做出成品就可以按件回收，广告上说熟手每月三千收入。

公司的人很热情，来咨询的人也多，前台小姐忙着端茶递水。一个带着金丝边眼镜的中年男子是经理，用口音不详的塑料普通话说只要交纳一些材料押金就行，东西做好后送过来他会按数量支付报酬。成品是很简单的豆子画，线条和配色都有模板，豆子也用不了多少钱，技术含量不高，不过第一次的材料押金得三百，这让小六有些犹豫。

就在这时，前台小姐通知经理有人来交货，让他去验收。有两名衣着朴素的中年妇女，她们带来了八幅豆子画，经理很随意地检查后就大手一挥开出两张八百块钱的兑付凭条。

两位大姐很快就领到了钱，这让小六看到了希望，兴冲冲地交了三百押金，领了五套豆子画的材料——几张图样和几套简易画框。

他花几十块钱买回各色豆子，在候车厅里找了个人少的角落就开始了奋斗。为了能尽快赚到现金，他不眠不休，饿了就吃馒头，渴了就用捡来的空瓶子盛自来水喝。三天后，疲倦不堪却兴致勃勃的他拎着精心制作的成品赶到公司。

"这些画都有明显质量问题，是次品，你看……"经理指出些根本不算问题的问题，拒绝回收和付款。小六要求退押金，可经理从牙缝里挤出一句不可能，扭头就走。他冲过去一把抓住经理的衣领，经理被吓到了，边挣扎边说什么要请示上级。

围观的人中有两个穿着保洁制服的大姐，她们手里还拿着抹布，可那两张脸小六记得特别清楚，上次就是她们在小六面前演了出勤劳致富的好戏。原来又是骗局，小六积蓄已久的怒火终于爆发了，抡起拳头对着经理的鞋拔子脸一阵猛打。

保安及时赶到，经理趁机逃脱，十来个人把他围在中间，再没还手的余地，拳脚雨点般落下，他只能蜷成一团，尽量不被打出内伤。一只尖头皮鞋重重地落在后腰上，他疼得昏了过去。

D

醒来时，他已身在一间臭气熏天的屋子里，发霉的草席馊饭菜，浓烈的臭脚丫子味和马桶里的尿骚味混在一起。他呕不出来，肚子是空的，早就饿得眼冒金星，浑身上下骨头散架般的痛，身上很多地方还有着大片大片的淤青。

屋子不到二十平方米，却睡了十多个民工，这些人穿得跟乞丐没两样。屋里除了上下床外连张椅子都没有，又闷又热像个蒸笼。过了很久他才知道，这就是所谓工人房。

工人房是为黑工地服务的，马仔们在这里为老板寻找干工地活的壮年男子。干的是牛马活吃的是垃圾食，不给工钱，也不准逃跑。这类报道新闻里有过，现在居然发生在自己身上，真像在做梦，小六脑子一片混沌，世界陌生的一面让他措手不及。身份证连同身上的火车票和散碎毛票全都不见了，八成是黑公司的保安把他打晕后搜走了。

事已至此，恨也无济于事，得找机会逃。他小心翼翼地借上厕所的机会观察外面的环境，看守很严，马仔们手里有刀，只能等待机会。

三天后，他和二三十个民工被闷罐汽车拉到了陌生的工地，工头以买工伤保险为由收走了所有人的身份证。这些身份证不会再还给这些可怜的人们，为的是防他们逃跑，工资也不会发，反抗的后果就是打，往死里打。当晚，小六亲眼看到有人被打掉了满嘴的牙。

开工第一夜，伙食还算不错，能见到点油星和肥肉丁，他吃了个饱，趁人不注意还揣了两只馒头。

凌晨四点，他跟着另外一个工棚的两个民工成功地跑出了工地，一路狂奔不敢再回头。穿过危险的高速公路，他们只敢走偏僻小路。第二天，他和那两个民工分了手，逃跑时为了不被人发现连衣服也没敢带，只穿着条裤衩，就这样流浪了好几天，才走回城。

救助站里人满为患，每天都有很多指望混碗饭吃的人过来。他没法告诉管理人员确切的住址，家早没了，他连妈住哪也说不清。政府提供的免费食宿是有期限的，十天之内必须做出决定——继续找工作还是回老家。

救助站少不了来"捡料"的人。"料"就是救助站里的流浪者，"捡料"的却分很多种，有工人房的马仔来寻壮年劳动力；有搞抢劫的，要身体好又不怕死的少年；还有人来这里找女人，不论年纪美丑，骗去当小姐或者拐卖到很偏远的乡下卖给农民当老婆。捡到合适的料后，只要带对方去签一份自愿离开的文书，就不会有人再管以后的事。

一个四十多岁的老男人"捡"到了小六，他有一份不要经验和学历也不要押金的工作机会。

老男人穿着救助站发的旧衣服，眼里的精明却与旁人大不相同。他是个老千，希望小六加入他的队伍。他说骗子也是一份工作，自古以来自从有了人就有骗子，这个世界就是大骗子和小骗子组成的，只要放下思想包袱，这份工作很有前途。

小六跟着老男人走了，人在走投无路时，最重要的还是生存。

E

老男人手下有七八个人，大家都叫他梅老板，小六也跟着叫。他们住在一栋出租屋里，日子不错，顿顿都有肉吃有酒喝。不开工时，大家都苦练业务，有人练习洗牌和换牌，也有人研究溜门撬锁，闲来无事大家还会互相切磋，学术氛围浓厚。

梅老板说吃这碗饭得凭实力，可不比读大学，随便混混也能混到文凭，手艺不行的后果可是很严重的，万一被警察抓住不仅害了自己，还会连累大家。梅老板使用频率最多的局就是在公交车上配合着骗手机，还有在长途汽车上"带笼子"，偶尔也做做赌局。

这支队伍分工明确，有人负责"搭脚"（下套），有人负责"讲正"（讲解和说服），有人负责望风，如果是赌局的话，还有专业的"马师"（洗牌高手），梅老板每次都做"老板"（坐庄）。不过赌局不太好做，很多人被骗一次就不会来了，风险也不小。

梅老板是把小六领进门的师父，除了入门的一些简单内容，他最爱念叨全国各地骗子们的路数，炫耀自己见多识广。

福建的骗子大多是农民，但他们通常都玩高科技，什么信用卡透支、中奖、六合彩特码之类的信息都是他们弄出来的。上海的骗子形象最好，多以有钱人身份出现，西装革履，世界五百强国际大公司首席代表，开口就是千万美金以上的订单，还带着洋腔，什么生意都得先付好处费，否则免谈。

安徽的假尼姑假和尚最多，不仅假化缘还偷东西。人贩子多是四川人。山西人则擅长制假贩假，假水泥假钢材假烟假酒，无所不精。而蒙住路人的眼让对方猜是谁，然后浑水摸鱼偷钱和手机的把戏是东北人发明的，他们还擅长碰瓷和仙人跳。

北京的骗子是最牛的，不是重要领导人亲戚就是亲信，号称上通中央领导下连基层派出所。他们能办的事可就多了，大到升官发财，小到嫖娼被抓保释，政府拨款，副厅升正厅，还有紧俏物质的批文，什么难弄就弄什么，还一个比一个牛。他们通常时间紧张，好不容易见一面还无精打采，说昨晚又和某领导人的亲戚打了通宵麻将，手机还不停响，说什么浙江、福建的什么人又来找他要电煤的批文了。请他们吃饭得先预约，能赏脸就是给面子了，求着办点事必须先付好处费，办好再付，没门，不办拉倒！但付了好处费后，想听下文？更没门！

用梅老板的话说，有人的地方就有骗子，这一行有着几千年的历史，以前有现在有未来也还会有，领悟骗术真谛就不愁没有饭吃，永远也不会下岗。小六似乎注定就是吃这碗饭的，不到两个月就把他那套东西全学到了。

中秋节时，他带着攒下的第一个两万块，兴冲冲地回了趟老家。一路上，他想到了买房子，送妈妈住院，再请个保姆，可两万块哪一样都不够，看来还得接着当老千，这是目前他所知来钱最快的路子。

这笔钱最后还是没能用在妈妈身上，就在他出发回家的前两个晚上，妈妈被车给撞了，司机逃走了。没人在乎一个垃圾婆的生死，如果不是在报上看到了认尸启示，他差点见不到妈妈最后一面。

妈妈做了一辈子好人，但所谓的善有善报并没有显现。是与非，善与恶，他第一次开始怀疑爷爷给自己灌输了二十年的人生观。他把妈妈的死归结于自己的无能，如果早些赚钱回来，这事就不会发生。他用那笔钱买了块巴掌大的墓地，临走时在妈妈的遗像前发了誓，要赚到钱，把原来的家，还有爷爷原来的铺子都买回来。

第八章　向周润发学习

A

小六发现，每次行骗成功的快乐和满足是无法用言语表达的，他打心眼里喜欢干这行，但梅老板能教的东西极为有限。终于某天，他离开了梅老板的队伍，独自闯荡。

第一次单枪匹马行骗时，他抱着个不大的纸箱用按响一户人家的门铃。等待开门时深呼吸几次，可还是感觉尿急。门开了，按照事前设计的台词，他说自己是送快递的，亮出手上的纸箱。

那是个粗壮的男人，在快递单上签名时，只嘟囔了一句：怎么没先打电话。

小六赶紧解释说快递单上的号码写错了，联系不上。他的内线，快递公司的小张说过，这家的女主人常在网上买便宜货，是老主顾，几乎每个星期都会有一两单快递。

签完名，关键的时候到了，小六没立刻把箱子交给他，而是指着快递单上的一处说：费用到付，得付二十块钱的快递费。

男人皱了皱眉，瞟了眼他手中的纸箱，每一面都被厚厚的透明胶缠得很牢，想要一下打开不太可能。他掂量掂量箱子，挺沉的，就问里面是什么。

小六说他也不知道，然后很专业地解释一公斤收十五块运费，箱子里的东西应该是一公斤以上的。一边说着他还一边不耐烦地摸了摸头上的安全帽让男人快点，他的摩托车还在楼下，没上大锁。

这番话无懈可击，男人掏出二十块递了过去。一离开男人的视线，他就开始狂奔，可以想象那男人费劲地拆开层层胶带和重重报纸后，发现里面只有半块砖会有多愤怒。

这种小把戏对他来说信手拈来，成本和风险一样低廉，赚得不多但也轻松自在。打那时起，街头骗术就成了他每天研究的内容，也为日后的成就奠定了必不可少的基础。

也许是机缘巧合，也许是命中注定。某天，他带着两大瓶做过手脚的橄榄油来到一个别墅区。那是他新发现的好地方，别墅区的住户都不在乎小钱。这些油只有上面一层是真正的油，下面的四分之三全都是用色素调出来的水。油比水轻，浮在上面，打开瓶盖倒些出来也鉴定不出真假。橄榄油价格不低，这么两大瓶卖出去也是好几百块，一笔顶快递十笔。

这次出现在小六面前的，是一个头发花白气宇轩昂的老头，穿着雪白的衬衣，笔挺的西裤，真皮的拖鞋，那气质简直是谢贤跟陈道明的混合版。如果用一个词来形容，最贴切的莫过于——惊为天人。

本着专业态度，小六尽量正常地发挥了水平，脸不变色心不跳地说出了计划好的台词：自己在一家餐厅打工，老板无良，拖欠半年工资跑路了，工人们只好分掉了餐厅物资充当工资，这橄榄油是货真价实的好东西，便宜卖了。

老先生拎起一瓶油掂量了一下，认真地盯着他看了好一会儿才开腔："年轻人，很缺钱吧？"

这……小六怔了半天没回过神来。他自认演技不错，从语音语调到身上穿着的褪色工作服，无一不标榜出他扮演的角色，老先生甚至没打开盖子，怎会发现自己搞的名堂？

"如果你愿意帮我一个小忙，我会付给你十倍的油钱。"老头脸上该有的皱纹一条都不少，可他的眼里却透出不容置疑的淡定，目光仿佛能看透人心，盯得小六浑身不自在。

当然不能轻易答应，天知道要帮什么忙，不过十倍油钱却让他动心。一瓶五公升的橄榄油大概是四百多块，两瓶，再十倍，数目相当可观。有句话怎么说来着，光脚的不怕穿鞋的，自己光棍一条，怕个毛。

"行，得给我定金，而且先声明，杀人放火的事我不干。"他抹了一把脑门上的汗，先提出了条件，他喜欢掌握主动权。

"放心，很简单的一点小事情，用不着杀人放火。定金没问题，先给你五百，明天上午你早点来。"老头对他莫名地信任，那口吻就好像已经看准了他绝对会来。

B

第二天，小六准时赴约。一番交代后，他弄清了老先生的身份，他和自己一样，也是老千。不过，一定是比梅老板还高出许多级的超级大老千。

"年轻人，我们要做的事不比演戏，一旦开始就不能NG。"老先生吸着粗粗的雪茄，浓郁的烟雾在他眼前翻滚。

小六点了点头，同样认真地回答："我答应的事就一定会做到。"

事情是这样安排的：他要搭车先赶到城郊的温泉酒店，接到老先生的电话通知后，以北京来的高干子弟身份坐上一辆的士，然后大家一起前往临城某五星级酒店。吃过饭后，他以有事为由提前退场，酒店外会有人接应他离开。至此他的任务就算完了，直接等着收工拿钱。

按老先生的吩咐，小六换上了挺括的西装和锃亮的皮鞋，老先生帮着弄了弄头发，几分钟后，镜子里的他焕然一新。他的五官虽不出挑，眉眼中却有种历经磨难后难以模仿的傲气。

老先生为小六单独打了辆车，让他赶到约定的那家酒店。期间发生了什么事小六不得而知，他在酒店大堂里等了一个小时手机才响。

按照约定，他要从这一秒开始扮演高干子弟。高干子弟有两种，一种是外向型的狂，一种是内向型的狂。前一种的主要特征就是眼高于顶，嚣张跋扈，最易惹人反感。后一种往往看起来比较正常，但他们的蔑视是骨子里的，说起话来惜字如金，城府颇深。不知道面对的会是怎样的人，所以他决定保守些，走内向型路线。

接到电话后，小六故意拖延了十分钟才起身，高干子弟做什么事都可以比别人慢半拍。果然，他出现时老先生的神情颇为赞赏。老先生身边貌似副手的眼镜男也很英俊，对他却毕恭毕敬，还下车为他开门，不耐烦的只有的士司机。上车后，老先生更是客套有余礼貌有加，连称谓也用上了"您"。

小六暗觉好笑，脸上却露出不屑，一言不发。让他惊讶的是，老先生居然多出了两撇浓郁到遮住嘴唇的胡子。

上车后，老先生吩咐司机开车，前往临城。一路上，老先生和副手陪小六说着客套话，大意是贵客难得来，一定要给他们机会好好招待。老先生称自己的事业全仰仗小六父亲的关照，下次有机会还要请他们父子一起出国去玩玩。

小六没做声，一派不把老先生放眼里的样子，心里却在琢磨着要骗的是谁。车里一共四人，副手是老先生一伙的，这种情况下还要演戏，只能演给的士司机看。的士司机有什么好骗的，劫了他也没多少钱，难不成要劫车？可劫车的话何必大费周章编排一场。

车到临城正是晚饭的点，老先生对司机说待会儿吃完饭还要用车出去玩，不如再加钱包车一晚，顺便请他吃饭，为了让司机放心还把白天包车的钱给付了。司机乐开了花，很庆幸今天碰上了大方的客人，自然跟着他们一起进了酒店。

最豪华的包厢里，老先生客气地请小六点菜，小六也不含糊，连菜单都没看，张口就是澳洲龙虾秘制鲍鱼清蒸石斑，什么贵点什么，其他的让老先生看着办。

老先生嘿嘿一笑，又点了几样菜，还叫了瓶路易十三。

没过多久，穿着高衩旗袍的美女们就把酒菜端上来了。小六注意到司机有些傻眼，估计他也是第一次见识到这种场面，拼命地胡吃海塞。

老先生和他的副手对司机也格外客气，当着服务员的面还敬了他一杯酒。看老先生对自己频频举杯以及脸上满意的笑容，小六心里有了点底，自己演得还不差。酒菜很动人，不过为了保持形象，他只捡每道菜里最精华的部分夹了两筷子，连鱼翅都还没来得及吃，手机就响了。

这通电话一来就得离开，他把手机放在耳边，佯听了几句就借口信号不好去外面接电话。一位身材窈窕长发披肩的美人在大堂冲他招了招手，引他上了酒店对面一辆黑色的七座商务车。

车里有台笔记本电脑，屏幕上显示的图像正是酒店大堂，还有声音同步传输。美人目不斜视地盯着屏幕，长长的瓜子脸，秀气的眉眼，小巧的鼻子，五官不算完美，但组合在一起却有种难以形容的魅力。除了那张脸外，超短的牛仔百褶裙下，一双长腿在幽暗的车厢里熠熠生辉，小六盯着那双腿舍不得挪开视线。

"小子，别流口水。"美人樱唇轻启，蹦出来的字眼却硬邦邦的。

"谁，谁流口水？"小六厚着脸皮左顾右盼，假装没听懂美人的话。

"说你呢，别死盯着我。"美人斜了小六一眼，带着几分鄙夷，声音冷冰冰的。

看得出美人相当自信，小六其实挺喜欢看她的，但他不喜欢人家比他牛逼，尤其是女人，长得漂亮就了不起吗，还不是要给男人看的。小六不客气地回敬："这位大婶，如果不是你先看我又怎么知道我盯着你呢？"

"你！"全世界的女人都最在乎自己的年龄，美人恶狠狠地从牙缝里挤出一句，"要不是有任务，我现在就灭了你。"

小六本想问问今晚任务的目的，但现在把人给得罪了，不便再问。美人也不搭理他，继续关注着屏幕。

就在这时，一个带着小孩的中年男人步入酒店，小孩手上抓着一把气球。

过了两三分钟，酒店大堂里传出小孩的哭声，电脑屏幕上可以清晰地看到，小孩手里的气球飞了。小六发现，气球飞去的方向正好是监控摄像头的位置。保安被孩子的哭声招了过去，七手八脚地帮忙找梯子取回气球。就在这时，老先生和副手走出了酒店，他们抱着两箱东西，头也不回地朝商务车快步走来。

电脑屏幕上，保安们从梯子上下来，孩子接过气球破涕为笑。这时小六才看出，图像是来自孩子身边的大人，那人安顿好孩子在大堂找了个沙发坐下，貌似在等人，其实是选择了一个最佳的监控视角，商务车里的观众因此可以一览全局。

"老先生，什么时候撤？"小六瞄着他们带进来的纸箱，车内太黑，看不清那上面的字。

"别急，还有场好戏。"老先生撕掉了假胡子，副手也摘下了眼镜，恢复本来面目。

又过了七八分钟，的士司机怒气冲冲地走出电梯出现在大堂，另一扇电梯门紧接着开了，几个酒店工作人员追了过来，为首的人举着一张账单："先生，请您先买单。"

"我真不认识那些人，是他们请我来吃饭的，都跟你们说了我是司机，他们包我的车！"司机很激动，边说边推搡拦阻他的人们。

"请您不要再推脱了，你们的人还带走一箱软中华一箱五粮液，他们说由您买单，请配合我们的工作付了钱再走。"大堂经理用力拖住的士司机，尽量保持客气。

原来是软中华和五粮液，那可值好几万，小六忍不住回头看那两个纸箱，心道老先生出手可比自己的小打小闹强多了。

"你们还讲不讲理，那伙人是骗子！你们不去抓骗子抓我做什么！放手，我让你放手！"的士司机快疯了，飞起一脚踢在大堂经理的肚子上。

经理捂着肚子蹲在地上，痛苦扭曲了他的脸，有人尖叫，有人报警，保安冲上前把司机扑倒在地，整个大堂乱了套，客人们避之不及。司机有股子蛮力，居然挣脱了两三个保安的围捕跑了出去，他飞快地钻进车，油门猛踩冲了出去。

几乎是发动汽车的同时，路边蹿出一个人影。的士刚起步速度不快，却正好把那人撞倒在地。那人横在车前，朝前开他必死无疑，可倒车的话追兵就要到了。司机只犹豫了片刻，保安们已从各方向飞奔而来，拦在车前。

此时，没有人注意到中年男人牵着小孩的手，从容不迫地步出大堂，上了商务车。一上车，中年男人就撕掉了假胡子和为了掩盖发型的帽子，露出一张年轻的面孔，他的身形偏胖，还有个不算小的肚子。

远处传来警车的鸣笛声，老先生脸上露出了满足的表情。

C

商务车的司机换成了那美人，胖男人先送小孩回家，又把烟酒送去一家相熟的烟酒专卖店，很快换来几叠厚厚的粉红色纸币。

"干爹，现在你可以放心了。"美人回过头来对老先生说。

"希望他在天有灵可以看到。"老先生的兴致不高，还有点伤感。

小六不明白他们在说什么，今晚做的一切似乎是为了某个人，是谁呢？

"你表现不错，昨天的钱就算是奖励了，现在你可以带着这笔钱离开这里，忘了今天的一切，忘了我们，忘了这笔交易。"老先生递过一叠钞票，恢复了平时的腔调。

"我可以问个问题吗？"小六现在的心思可不在钱上。

"说。"老先生没有看他。

"你们这么做，是为什么？"小六凝望老先生的眼睛，希望能从里面看出点内容。

"抱歉，我不能回答你。我们做的虽然不是什么好事，但也绝对不会伤害好人。"老先生显得很疲惫。

"我想加入你们。"小六脱口而出。自从干了这行，他就断了所有同学和朋友的联系，谁愿意跟一个骗子做朋友呢？而现在，他看到了摆脱那种孤独的机会。

"你知道我们是做什么的吗？"老先生点燃一支雪茄，幽幽问道。

"知道。"小六终于说出了那个词，"你们是老千。"

"你想当老千？"老先生徐徐吐出一口烟。

"我想赚钱，赚很多很多钱。"小六激动地说。

"我们不只是为了钱才做这个，这不能成为让你加入的理由。"老先生笑了。

"我……"小六语塞。

老先生沉默着，直到抽完了整支雪茄，才一字一句地道："我只跟最优秀的人合作，你觉得，你是最优秀的吗？"

"您可以考我，如果我通过测试，请先试用我一段时间。"小六同样认真地说。

"年纪不大，口气不小。"老先生打量着面前的年轻人。

D

街头已是灯火阑珊，酒吧街上热闹非凡，摆地摊的，卖花的，卖小吃的，趁着城管们下班大张旗鼓地张罗着生意。眼看这条街快走完了，老先生始终没说话，小六揣测着他的心思。

路边有家小店传出争吵声，一位操外地口音的客人来买东西，店主找给他五十块假币，回过头来店主不仅不认账，还凶神恶煞地赶外地人走。

"咱们谁说假话出门就被车撞死！奶奶的熊！"外地人吵不过本地人，只能骂骂咧咧地走了。

老先生饶有兴趣地看了一会儿，直到外地人走远了，才对小六说："三分钟，从那家小店的老板手里骗点钱，不能少于十块。"

"三分钟也太短了，能不能给我点时间准备一下。"小六觉得难度不小，那老板刚跟人吵过架，不好下手。

老先生自顾自地抬起手看表："不能偷，不能抢，不能威胁，计时开始。"

小六发了一会儿愣，看着街上来来往往的行人，不知该从哪里入手，骗人是需要计划的，偏偏时间还那么短……

"你还剩两分钟。"老先生面无表情地看着表。

小六好像知道该怎么做了，不过他没有马上去那家小店，而是先到路边烧烤摊上掏出一张一百元，买两串一块钱的鱿鱼须。烧烤老板颇有怨言，但生意不好不想失了客人，只能掏空了口袋找出零零碎碎的一大堆零钱。小六把这九十八块钱认真地揣在裤子的左边口袋，想了想，又从里面拿出一张十块的、两个一块的放进右边口袋。

"师父，您先吃着。"小六自信满满地把两串鱿鱼须递给老先生。

"才请我吃这么点？还真小气。"老先生嘟嚷着，没接。

"待会儿骗到了钱我再请您多吃几串。"小六笑笑，自己拿着吃了起来，快走几步来到那家小店里，从自选柜台上拿了两罐啤酒、一个打火机，"老板，买东西。"

老板脸上的阴云还没散，没好气地说，"啤酒六块打火机两块，一共八块。"

"给您二十。"小六递上一张二十块钱的纸币。

老板接过钱，对着灯光看了看水印，确认是真币后找给小六一张十块的纸币和两个硬币。

小六眼尖，看出那两枚一块的硬币颜色完全不对。市面上有很多这种假硬币，因为面值小没人报警，但这种假币过不了公车自动投币机，本城买菜的小贩也不收，除了给小孩子坐摇摇车外最大的用处就是打发乞丐了。他不动声色地留下右边口袋里的两个一块，把剩下的所有零钱都掏出来，连同那两枚硬币推给老板，"老板，麻烦你帮我换张一百块的整钱。"

"不换不换，麻烦死了。"老板可不是省油的灯。

"帮个忙嘛，待会儿要带女孩吃宵夜，人家看我全是零钱会很没面子的。"小六大方地开了支好烟给老板。

"你这人真是，明明有零钱还给我二十的让我找，我零钱也不够嘛。"看在好烟的份上，老板接过那堆零钱细细数了起来，"不对啊，你这里只有八十八块，不够换一百的。"

"我看看。没错，真不好意思是八十八，要不这样吧，老板，我刚刚不是给你一张二十的吗，你先拿出来。"小六一五一十地数了遍钱，还故意数得很慢。梅老板传授的基本功这时发挥了作用，他的手指灵巧地一夹一翻，一张十元的纸币握进掌心，手放回右边口袋，又连同那两个硬币一起掏了出来。

"干吗？"老板只觉眼前一花，不清楚小六要做什么，惯性之下拿出了那张二十元。

"您的二十加上我的八十八不是一百零八嘛，刚好比一百多八块。二十跟十二差八块，我这里正好还有十二块，跟您先换那张二十，这张二十再加上我的八十正好换您的一百。我我妈也开过小店，我知道你们做生意的最需要零钱了。"小六笑容可掬，先把十二块放上柜台，把那张二十的拨到自己这边，然后又把八块钱揣进裤兜，"您点点，二十加八十，正好一百，没错吧。"

这么多数字加加减减的老板彻底听晕了，不过仔细一数好像没错，桌面上的钱数也正好是一百，于是接过了那一大堆零钱，递给小六一张一百元的纸币。

"老板人这么好，以后肯定常来。"小六验明那张一百的是真钱，冲老板客气地告辞。

"不客气……"老板的表情有点僵硬，他感觉有点不对劲，可哪儿不对劲又无从说起。

出得店门，小六就加快了脚步，带着老先生专往人多的地方钻，很快就摆脱了老板的视线。

"您看还行吗？"小六掏出钱给老先生清点。

刚才他买完鱿鱼后剩九十八块，现在一张一百整的外加八块零的，总共一百零八块，不仅小赚十块钱，还白得了啤酒和打火机。

小六又买了十串鱿鱼须，打开啤酒递给老先生，"没超时，我算通过测验了吗？"

"我年纪大了，消化不了这些。"老先生先是摇摇头，又点了点头，"很久没人用这招了，你怎么知道的？"

"嘿嘿，瞎想的，我觉得准能把他绕晕。"小六灌了口啤酒，"估计那老板现在都还没想明白。"

"你有点小聪明。"老先生不置可否。

"师父，我通过考验了吗？"小六拦在老先生前面，"我是真想跟您学。"

"我先问问你，知道这个老千的千字是什么意思吗？"老先生问道。

"老千就是骗子，千是骗的意思吧。"小六挠了挠头。

"千者，骗也。有人把骗子称作老千，但坑蒙拐骗实乃千门末流，以千得铢是为骗，以千得国是为谋，古往今来无数兵法大家开国之君，皆深谙此道。"这番半文半白的话，让小六瞠目结舌。

"您真是……真是……多谢师父教诲。"在那双能看透一切的眼睛注视下，小六的马屁还是没能出口。

老先生微微一笑，"能遇上就是缘分，先处着试试吧。"

"多谢师父！我姓陆，单名一个钟字，您就叫我小六吧。"小六心里乐开了花。

老先生拍了拍他的肩膀："他们都叫我老韩。"

老韩和徒弟们在每个城市停留的时间有限，如果一个月内没找到合适的目标就会换个城市。每次得手后，那个城市一两年之内也必不会再去。六哥遇到师父老韩的那次机缘，完全是因为大师兄的车祸。

老韩的大徒弟，一位跟随他多年的千门高手，某夜在租住的小区门前不远的地方被酒后驾车的的士撞了，司机逃逸。当晚雨很大路人稀少，保安也没出来巡逻，事后医生说死因是失血过多，如果肇事司机及时拨打急救电话人还有救。

所幸整个过程被小区门前的监控摄像头录了下来，通过车牌号码，警方找到了肇事司机。可司机是交管局某领导的亲戚，他找了个很合法却不合情理的借口推卸责任，说死者过马路没走斑马线，结果判了双方责任等同，司机无刑事责任，只协议赔偿了一万元丧葬费。大家当然不满这个判决，当时大师兄根本没过马路，而是站在人行道上被撞的。

老韩查出事发当晚，那名司机去喝了交管局领导的生日酒，在场有很多人却没人愿意作证。甚至后来那个至关重要的监控录像也被人删除了，据说是系统故障。失去了证据只能不了了之，没多久肇事司机又开始上路赚钱了。

没人咽得下这口气，老韩决定用自己的方式了结这件事。设局之前，先充分摸清了这个司机的为人：贪吃，嗜酒，经常借口没零钱而昧掉客人的小钱，是个非常爱占小便宜的势利小人。正因为此人拙劣的品质，才为他度身定做了这个局，也正因为这个局，老韩发现了陆钟。

E

有些人遇上了就会一辈子在一起，生死相随，有些人一见面就会吵架，简直就是前世的冤家。还有的人，比如老韩和陆钟，他们见到对方的第一面就都有种说不清道不明的好感，相熟以后，陆钟甚至怀疑他和老韩是不是前世的父子。

"我也没什么见面礼，就给你开个小灶吧。"老韩也觉得陆钟颇合眼缘，"你觉得干咱们这行最重要的是什么？"

"是经验和想象力吧。一个优秀的老千必须有丰富的经验，有想象力才能创造出与众不同的骗局。"

"你说对了一半。君子以德服人，老千却需要以貌服人。出众的外形绝对是最好的敲门砖，如果不能在第一时间抓住对象的注意力，很多后续工作就没法开展。"老韩语速不快，想让陆钟更好地听懂这些内容。

"您是指衣服和化妆吗？"陆钟想起了胖男人和老韩的假胡子。

老韩摇摇头："不完全是。没气质，穿上龙袍也不会像太子，衣服和化妆都需要，但更需要的还是内涵和笑容。"

"内涵我理解，可是笑容……"陆钟不得其解。

"你觉得男演员中谁扮演老千最合适？随便说，中国的，外国的都行。"老韩像个好老师一样循循善诱。

陆钟想了好一会儿，才认真答道："我觉得周润发合适。他在很多八九十年代的老电影里就是个心地善良又单纯的好人，看起来人畜无害，但扮演赌神和杀手之类的狠角色也很到位，亦正亦邪。对了，他演过一部《姨妈的后现代生活》，戏里斯琴高娃大妈心甘情愿地被他骗光了积蓄，给我印象很深。"

"那你觉得周润发给你印象最深的是什么表情？"老韩继续提问。

"是笑。他的笑实在太有魅力了，大笑，微笑，傻笑，痴笑，严肃的笑，稳重的笑，阴森的笑，每部戏里的笑都不一样。如果他真的当老千，我怀疑被他骗了的人还会帮他数钱。"

"妲己一笑，纣王失江山；杨贵妃回眸一笑，从此君王不早朝；周幽王为博褒姒一笑，不惜烽火戏弄诸侯；就连唐伯虎，也为秋香三笑卖身当书童。笑的威力足以倾城倾国，有时候权力和武力都不能解决的事情一笑就可以搞定。记住，衣服可以被脱去，妆容也可能花掉，只有笑最原始最强大最不需要本钱，谁也拿不走。"老韩微微眯起眼睛，正色道，"所有成功的骗局最关键的就是——模拟真实。我们要做的就是演戏，把戏演到以假乱真距离成功也就不远了。一个优秀的老千，绝对是超一流的演员，我们是真正的表演艺术家，没有潜规则，不想出名，还没有彩排，一旦开演，就不能喊咔。演得好会赚到钱，演不好，不仅身败名裂，还可能丢了性命。我们也不能过正常人的生活，必须离群索居远离亲友，甚至可能孤独终老。你，有这个思想准备吗？"

"师父……"陆钟只觉醍醐灌顶，这半年来，他一直渴望遇到的就是老韩这样的人，此刻已激动得什么话也说不出，只能一个劲地点头。

"好。第一课到此结束，家庭作业就是回去对着镜子笑三个小时。有空把周润发的电影再看一遍，好好琢磨他是怎么笑的。什么时候笑到能骗了人，还让人还帮你数钱，就可以正式加入我们的队伍。"老韩轻轻地拍着陆钟的肩，露出一个优雅的绅士微笑。

帅呆了！陆钟从不知道男人看男人也会看傻眼，而且对方还是个头发花白的老男人。

"师父，我一定努力。"陆钟脸上也终于露出了拨云见日的笑容，只有迷失之人找到了正确的方向才会露出这样的笑容。

他已经很久没这样开心过了。

第九章　来者上宾

A

"师父当年教诲我至今记忆犹新，如果不是您，我现在还是个街头小混混。"陆钟看着老韩的眼圈微微有些发红。跟随老韩的日子里，老韩教给他的不仅是如何当一个老千，也给了他许多父亲才会给予的关怀。

"没想到大名鼎鼎的六哥也被人骗过。"司徒颖这才释然，难怪陆钟对过去缄口不提，原来他还有过一段如此不堪的经历。梁融和单子凯也都以一种全新的目光打量着陆钟。

"真让我老驼子嫉妒了，你们上辈子没准是亲爷俩。"驼爷杯中的酒早已空了又满了又空，脸色泛红醉眼蒙眬，"时候不早了，你们明天还要启程，早些休息吧。小子，来搀我一把，咱们要比他们更像爷俩。"

小一刀乖巧地过来搀着驼爷，向大家告了辞，一老一小，慢慢地走了。

第二天，一行人风风火火地奔赴广西来宾。

广西来宾，地处柳州和南宁之间，公路、铁路交通便捷，市区人口十五万，可在此地从事非法传销的外来人口却有十万余众，这还是保守的非官方数字。陆钟他们的车还没进入市区，就看到了路边一座特别醒目的广告牌：天下来宾，来者上宾。

他们很快找到了驼爷所说的小周，此人名叫周士侠，当年替老韩他们当过风将，帮忙望风，八年前金盆洗手，现在回老家来宾定居，孩子也上小学了。

"韩老大，这么多年不见了，你还是那么帅。"周士侠对老韩很热情，当年老韩从不亏待手下兄弟，抽头总比别人多一成，大家都念着他的好。周家本是两层楼的居家房，推翻了加盖成五六层的楼房，最精简的装修，每层楼却可以租到三千八的好价钱。

"反正是租给那些搞传销的，现在银行的贷款利息很低，不盖房子就错过机会了。"

当年他背井离乡当老千混饭吃，就是因为老家的经济太不景气。如今来宾的发展很大程度上与外来的传销者有关，每天停靠的四十三趟火车，源源不断地从全国各地输送着来此考察所谓项目和被亲戚朋友骗来的人，原本两三百块的房租被炒到上千，连蔬菜也身价翻番。不过，这里有着全国最便宜的手机话费，的士起步才三块，外来人口全都不要暂住证，种种优惠都是为了方便来这里搞传销的外地人。

周士侠答应帮他们去找找司徒颖的表姐，这里的传销者按省份聚居，找起人来不算太难，但需要点时间。

这个灰扑扑的小城并不繁华，街上到处都是三五成群无所事事的人们，操着全国各地的口音。在红水河畔的来宾公园里，数百人占满了上百张桌子，聊得口沫横飞，凑近了一听，全都是讲如何赚大钱的。

"同时见到这么多同行，我有点不习惯。"老韩很不喜欢这种感觉。

他们的到来引起了相当高的关注度，陆钟意识到大家的穿戴实在太打眼了，尤其是老韩、单子凯和司徒颖，在一大群下岗工人、失业青年和失学少年中，这份扮别说打听消息了，不被人打听才怪。

大家决定先去买几套廉价衣服回酒店换上，把自己弄低调些。他们住的是来宾大酒店，史无前例的低消费，豪华单人间月租三千五，还可以还价。

"看来这次的预算从牙缝里挤挤就有了。"单子凯在大堂里看着账单乐道。

"我得去躺会儿，坐了这么久的车骨头都快散了。"老韩出了电梯就回了房，一路上咳嗽就没停过，现在的确是需要休息了。

"我也累了，开了这么久的车眼睛都花了。"梁融朝沙发上一躺，再也懒得动弹。

陆钟什么也没说，径自回房去。

司徒颖站在窗台上望着楼下如蚂蚁般的传销大军，忧心忡忡。听周士侠说，这些搞传销的日子过得很清苦，很多人饭都吃不饱。有些组织还算文明，碰上比较黑的组织可就是禁锢、勒索，甚至绑架也干得出。

表姐是个性情温顺的人，司徒颖从小到大没见她骂过人，然而这种无害的人最容易被伤害。离开司徒家后，表姐回到老家结了婚。可就在两个月前，表姐突然做起了化妆品传销。为买产品她花光了家里的所有积蓄，包括丈夫当苦力下矿井赚的几万块卖命钱。温顺了半辈子的她变得执迷不悟，所有亲友都反对，她却换掉了手机号码，就此音讯全无。

想到表姐很可能就在这个小城市，司徒颖心急如焚，回房换了件T恤和最普通的牛仔裤就打算出门。意外的是，陆钟已经换好了衣服，正坐在外面的沙发上，等着她。

"我陪你去。"陆钟依然是招牌微笑，他早就料到司徒颖会单独行动。

"不用你陪。"司徒颖还在记恨陆钟让她拍艳照的事。

"那可不行，要是你被那些人弄去洗了脑也做传销，回头来要发展我们做下线就糟了，说什么我也要把你看紧。"陆钟开着玩笑，已经抢先开了门。

B

穿着低调的衣服走在大街上，陆钟与司徒颖保持着一尺左右的距离，虽然司徒颖脂粉未施，还是吸引了不少人的注目。真正的美女就是这样，穿着二十块钱的牛仔裤也同样光彩照人。

司徒颖心里感激陆钟作陪，但她什么也没说，两人一路无语，辨认着身边每一个可能是表姐的女性。

同为小城市，南平充满了小城市特有的人情味和烟火气，来宾却有种莫名的冷漠。南腔北调的口音全都围绕着一个主题：钱。街边小店里随处可见几百块钱一套的"传销套餐"——粗制滥造的床、桌椅、炉灶、毛巾一应俱全。巷子里也总能见到那些抱着塑料凳子去"开会学习"的新老传销员们，新人们或惶恐或憧憬，老人们则亦步亦趋威逼利诱。

城很小，大半天就可以把全城走个遍，廉价的鞋把司徒颖的脚底打出了血泡，她忍着疼，走得越来越别扭。

陆钟二话不说去路边的店里买了一辆自行车，大大咧咧地指着车后座，"上来，我推你。"

"连个请字也不说，真没风度。"司徒颖噘着嘴坐上去，心里欢喜，嘴上却不饶人。

"有风度的不一定是好男人。"陆钟依然笑嘻嘻的。

"但有风度的一定是好老千。"司徒颖又呛他一句。

"好好好，我不是好老千。"陆钟笑得越发像个老好人。

"但你还算个好男人。"司徒颖心道。

街上的人越来越多，有吃完晚饭出来闲逛的，有出发去火车站接人的，也有刚从火车站接到了人带出来熟悉环境的，在不宽的小路上川流不息。

所谓道不同不相与谋，陆钟皱起了眉头。这些人也都是骗子，但他们可以无所顾忌地去骗所有认识的人，亲戚，朋友，同学，老乡，其中不乏良善忠厚之人。那些好人，出于信任或者善意最终被骗，然后也开始骗人。这种骗局比最厉害的传染病毒还可怕。

走着走着，司徒颖的手机响了，是陌生的号码，对方上来就问："小姐，你还记得我吗？"

"你谁啊？"司徒颖心情不好，自然没好气。

"我啊，连我都猜不出吗？"对方又问。

"快说你是谁，不然我挂机了。"

"哎呀，小姐你真是贵人多忘事啊，连我都不记得了。"

"神经病。"司徒颖已经明白对方是什么货色，挂断了电话。

"怎么了？"陆钟关切地问道。

"听口音是福建的。"不用更多解释，陆钟知道，福建骗子都爱在电话上做文章。

"下次别那么快挂机，好好玩他们一把。"陆钟看出司徒颖心情不好，想逗她开心。

司徒颖却乐不起来，眼下她恨透了这个城市。天色黯淡下来，两人又累又饿，只好先回酒店吃些东西。

C

第二天，老韩咳得厉害，不知是水土不服还是染了风寒，不得不在酒店休息。大家兵分几路各自寻找线索，但整个来宾城内传销者的出租屋多如牛毛，根本是大海捞针。

直到第五天，周士侠带来了好消息：表姐就住在烟草局附近的一栋民房里。司徒颖迫不及待地找上门去。怕有危险，除老韩外大家全都去了，单子凯和梁融在楼梯间守着，陆钟留在门口。

门是虚掩着的，司徒颖推门进去。就像所有传销人住的地方一样，十来个平米的屋子里，挤着两张低矮的传销床，角落里有个很小的灶台，除了简陋，实在没有其他的字眼可以形容。表姐正在很大的一堆土豆前，努力地刨着土豆皮。年近四十的表姐已经有了不少白发，她的脸也因为营养不良呈现出不健康的气色。

"姐。"司徒颖心疼地唤了一声。

"好妹妹，你怎么来了？"表姐消瘦的脸上露出惊喜，"我正愁找不到你呢，我跟你说，我现在做的这个项目很有前途，你路子广，认识的人也多，如果你也加盟做这个连锁的化妆品，肯定会……"

"姐，我来是劝你回去的。姨夫姨母都急病了，住在医院里，姐夫都快急疯了，可为了住院费还得每天下井挖煤，两个孩子也都很担心你，快跟我回去吧。"司徒颖救人心切。

可表姐的反应完全出乎她的意料，"别说了，赚不到钱我是不会走的。为了这个事业我已经付出了那么多，现在走的话就前功尽弃，没赚到钱，我也没脸回去见他们。"

"你……你怎么变成了这样？我认识的姐姐，永远都把家人放在第一位，你怎么能这样冷血！"司徒颖又急又气。

"好妹妹你别急，先听我说，这个事业真的很有前途。你认真听听我的话好吗？再把我的话带回去，也许他们就理解了。"表姐见司徒颖都快哭了也有些心疼，语气软了许多。

"不，我不听，你是被那些人洗脑了。你知不知道，现在电视上都在说传销是经济邪教，邪教，你明白吗？已经害死很多人了。你们在这里不看报纸不看电视不上网，信息封闭，什么都不知道。要是你还不走，将来姐夫和孩子们只能去牢里见你了。"司徒颖激动到语无伦次，身为大小姐的她从没用这样的态度求过人，"没钱没关系，我可以给你，需要多少就直说吧。只要你肯跟我回去，咱们像以前那样好好过日子行吗？"

"你根本就不理解我。"表姐的眼里居然有了几分怨毒，"这么多年来我只是个家庭妇女，没有地位，谁也不看重我，你以为我喜欢过那样的日子？为什么别的女人都可以成功，我就不行？我偏不信，我比她们更努力，没道理不会成功。"

"姐，别这么固执，听我说，咱们先回去。"司徒颖脾气上来了。

"是你们太固执，听我的，先住下，听我好好给你讲讲。"表姐油盐不进。

两个人各执己见，说了半个小时也没有结果，倒把司徒颖给急坏了。对外人她可以沉着面对，可这是自己的亲人，她冷静不起来。只有让陆钟来说服表姐了，陆钟平时虽然沉默寡言，但关键时刻说出的话总是特别有分量。

"这位是……"表姐狐疑地打量着陆钟，看起来貌不惊人，穿得也很普通，不太可能是司徒颖的男朋友，莫非是警察或者记者。

"是我的同事。"司徒颖解释道，她或许会希望表姐误会自己和陆钟的关系，但眼下显然不是时候。

"表姐好，我就跟司徒一样称呼您吧。"陆钟挂着招牌笑脸很有礼貌地打了个招呼，自己找了个小板凳坐下，不紧不慢地说，"听司徒介绍了您的一些情况，她很担心，所以这次我们几位同事陪她来找您。"

"没听说她在公司上班呀。"陆钟的笑果然有效，表姐的担心去掉了大半。

"司徒想体验生活，今年加入我们公司的。实话跟您说吧，公司的效益很一般。其实这次来我是存着私心的，您有什么话可以跟我说，如果真能赚到大钱的话，不但我会留下来，还会帮您劝司徒和其他同事全都留下来。"陆钟深知治标需治本，如果不能让表姐死心，就算是强行带走她也无济于事。

"真的？"表姐眼中惊喜重现，她本就不是有心机的人，听陆钟这么一说，便喜滋滋地照本宣科起来：连锁销售是来宾的新兴行业，目前国家把来宾做为试点地区，就像当年的深圳一样，国家对这个行业的态度是暗箱操作低调运作侧面支持，目的在于拉动中国的经济，抵制外货，成就新的经济特区，制造新一代中产阶级。

听完表姐口若悬河地说出了这么一大套，司徒颖也有些惊讶，表姐可是初中文凭都没拿到的人。

"您销售的产品是什么？"陆钟示意司徒颖先别打断，让表姐继续说下去。

"玫瑰夫人品牌的化妆品。玫瑰夫人是我们公司的创始人，比我还大上几岁，五年前才开始创业，两年前就身价过亿了。"表姐颇为得意，就好像身家过亿的是她自己。

"化妆品好用吗？"陆钟引导表姐说下去。

"三千八一套当然好，我已经买过三套了。我们有规定，每个人购买产品的份额是有限制的，下线也只能发展三个人。那可是三个赚大钱的机会，但我们老板说为了共同致富，每个人的机会都是平等的，只有三次，谁都不能超过。你看，如果真是传销，谁会做出这样的规定？"表姐一谈起这些，就像吃了兴奋剂一样滔滔不绝，"我认识一个江西人，才做了一年就大发了，家里本来经营着两家超市，现在全都转让出去给别人做了，自己带着孩子老婆一家人都过来了，上个月，他一个人就拿了十二万。别看我们住的地方不怎么样，这是公司为了培养我们吃苦耐劳的精神，这附近的很多人都已经身价数百万了。"

"等等，表姐。我信您说的，就像彩票开不出大奖谁也不会买，赚到钱的人肯定是有的。我们来了四五天了，但好像这里的人都来自四川、贵州、湖南、河南这几个地方，为什么看不到北京、上海、浙江那些经济发达地区的人呢？要真能赚钱，那些人肯定会比谁都最先得到消息。"陆钟已经摸到了表姐的脉络，就要开始反击。

"这个嘛……我们董事长说了，连锁经营是为了全民共同致富，所以那些已经富裕起来的人不在我们发展的范围内。"这个回答显然连她自己也觉得不够说服力，想了好一会儿才说，"我口才不好，不如让我的领导来给你说说。"

D

十分钟后，两个三十多岁的男女敲响了门。来者是一对夫妻，女人是发展表姐入会的上线，就住在相隔不远的出租房里。

见面后大家先简单地自我介绍。两口子是河南人，男人曾经是公务员，女人做过中学教师。他们对陆钟和司徒颖的到来表示欢迎，然后这位老兄开始演讲，从改革开放的新政策到股票和保险之类的特殊行业，还有传统行业的种种弊端，说得头头是道。

他说，什么产品到用户手里要层层加价，容易形成三角债，假货泛滥，广告费用高也要消费者承担，而他们从事的这种连锁销售就能彻底杜绝这些现象，还能增加就业机会，尤其是下岗职工和大学生的就业机会。连锁销售的目的就是要以点带面，以面带全，最后领导并带动全中国的经济。最后进入主题，介绍他的连锁销售五级三线制……

这位仁兄说话时司徒颖嫌烦远远地坐开了，陆钟依然面带微笑很谦虚的样子，这鼓舞着前中学教师迫不及待地开始了第二轮洗脑。不愧是当过老师，懂得揣摩对方心理。最后老师说得口都干了，陆钟才终于开始反击："您说在这里生活一年最少能赚一百六十万，做到最好的份额能拿到一千六百万？"

"没错。"两口子很高兴，这小子要着道了。

"那请您帮我算一下我拿到一千六百万要发展多少下家？"陆钟的第一轮炮火来了。

两口子没想到陆钟会这么问，想了好半天才支吾着答道："每个人做的份数不一样，每个人的经济实力也不一样，能购买的产品份额也就不一样。咱们公司的限额是每人最多购买二十一份产品。咱们主要不是卖东西，卖的是销售网。"

"不管卖什么都得产生现金流，否则利润和奖金从哪里来。"陆钟也开始使用起专业术语。

两口子与表姐对望一眼，像在责问她怎么弄来了这么个棘手的新人。不过问题还是得回答，那个男人掏出手机，按了半天，才得出一个不确切的答案：至少要发展到第六代下线，发展七百二十九人，每人二十一份，总共消费八千八百三十二万才能赚到一千六百万。

"您的意思是，七百二十九人创造价值八千八百三十二万消费额的时候我才能拿到一千六百万对吗？"陆钟正色道。

男人的冷汗沁出了额头，用异样的眼光看着陆钟。司徒颖和表姐也都被陆钟这句话给吸引了，转过头来看他接下来要怎么说。

陆钟说："按您的说法只要每人手里有七百多个下线，就都能挣一千多万，对吧？"

男人迟疑着不敢接话，他已经感觉到不妙了。

陆钟说："我帮您来算，您说收入千万的人很多，咱们保守估计每个人一千万，十万人就是一万亿人民币的利润，总产值应该超过三万亿。咱们全国去年的GDP官方数据大概就是将近三万亿美元，换算成人民币也就二十二万亿。那么您这个概念相当于，一个来宾城每年靠连锁经营就能创造出全中国七分之一的GDP，还什么都不生产仅仅靠卖销售网。您觉得，这靠谱吗？"

陆钟的话刚说完，司徒颖就在心里叫了个好。两口子哑口无言，他们忐忑地看着陆钟，寻思着这位貌不惊人的年轻人究竟是什么身份，同时绞尽脑汁地想着对策。

表姐也陷入了茫然，不过这样的天文数字，以她的学识是很难想出所以然的。所以，反击还得继续。

"你说的那些国家统计我们可不了解，反正我知道咱们这的确是件解决就业的大好事，而且我们公司也的确有一大批中产阶级。"女人强撑着辩解道。

"您知道中产阶级过的是什么样的生活吗？您觉得整天在街上闲逛，去公园闲聊就能成为中产阶级？您说一个政策可以富一部分人这没错，特区政策使深圳人富了，开发浦东让上海人富了，开放股市让很多炒股的人富了，但您知道中国的新富阶层是如何富起来的吗？"陆钟的一连串问题再次让两口子无言以对，表姐虽然听得云里雾里，但也被这些话给深深吸引了。

"看出来了，您是高人，您就往下说吧。"男人开始认命。

"新富阶层主要成员都是些有胆有识的商人，各行各业的专家，和一些与大小官员有着这样那样关系的人。有人靠胆子赚风险钱，有人靠辛苦赚血汗钱，这些钱也不是天上掉下来的，最不费力的那些当官的狗腿子也得经常上贡才能有进项。您说的咱们这群人都是下岗工人、没法就业的大学生、退伍军人、农民，国家让这么多人什么活都不干，一天到晚开会上课卖网络的人先富起来，您认为这靠谱吗？"陆钟说得很从容，这番话却让人无法反驳。

"你，是不是政府派来的？"男人忍不住抹了把汗，他连衣服都湿透了。

"我可不像您，有那么好的运气当公务员，我连大学都没毕业，只不过听过两堂政治经济学讲座。"陆钟谦虚了一番。就连司徒颖也不知道，他只用了两年半时间就修完了国际金融和心理学的全部学分。

"时间不早了，咱们下次再聊吧，公司还有位做到了经理级的教授，肯定跟你谈得来。我们还得去火车站接个朋友，先告辞了。"两口子找了个借口，落荒而逃。

不用说，肯定是要去搬救兵了，他们的上线想必口才更好。陆钟已经没兴趣舌战群儒了，他只想让司徒的表姐死心，可惜，这目的还没达到。

"你这个朋友是挺能说的，但我还是不想回去。"表姐出人意料的坚强，"告诉你们吧，其实我进入这家公司除了想赚钱外还有一个很重要的原因。"

第十章　玫瑰夫人

A

表姐所说的原因其实是个人，一个女人，一个双目失明的中年美妇。

这个女人就是公司的最初发起人，因为旗下产品名为玫瑰夫人，公司内外的人也都称她为玫瑰夫人。夫人艳名远播，公司内部发行的杂志上，她戴着墨镜自信微笑的封面照其风采不亚于明星。最重要的是她吃过不少苦，起点很低，听说她家庭并不幸福，公司的人也从没见过她的丈夫。可夫人从零做起，一步步走到了今天这样的规模，公司内刊上写着，全国从事玫瑰夫人产品销售的大约有两万人。

让众多家庭妇女坚定不移地选择这家公司还有个原因，公司是市里的明星企业，公司大部分销售人员全都是各年龄层的女性，连夫人的贴身保镖都是两个女人，从某种意义上讲，的确是解决了不少女性就业问题。每逢政府号召慈善捐款公司也最积极，在全省的商界享有很高声誉。最近召开的推广大会上有人说公司很快就要上市，夫人明年也有可能会被任命为省残联主席。

"我不管你们说的那些大道理，反正我不相信这样的夫人会骗人。夫人就是我的奋斗目标，不管现在有多艰难，我也要一步步朝前走，就算不成功，这辈子也不会遗憾了。"表姐说这番话时大义凛然。

看得出，她把这位夫人当成了偶像。可并不是只要努力就会成功，成功还需要正确的方法、运气和天分。正面说服是行不通的了，唯一的办法就是釜底抽薪，扳倒这位偶像，失去了目标，表姐自然会回到正常的生活。

不过想要见到夫人却不容易，公司的业务遍布全省，来宾和柳州只是业绩比较好的两个地区而已，公司的总部设在广西南宁。

"还等什么，咱们马上就去把这个女人搞定！"这是司徒颖从表姐那里出来后的第一句话。

"别急，咱们不打没准备的仗，更何况这次是为了你的亲人，只能成功，不能失败。"陆钟依然好脾气地笑着，似乎成竹在胸。

B

据网上的非官方统计，仅在南宁市就有至少五十万传销大军，而整个广西省，这支队伍更达三百万之巨。玫瑰夫人的公司不过区区两万人，却能每年纳税数千万。一个双目失明的女人，从毫无背景走到如今的成功，绝对是个神话。

首要任务还是对夫人深入调查，不过陆钟觉得可能涉及某些敏感人士，为了不留下个人信息最好不住酒店，租别墅。不同于来宾那些每月租金千儿八百的单元房，南宁的房价上了好几个档次，三房两厅，月租四千，晚交订金还租不到。本地人收入不高，豪宅自然是提供给外来传销者的，而且是传销食物链高端的那些人。高档小区里总是停满了外地牌照的豪车，相比起来，来宾那些每天吃土豆喝白粥的人们简直低到尘埃里，同样做传销，也有着天与地的距离。

为了打探清楚那位玫瑰夫人的底细，陆钟决定亲自进入这家公司，看看他们的路数。单子凯使出美男计去泡夫人的秘书，梁融则通过各种可以触及的渠道搜集所有关于玫瑰夫人公司的消息。受了表姐的影响，司徒颖有些不够冷静，陆钟安排她先陪老韩去看病，毕竟是六十多岁的人了，难免有些老年病，光是做各种检查就需要好几天。

六天后，大家回到租来的别墅里碰头。

"这位夫人是出了名的难伺候，脾气又大，别看她在外面雍容华贵，其实高中都没毕业，买东西只知道捡贵的来，品味很低还吝啬得要死，动不动就把手下人骂得狗血淋头。"梁融第一个发言，他这几天可忙坏了，跟踪、偷拍，还要想办法黑进公司内部网窃取资料。他边说边按动投影仪的遥控器，大屏幕上出现了玫瑰夫人的生活照。

镜头一：精心打理的短发，白皙细腻的皮肤，举手投足间不时亮出鸽蛋大的钻戒，身边时刻有人陪伴和搀扶，除非回到卧室，否则即使在晚间也从不摘下的深色宽边墨镜，谁也不会想到这位美貌的中年妇人会是盲人。

镜头二：穿着价值数万元夏奈尔套装的夫人坐在车里，表情极享受地捧着一次性塑料碗，碗里盛着黄白相间的臭豆腐，助手帮夫人把臭豆腐送到嘴里。

镜头三：办公室里一大把文件漫天飞舞，夫人满面怒容，她面前的小职员哭得落花流水……

"对了，我要补充一下，夫人的眼睛并不是先天失明的，不知出过什么事，她自己对以前的经历从来不提。"梁融补充道。

"我用两天时间搞定了夫人的秘书，已经弄到了她最近半个月的日程安排，还拿到了公司的账本。"单子凯掏出一本厚厚的打印文件，"这东西本来是加密的，存在公司里一台不能联网的电脑里，怎么样，我还可以吧？"

"帅哥出马，一个顶俩。"陆钟笑着搂了搂他的肩，顺便接过那本账本翻看起来。他是学金融的，而且天生对数字敏感，没看多久就看出了名堂，"从他们的现金流模式完全可以看出，这是货真价实的传销。"

"这个女人很不简单，名下还有几家美容院，经营着自己的化妆品，这么一来她们就不算没有店面的传销，而且正在向上头申请直销资格。不过听秘书说，她最近有个大计划，要跟个有来头的人参股做什么纯资本运作"。单子凯搜集的情报很到位。

"这个纯资本运作的起点很高，入门费都要六位数，对象都是些真正的中产阶级。这几天我跟这家公司的人过得挺不错，吃饭都是五星级酒店，上千人的大聚餐，很气派的场面。那些人都抽软中华，公司里不少人开宝马，同桌吃饭的不少是博士硕士还有退休的外地高干，中石油也没这么大的谱。普通人一看那架势绝对晕菜，看来这位夫人制定的心理战术很不错，我都有点佩服她了，咱们可能都弄不了这么大的场面。"陆钟说的是心里话，骗几个人和骗成千上万人的成就感是绝对不一样的。

"这些人真的都赚到钱了？"梁融怀疑地问道。

"当然有人赚到，就算是打仗也得塑造几个英雄，否则谁还冲锋陷阵，不过绝大多数人是赚不到的。要不你以为来宾那些吃糠咽菜的人投进去的钱都去哪儿了？"单子凯不等陆钟回答就插了一句。

"俗话说瞎子精，哑巴毒。这位夫人的段位肯定不低，总的来看，她的弱点并不多，而且周围总是有人，不太好下手。"陆钟不无担心。

"咳咳……"一直没出声的老韩咳嗽两声开腔了，"别看我这几天在医院，信息量不会比你们少。"

"师父，您的身体怎么样了？"陆钟递上茶水。

"干爹，你身体……"司徒颖刚想说点什么，却被老韩给制止了。

"咱们先说说夫人，四十多岁，漂亮，资产数亿，没男人绝对不可能，不少人传她是某位领导的情人。"老韩还在咳嗽，却照旧点燃了雪茄，好像没有烟的陪伴他就不能进入状态。

"您说的是，我也想到了这点，不过没找到确切的证据。"陆钟补充道。

"她的确有位秘密情人，不过我想说的还是她年轻时候的事。据说她不到二十岁就做了未婚妈妈，男人比她大很多，在外面一直有很多女人，又好赌，她儿子才三岁，他就跟其他女人跑了，还带走了儿子和家里的全部存款。她急得大病一场，后来眼睛就越来越不行。她对男人失去了信心，凭吃苦耐劳赚到了第一桶金。失明后她的嗅觉忽然敏感起来，为了进修调香师的课程她出了趟国。那次出国改变了她的命运，她遇到了一位华裔芳疗大师。玫瑰夫人这个品牌就是那位芳疗师研发的，大师跟夫人很投缘，夫人用四处借来的钱成为了国内总代理，开始发展她的传销事业。她的公司总部本不在这里，去年全国范围打击传销的行动后，她和其他几家传销公司一起把总部迁到了南宁。每次推广大会上夫人都告诉公司里的女人们，不要依靠男人，要自强自立。她很聪明，对女人来说，不幸的经历比什么都有说服力。"老韩说完，长长地吸了一口烟。

"师父，您这几天不是在医院吗，怎么会知道那么多。"单子凯感叹道。

"呵呵，人在医院就不能耳听八方了？我虽然老了，朋友还是有几个的。"老韩刚出道时听说过杜月笙的一句话，几十年来不曾忘：存钱再多不过金山银海，交情用起来好比天地难量。

"夫人的眼病应该是遗传，她母亲和外婆都是三十多岁双目失明，除非换眼角膜，否则没有根治的办法。"老韩清了清嗓子，"她对那个男人恨之入骨，后来也没有再婚过，这几年一直在打听他的下落，应该是想找到儿子，但没有线索。"

"她虽有可怜之处，但不幸的命运并不能成为害人的借口，她受过生活的苦，现在却让更多的女人陷入水深火热之中，这更罪不可恕。"司徒颖咬牙切齿道。在来宾那几天的所见所闻，她对传销已是深恶痛绝。

110

　　"可惜夫人出入都有保镖护身，我们很难接近。"陆钟微微皱起眉头。

　　"我打听到夫人每周都要去三次自家的美容院做香薰SPA，而且每次都是使用为她一个人设置的私人房间。"司徒颖抱起双臂，得意地看着陆钟。

　　"好，总算有地方入手了，不过先别急，咱们从长计议。"陆钟欣慰地笑了，这支队伍里的每一个人都很优秀，能跟他们在一起合作，真是省心省力。

　　"没什么事的话，我就先闪了。"梁融一反常态地提前离开，脸上还带着掩饰不住的开心，神秘兮兮地钻到自己房里。

　　"他这是怎么了？"老韩有些不解，梁融对公事向来稳重负责，不像今天这样。

　　"干爹，我知道哦。"司徒颖平素跟梁融关系最好，马上八卦，"他网恋了。"

　　"网恋！"陆钟惊道。

　　"是啊，网恋。他天天挂在网上，网恋也很正常啊，听说对方是个很漂亮的小姑娘，名字也很妙，姓包，包甜。"司徒颖见怪不怪的样子。

　　"包甜！西瓜呀。"单子凯差点把嘴里的水给喷出来，他第一次见网友时曾被恐龙给吓坏了，至今心有余悸。

　　"凯子哥，难道就许你们放火，不许人家点灯？"司徒颖话是冲单子凯说，眼角还扫到了老韩，这一老一小两位不正经可是一有空就去泡美眉的，居然还敢说人家。

　　"别这样叫我，会倒霉的……"单子凯嘟囔着，不再继续这个话题。

　　连最内向的梁融也有意中人了，陆钟脸上带着笑，心里却有种说不出的滋味。

 第十一章　亲情攻势

A

"你是……"身穿粉红色制服的美容师看着面前的高挑美女，有些不知所措。

"我是新来的经理，这位是夫人的客人，请你带他去夫人的芳疗室。"高挑美女严肃地亮出胸前的经理胸牌，指了指身后的男人。

"可是，夫人不喜欢做SPA的时候被打扰。"美容师担心地看了那个男人一眼，这人的脸实在是……太可怕了。

"少啰唆，这可是夫人的贵客。"高挑美女已经不耐烦了。

"……好吧。"美容师无奈地答应了，事实上她连拒绝的余地都没有，那位新来的经理已经踩着高跟鞋走出了她的视线。

"麻烦你了。"这个面目可怖的男人声音居然很温和，美容师只能忐忑地带着他朝走廊的另一边走去。

整洁的芳疗室里充满了植物精华特有的芬芳，落地窗外是一派绚烂至极的火烧云，可屋里的人却不为所动，紧闭着双眼凝神静气，半个小时过去了，双腿交盘的打坐姿势依然纹丝不动。没人知道这个女人在想些什么，也没有人真正了解她，刻意营造的神秘感是她取得成功的重要原因。

背后发出细微的声响，一股陌生的气味钻入她的鼻息。失明人士的第六感比正常人要强烈数倍，轻微的心跳，带着体温的汗味，都被她牢牢抓住。她不动声色地分析着这个闯入者是谁，首先可以肯定不是她的手下，没人敢在不打招呼的情况下就进入她的房间。此人身上有着淡淡的烟草味和药味，还有外面大街上沾染的尘味，加上他独有的体味混合在一起。她向来不喜欢陌生人，让她很没有安全感，尤其是在这独处的时候，心中不免有了一些前所未有的慌乱。

她的眼睁开了，"谁！"

那人没做声，但她能感觉他越来越靠近自己。他落脚极轻，她居然听不见脚步声，只能凭着鼻息里的微妙变化来判断。

陆钟也有些紧张，他从没与盲人近距离地对视过，而夫人的眼睛和正常人没什么两样，周围一有响动眼球会立刻转移方向，这双眼睛甚至比正常人还精明。美丽是一种力量，陆钟终于理解如司徒表姐那般执迷不悟的女人们，见到夫人尊容后会是怎样的钦佩与膜拜。

那双眼睛的确是失明的，陆钟伸出手在她面前晃了晃，她连眨也没眨一下。不过夫人已经嗅到了他的气味，缓缓地抬起脸对着他。

陆钟轻轻地跪在地上，规规矩矩地把手放在膝盖上，他相信夫人虽然看不见却能感觉到他的这些动作。他张开嘴，好半天才挤出两个字："夫人。"

"你是谁？"夫人侧着头，努力辨别着对方的声音。

"我是细毛。"陆钟的声音微微颤抖。

"细毛？"夫人的声音同样颤抖，这是儿子当年的乳名，用的是老家方言，只有家人才会知道。夫人的手朝陆钟伸了过来，她想摸摸他的脸。

陆钟引导着夫人的手，放到自己脸上。他的头发被药水处理过，原本偏硬的发质现在变得柔软，肤色和五官她看不见，重要的是梁融精心打造了一块凝胶做的仿真疤痕粘在他左半边脸上。梁融手工精细，凝胶也可以传递部分体温，不论看上去还是摸上去都难辨真假。作为这个局里的正将，陆钟的戏份最多，不能不精心策划。

化妆成这样是有原因的，老韩托人高价从细毛亲戚家买来了细毛小时候的照片，他的头发像女孩一样柔软。老韩还得到一个重要的消息，当年负心汉和姘头私奔后，没多久两人就闹翻了，姘头放火烧了房子，不止毁了负心汉的脸，连年幼的细毛也毁容了，也正因为此，夫人才格外惦记着失踪的儿子。

"你真是细毛？"夫人脸上现出难以置信的神色。现在的她如日中天，任何找上门来的人都可能是另有图谋，她早已习惯怀疑一切。

陆钟点了点头，夫人的手依然停留在他脸上，一遍遍地抚摸着五官轮廓，还有头发和脖子，恨不能从手心里生出眼睛看个仔细才好。

B

夫人破天荒地把陆钟带回了别墅，自从她双目失明以后，这还是第一次。那是套非常华丽的别墅，夫人虽然看不见，但对生活细节并不放松，花大价钱装修的包豪斯风格，稳重大气。

陆钟初战告捷，已经寻机向大家通报了情况，并确定了下一步方案。

"这些年来你们过得怎样？"夫人喝着咖啡淡淡地问，已经恢复了以往的冷静。

"那次火灾后爸爸用掉了所有的积蓄，还借了不少钱才勉强保住性命。我们全凭他打牌赢来的钱过日子，手气好的时候我们还能吃上饭。我读小学就开始赚钱了，放学后在迪厅门口卖荧光棒，情人节圣诞节的时候卖玫瑰花，还好终于勤工俭学读完了大学。"陆钟低着头，把那些陈年往事娓娓道来。他说得很平淡，就像那些根本不是苦难，而是最普通不过的日子。

"为什么不来找我？你要是跟着我，就不用这么苦了。"夫人波澜不惊的眉目之下掩饰着怀疑，多年的经商生涯将她历练得刀枪不入，要让她百分百确信眼前的男子就是失散多年的儿子，仅凭几句话是远远不够的。

"十六岁以前，我一直以为是您抛弃了我和爸爸。"陆钟故意把这句话说得很轻。

夫人脸色突变，恶狠狠地说："世界上没有比他更不要脸的男人了。"

"夫人，这次我来见您是想请您帮忙的。其实最近两年我们一直住在南宁，爸爸欠人家很多钱，我们是逃到这里来的。"陆钟没有叫妈妈，他显得很为难，"爸爸他……得了肝癌，医生说现在这个阶段还有得救，就是需要很多。我来见您，其实是想跟您借钱的。"

"夫人？你到底是不是细毛，为什么不叫我妈。"夫人被激怒了，"我不会管他的，你死了这条心吧，他那样的废物唯一能对社会作的贡献就是早死早超生。"

"求您了。我也恨他，恨他没给我正常的生活，恨他让我失去了母亲。但他终归是我的爸爸，如果没有他，也就没有我。"陆钟扑通一声跪在地上，声音里带着哭腔，"从小到大，不论我怎么跟他顶嘴，他也从不打我。他说我长得像您，见到我就像见到您一样，他已经对不住您了，不能再对不住我。请您原谅他吧，他早就知错了，只是不敢面对您。

我也是一样，不敢叫您妈妈，是怕您以为我想来骗您的钱。这么多年没见过您了，我不敢妄想再做您的儿子，只要能见上您一面也就心满意足了。这笔钱是借的，我一定会还，总有一天我也会拥有自己的事业，到那时，我再来叫您一声妈。"

"别想骗我，他那种人怎么可能会说出这样的话。"夫人的神色缓和了些。

"他住院后，我在他的枕头里找到这张照片，背后写了您的名字。其实两年前他已经有了您的消息，只是不敢来见您。"陆钟掏出一张泛黄的老照片，照片上有一对年轻的夫妻，抱着个一两岁大的小孩，很和美的样子。

"他那种没有心肝的人怎么会惦记我，还不是惦记我的钱。"夫人还是接过了照片，手指尖触摸到了照片边缘的硬齿，还有照片表面那细密的斜纹格子，最后放在鼻子下面嗅了嗅。只有八十年代的老照片才会有那种用花刀压出来的波浪形边缘以及那种特殊的相纸。夫人的眉头皱了皱，她闻到了隐约的劣质酒味，头皮上的汗味，还有淡淡的霉味，那的确是经年积累才会残留的气息。不过，足够用心的话这些也是可以模仿的。夫人并不急着确定真伪，"这张照片可以给我吗？"

陆钟犹豫了一下，答应了。他并不怕夫人去检验照片，那是老韩花高价买来的真品，连那一刻犹豫也是装的，这样才能显得自己真的很在意这张照片。

"这么多年没见，我一直很想你，你搬过来住，陪陪我。"夫人的口气不容商量。

"可是，会不会不方便……"陆钟支吾着。

"可是什么，我是你妈，有什么不方便的。"

"爸爸还在医院，他离不开照顾。"

"你已经这么大了，应该懂得汝欲取之，必先予之的道理。既然是他想要跟我借钱，就让他先等等，比起我这些年受的苦，这又算得了什么。"夫人的理由足够充分，还暗示着随时可能善心大发的意思。

似乎没有拒绝的余地了，陆钟沉吟片刻，最终答应了。

C

住进别墅的头两天，陆钟始终很拘谨，话也不多。夫人让他一起去公司开会，他就老老实实地跟在后面。夫人去会所做美容，他就像小跟班一样在门口候着，不论多久都毫无怨言。政府部门有人过来查账，夫人心情不好，大声责骂公司里的下属，并把手机狠狠地摔了个稀烂，他也不多说半句，只是赶紧从摔碎的手机机芯中把SIM卡拿出来。如果不是夫人提问，他很少会主动说些什么，充分表现出一个焦虑又无奈的年轻人该有的状态。玫瑰夫人性格异于常人，他并不确切知道这场亲情戏要怎么演下去，只能见机行事。

陆钟分析自己扮演的角色，虽是夫人的亲生儿子，但毕竟多年未见，迅速热络是不明智的，反而会让人起疑。一个在社会底层生存有理想的年轻人，肯定有自己为人处事的原则，不会因为对方有钱就去巴结。尤其是对夫人这样被人巴结惯了的人，适当的距离反而会引发她的好奇，而好奇和好感之间，只差一个字。

事实证明，他这么做是对的。

夫人私下请信任的人看过那张老照片，确认的确是当年被细毛爸爸带走的那张全家福，照片中的女人正是年轻时候的自己。得到这个消息之后，她主动提出让细毛带她去看看他住的地方。

陆钟早有预见，已经提前租好了一处位于棚户区的破房子，并布置了一番。

夫人和陆钟乘着豪华的沃尔沃小车驶入了那个小区，周围嘈杂的叫卖声，臭气熏天的水沟，全是夫人曾经无比熟悉的环境。当年的她结婚生子就是在这样的地方，事隔多年，那副久违的市井图像记忆犹新，心中五味陈杂。

"您小心些，这里的楼梯不太好。"陆钟小心地搀扶着夫人，一步步登上吱呀作响的木质楼梯。

进房前，夫人吩咐女保镖留在门口。

不到四十平方米的面积，一张双层床和一张饭桌就是屋里最大件的家具，电视机居然是十四寸的，陆钟说那是他从垃圾堆里捡回来的，就是这样，他也很少看电视，怕浪费电。夫人用手一点一点地摸索着屋内的陈设，她的高跟鞋把木地板踩得咯吱咯吱响，不时皱皱眉头，鄙夷地从鼻子里喷出一口气。

"这里的租金是多少？"夫人冷不丁地问了句。

"没有租金，这房子是个老赌鬼的，他无儿无女，欠了爸爸一笔赌债，没还钱就死了，我们就住到这里来了，也没人管。不过听说这里要拆迁了，怕是住不久了。"虽然是事前准备的台词，但陆钟的语气里很自然地透着不舍。

夫人的手摸到了一个圆圆的，像手电筒似的东西，她险些失声惊呼："这是什么？"

"是个万花筒，我很小的时候就有了。我爸说，他就给我买过这么一个玩具。"陆钟边说边留意夫人的反应。

"别听他胡说，这是当年我买给你的，那时候你还小，没记性。"夫人把万花筒拿在手里摸了又摸，不顾肮脏地贴在脸上，脸色变得柔和了起来，像在回忆当年的事。

万花筒也是老韩的线索，眼前这个万花筒当然不是当年的那个，但已经被梁融技术性处理过，应该不会露馅。陆钟心里有了底，决定引导夫人继续回忆，"您还记得我小时候是怎样的吗？乖不乖？"

"乖，很乖。那时候日子紧，两毛钱一根的奶油冰棒你总是让我先咬一口自己再吃……"夫人的声音有些哽咽，她在极力控制情绪，"现在好了，你果然很争气，是个有孝心的孩子。"

这算是非常高的评价了吧，陆钟窃喜，亲情戏演到这份上火候差不多了。

就在陆钟搀扶着夫人下楼之际，一位正巧上楼的邻家女孩用纯正的南宁话打了个招呼："细毛，你返来啦，你爸呢，好些了吗？"

陆钟不得不停下脚步应道："他还在医院，还好。"

"这位是……"邻家女孩诧异地看着宛如贵妇出行的夫人。

"我还有点事，得先走了。"陆钟似乎不想透露出自己和夫人的关系。

"你还会返来住吗？"邻家女孩似乎很在意陆钟，警惕地看着满身华服的夫人还有楼下的名车。

"当然回来……"陆钟还想解释点什么，不过正好楼上有人听到了女孩的声音大声唤她，她只能先行离去。

邻家女孩是司徒颖客串的，穿上棉布长裙，还有廉价的布鞋，洗去铅华的她看起来格外秀气，连女保镖也低声赞她清丽。前几天她混进美容院当了两天经理，早就找了个借口辞职了，不会有人怀疑她的身份。

陆钟所做的布置可不仅仅是几件道具，重要的是人。为了消除夫人的戒心，认定细毛的家就在这里，最好的办法就是安排一位邻居。楼上唤女孩回家的是早就潜伏在此的单子凯，司徒颖的几句本地话也是临时学的，再多说就有露馅的可能，眼下多说反而无益。事实证明，多疑的夫人虽未完全确信陆钟就是真正的细毛，但对他的信任度已经提高到了另一个层次。

回去的路上，夫人终于提出见见细毛的父亲，那个让她仇恨至今的负心人。

D

走廊里有股消毒水和尿骚味混合而成的臭气，地上满是垃圾，狭小的病房里挤满了病人家属，小孩哭大人闹，老韩无精打采地坐在床上，跟隔壁床的病人家属玩一块钱一把的扑克。他面前放着不少零钱，看来手气还不错。

陆钟怯怯地叫了声爸，老韩懵然回首露出满脸狰狞的伤疤，为了这个全面部的烧伤妆，梁融使出了看家本领。见到夫人老韩很诧异，不过什么也没说，只是放下了手里的牌，对旁边的人说先玩到这里。

陆钟搀着夫人进门时，夫人身后的女保镖脸色很难看，说："还是出去坐坐吧，这里环境不太好。"

夫人没再往前迈步，这女保镖是她最信任的人。陆钟只好去借了辆轮椅，把老韩给推出了病房。这家医院很小，花园更小，收治的病人大多是收入偏低的老百姓，雍容华贵的夫人坐在花园里势必招惹路人眼球，陆钟提议去天台。夫人赞他考虑周到，点头同意。

仇人相见，分外眼红，夫人一定有很多话想单独谈。女保镖站在距离夫人十米开外的地方，陆钟把老韩安顿好后也退到了她身边。

听不见两人的对话，他暂时把注意力放在了女保镖身上。陆钟知道，她名叫曾洁，别看她身段苗条容貌秀丽，但人不可貌相，听夫人说，她曾是蝉联三届的中南五省女子散打总冠军，就是七八个彪形大汉也未必能近身。夫人雇她不只是因为她能打，通过这几天的观察，陆钟发现曾洁很被夫人看重，那张老照片夫人也拿给她看过。

陆钟很想对曾洁说些什么，没想到她倒先开口了："你不是第一个自称是夫人儿子的人。"

嗯？陆钟立刻提高了警惕，这话什么意思。

118

"又是老照片又是破房子，还有那个万花筒，你也算用了点心。"曾洁扭头看了他一眼，那是双锐利的眼睛，似乎能看透人心。

"我不知道你在说什么。"陆钟心里咯噔了一下，决定装傻。

"你不像那些人，一上来就说自己是亲生儿子，说什么想创业要夫人出钱投资，夫人那么聪明，看都不用看就能识破他们。我看好你，你很聪明。这家公司是做不长的，你一定也知道夫人做的是什么生意，在发生变故前如果能捞到一笔钱倒是个很不错的计划。"曾洁似有深意，却点到为止。

陆钟心里七上八下，难道是夫人让她来试探自己？还是这位姐姐看出了什么？不可能，这个局他设计得天衣无缝，完全没有破绽，就连老韩的声音也做了处理。为了掩盖他原本的声音，陆钟已经告诉过夫人他在当年那场大火的烟雾中被熏坏了嗓子，现在又弄了个变声器。夫人肯定分辨不出，以曾洁现在的角度也不可能看出破绽。

不知道老韩说了些什么，陆钟发现夫人的情绪有些失控，声音也大了许多，零星的语句传了过来："我是不会救你的……只是想来看看你会怎么死……"

老韩的背一耸一耸的，低着头，传来几声哭腔，他要扮演的是一个走投无路又失败透顶的男人。最后，夫人昂着头，对身后的两个人招了招手，示意可以离开了。

曾洁搀扶着夫人，陆钟则送老韩回病房。在电梯口，一位医生叫住了他们，当着夫人的面说住院费不能再缓了，还有放疗和化疗也要开始进行了，拖下去只会越来越不利。

"知道了，谢谢您，我回去会想办法。"陆钟面露忧色，叹了口气。夫人假装没听见，踩着高跟鞋昂首离去，她身后的曾洁回过头冲陆钟和老韩微微一笑。

这个医生是单子凯从那家山寨模特公司里找来的临时演员，一个对演戏痴迷的男人，为了"试镜"特意请假赶来。看夫人和保镖走到看不见影子了，躲在暗中的单子凯才喊了一声咔，然后大摇大摆地走出来，拍拍他的肩膀说："回去等消息吧，你的表演很有张力，体现了一名医生该有的责任心和悲悯。"

"什么时候能有消息？不会很久吧？"假医生欣喜若狂。

"不用很久，如果你不妨碍我们继续为其他演员试镜的话。"单子凯开始不耐烦了，一边说一边动手帮他脱外套，这套医生制服是他从值班室里跟护士借来的，那个漂亮的小护士还等着他这位英俊的"实习医生"共进晚餐。

打发走了假医生，单子凯直奔制服诱惑而去，陆钟这才问老韩究竟和夫人说了些什么，惹得她那么生气。

"她哪里是生气，等你回去就知道了。对女人来说，看到曾经抛弃过自己的男人过得生不如死，可比什么都解恨。"老韩很满意陆钟的演技，断定夫人至少已信他六七成了。

"师父，前几天我就想问了，您到底是什么病？"陆钟再次问起了这个问题。

"就是支气管炎，打点针吃点药很快就好了，你别担心我，这个女人反复无常，千万要盯紧。"老韩叮嘱道。他没有告诉陆钟，身为一个老资格的老千，他对这次行动有种无法言喻的担忧，总觉得会发生点意料之外的状况。他得暂时住在医院，夫人疑心病很重，万一叫人来医院查看就会露馅，正好他身体不佳，梁融单子凯司徒颖可以轮流照顾他。

临走时陆钟问老韩还要什么，老韩嘻嘻一笑："那就来三个漂亮的小护士，外加一副麻将。"

"师父，您年轻的时候肯定很风流。"

"那还用说，你还得好好跟我学。"老韩的笑意立刻驱散了病容。

 第十二章　功败垂成

A

老韩说的没错，对女人来说，看到曾经抛弃过自己的男人生不如死比什么都解恨。陆钟第一次看到了夫人发自内心的笑。

"痛快！我多年的诅咒终于得到了报应，他就要死了，哈哈，真是天意！"夫人笑得陆钟心里发毛。

夫人让曾洁打开车窗，一阵奇怪的味道飘了过来，陆钟皱了皱眉头，夫人却面露喜色，赶紧吩咐停车："好香啊，细毛，帮我去买点臭豆腐来，好久没吃了。"

陆钟暗自好笑。他下了车，顺着那股臭味找到路边上一辆三轮车，三块钱六片，一次性的塑料小碗装着，还有半碗汤汁。小贩是外地人，普通话不灵光，陆钟自己动手加了些佐料，葱，蒜汁，还有一点特殊的"调味品"，当然整个过程是背对着夫人的。

夫人用那双赛雪欺霜的玉手捧着热乎乎的塑料碗，深深地吸了口那香臭难辨的气味，露出十足享受的表情："心情好胃口也好，细毛，等我先垫垫肚子再带你去吃法国大餐。"

夫人兴致很高，大餐却没吃成。刚在餐厅坐定，菜都没点完夫人就腹痛难忍，紧接着上吐下泻。陆钟赶紧陪她去了医院，化验结果显示是细菌感染引起急性肠胃炎，询问过饮食后医生判定是臭豆腐不干净。

夫人住院了，陆钟也不含糊，鞍前马后地伺候着，这一伺候就是三天。虽然住的是特护单人病房，但陆钟不嫌脏不嫌累地帮着端茶递水倒便盆，夜里趴在病床边眯上一会儿，夫人一有动静就立刻醒来。

夫人的心终究不是铁做的，有时半夜醒来，曾洁她们也在陪床上睡下了，陆钟还守在身边，她能摸到他的头，正紧紧地挨着自己。俗话说久病床前无孝子，多少亲生的子女也不会这样尽心啊，夫人终于被打动了。

出院前的那一夜特别安静，隔壁有些吵闹的病人也出院了。夫人醒来后在床上辗转反侧，在这样的夜晚，似乎注定要说些什么来打破寂寞。身边的陪护床上传来轻微的呼吸声，女保镖睡得很熟了。夫人的手在身边摸索着，"细毛"的头发有些油了，自从她进医院来他就没有洗过澡，他的背有节奏地起伏着，一定是睡着了。这孩子的骨架不大，想来还是像自己。夫人的手在陆钟的背上轻轻地拍着，就像很多年前孩子还在身边时那样。

"您醒了，要喝水吗？"陆钟揉揉惺忪的眼睛。

"真像做梦。"摘掉墨镜卸掉浓妆的夫人披散着头发，穿着棉质的条纹病人服，脸上呈现出前所未有的和蔼，"细毛啊，你不知道我盼这天盼了多久了。偌大的家业，却吃不香睡不甜，这几天住在医院里，倒过得最开心。我真希望，咱们可以永远这样。"

就在这一刹那，陆钟的心有些动摇了。夫人的声音那么柔和，这番话一定是发自肺腑的。他想起了那条铁打的规矩：不能骗好人，曾经是坏人变成了好人也不能骗。

"你来帮我吧，公司里那些人只想着骗我的钱，欺负我看不见，账都是糊涂账，这样下去不行。"夫人喃喃地道，就像真正的母子那样，说着知心话，"最近我和朋友计划一个更大的项目，这门生意要是成了，妈妈的钱可不止是翻一倍哦，将来全都是你的。做我们这行只要跟政府搞好关系，再多做些公益事业树立形象，也没什么危险，新生意一定会很顺利，我已经……"

夫人自顾自地说着，脸上焕发出异样的光彩，却不知这番话足以让陆钟再次确信她的本来面目。

"细毛，你怎么不说话，还惦记着那个混蛋吗？"夫人有几分不满。

"我……"陆钟刚下定决心把这个局进行到底，对细毛这个称谓一时有些迟疑。

"细毛，我问你，你不会真的想跟那个混蛋在一起过一辈子吧，没有前途的。"好在夫人比较激动，没发现他的异样。

"我还是希望你能借钱给爸爸治病，公司的事我会帮你，不是为了钱，只因为你是我妈，就算你什么都不给我，我也一样会去做。"说完这番话，陆钟忍不住要佩服自己了，真是个重情重义的好青年。

夫人沉吟良久，那双不能视物的眼睛对着陆钟，像是想看出些什么名堂。

她终究是看不见的，陆钟很及时地握住了她的手，给了她一个积极的态势语言，当她收回目光的时候，终于做出了决定："这钱我借给你。"

B

话虽这么说，但夫人是那种只有得到百分之两百的证据才会确信的人。为了这百分之两百的证据，她拔下两根陆钟的头发，又拔下了自己的头发，按下床头呼叫器叫来护士，让她把头发送去做亲子鉴定。不过现在还是半夜，护士说现在鉴定科的医生还没上班，得明早送过去。

"细毛，别怪妈妈不相信你，我只是希望能用科学的手段最后确认一下，对你也好，对我也好，希望你能理解。"柔情退散，夫人又恢复了她惯有的腔调。

"我能理解。"陆钟心里已经打起了算盘。

"等鉴定报告出来，我就会为那个混蛋支付医药费的，你放心。"毕竟还是半夜，她说完这番话放下心事，又重新睡去。

她很快进入了梦乡，陆钟可再也睡不着了，他躲进厕所打了通电话，情势有变，不得不加演两场好戏了。

当单子凯打着哈欠赶到医院时，陆钟已经拐到对面的病房里，弄到了一对母子的两根头发，等着他来取了。接下来，只要大帅哥施展魅力跟护士搭上话，混进护士办公室，并趁机更换头发样本就OK了。

护士站里全是女性，在这样的夜里见到单子凯这样的大帅哥是很振奋人心的事，所以这个任务对他而言难度不大。只要那对母子的血缘关系不出意外，检查结果就一定会令人满意。

第二天早上，夫人让曾洁去办理出院手续，陆钟正在帮夫人收拾东西，穿着医生制服的梁融走进了病房，他的声音没出过场，不会引起夫人的怀疑。

"请问是岑夫人吧？"梁融敲了敲门，很礼貌地问道。

"是我，请问你是哪位？"因为要出院，夫人已经戴上了墨镜。

"我是五官科的魏医生，您入院的那天曾做过一系列检查，其中眼部的检查就是我做的。是这样的，我也是刚刚才得到您眼部检查的全部报告，我想还是跟您先沟通比较好。"虽然主要做幕后工作，梁融的演技也着实不错，谈吐自如落落大方，心理素质超强，随时可以救场。

"请您明说。"夫人彬彬有礼道。

梁融看了陆钟一眼，继续说："请问您的家族是否也有眼疾患者，经过认真的分析，我们怀疑您的眼病是遗传的。"

夫人脸色微变："没错，我母亲和外婆曾患过青光眼和白内障。"

"也许她们不是青光眼和白内障，而是另外的一种……"说到这，梁融刻意放缓了语速，"以前医学不如现在发达，误诊也是很有可能的。您的眼角膜虽然失去了大部分视物功能，病变程度并未减缓，现在已经到了很危险的程度，如果再不阻止这种恶性病变，很可能您的眼球也会受到影响。"

这番话并不是凭空捏造的，梁融去夫人曾经就诊的眼科医院偷看了她的病历。

"你的意思是，我的眼球会被摘除？"夫人是公司的形象代言人，绝对不能失去美丽。

"保守估计，如果您在半年内找不到合适的角膜移植的话，很可能会恶化到那一步，甚至还有更大的危险。"梁融加强了语气，"我来的目的是想帮您，有需要的话，我会尽最大努力帮您寻找合适的角膜捐献者，当然，这需要一些费用。如果走正规手续等待安排的话很可能要好几年，如果能让我来帮您，那就可以快很多。"

这番话就耐人寻味了，显然"魏医生"的目的是钱，不过对于夫人来说，这理由反倒最有说服力，她从不相信有人会没有目的地做好事。

"谢谢你魏医生，请给我你的名片，我会好好考虑。"虽然相信了医生的话，但夫人并不喜欢想在自己身上赚钱的人。

"能为您服务是我的荣幸。"梁融留下名片后翩然离去，那腔调像极港片里的无良医生。

夫人一直坚挺着的脊背忽然垮了下来，她长长地叹了口气，再坚强又能怎么样，生老病死还是由不得她。病房里有些沉闷，坏消息的杀伤力还是很大的。陆钟沉默良久，做了个惊人的决定，他要把孝子的形象塑造到极限："妈，我想把我的眼角膜给您一只。"

"傻孩子，难道你要当独眼龙？"夫人惊喜交加，激动地捉住陆钟的手，"这可不比借钱，借了还可以还的，做了手术，这辈子都不能拿回去了。"

"妈，我是您儿子，我这条命都是您给的，一只角膜又有什么要紧。您不是对公司的事一直不放心吗？早些做手术，也可以早点看见那些东西。"陆钟说得情真意切。

"好孩子，别怪妈要去做那个该死的鉴定，知道我为什么怀疑你吗？你简直太好了，好得不像你爸的儿子，从小跟着一个吃喝嫖赌的人长大，你怎么会这么善良，我一直以为你也是个小混蛋。"夫人再也控制不住内心的激动把陆钟搂在怀里，热泪滚滚。

"妈，我也恨他，恨他会是那个样子。就是因为见多了他的不好，我才不希望这辈子像他那样活下去，我想做一个比他更优秀的人。可他毕竟是我的父亲，就像您是我的母亲一样，没有你们就没有我，不论你们当初的结合是不是个错误，我希望您至少不会觉得生错了我。"陆钟的声音也哽咽了，但他硬是忍着没让那滴好不容易憋出来的眼泪流掉。

"好儿子！"夫人紧紧地搂住陆钟，泣不成声。

这时，陆钟才恰如其分地让那滴带着体温的热泪落到夫人的手背上，感情戏爆发到了前所未有的巅峰。

C

先不说那份还没出结果的亲子鉴定报告，单单就贡献眼角膜这一幕，夫人的心就算比珠穆朗玛峰还高也会被征服。陆钟的亲情戏完全达到了预期的效果。

出院当天下午，夫人带着陆钟回到公司，当着所有人的面介绍准继承人：她的"儿子"。与此同时，夫人还请来两位西装革履的中年男子，带来些很专业的仪器为陆钟的眼睛做了个彻底的检查，并拍下了好几张眼部扫描照片。

做完检查，夫人还带陆钟列席了董事会。那些老成持重的董事们一个个朝陆钟投来怀疑和审视的目光，陆钟虽面貌狰狞，却照例摆出招牌微笑，跟各位前辈打招呼。

会开得很不开心，很多人都提到了最近政府在调查公司业务的事。由于公司的运作方式，价高质劣的产品让不少新人纷纷要求退款，当然公司是不允许这么做的，这些人就在网上到处发帖，已经引起了舆论的注意。最近，还有一个退不到钱连家也回不去的中年寡

妇扬言要带着炸药包冲进公司总部，影响极坏。

夫人很生气，叫过曾洁耳语了几句，在座的董事一个个正襟危坐地看着她的脸色，看得出，他们都怕她。

陆钟不由想起了一首歌，女人何苦为难女人。

"蠢货，吃进去的东西怎么能吐出来。我去找找领导，这种小事很快就会摆平。"夫人并不太在意，匆匆结束会议后，她又电话预约了律师第二天见面。

"细毛，妈明天要给你个惊喜。"挂断电话后，夫人高兴地说。

"妈，如果您要给我钱什么的就免了，我现在只希望爸爸的病早日治好。"陆钟坚定不移地走孝子路线，现在已经到了收局的关键时期。

"傻孩子，妈妈只是想修改遗嘱，既然咱们已经相认了，这也是迟早的事。那个老混蛋的事你完全可以放心，我已经跟财务打了招呼，她们会定期去结算费用。"夫人笑道。

这算什么，一个好消息还是一个坏消息？本以为夫人会直接给张支票或者现金，可直接跟医院结算，老韩的气管炎住院费还不到一万，如果直接过账给医院的话，钱可就到不了手了。但是遗嘱，如果夫人真的修改了遗嘱，那笔钱就相当可观了。

但那得等到夫人去世才能拿到，她什么时候才会翘辫子是个问题，等上十年八年肯定不行，动手杀人就更不行了。江相派的第三条帮规就是：无论如何都不能杀人。

D

陆钟打电话向老韩求助，可老韩只说胜败乃兵家常事，坚持到最后一秒钟就是成功。

陆钟心里很不是滋味，已经到了收网的时候，可网里面会有什么，谁也不知道。

古人云：天有不测风云，人有旦夕祸福。事实证明，古人的话总是很靠谱。

当晚，夫人拜见领导去了，出门前由专业的化妆师为她精心打扮了一番，九点多出的门，午夜一点半才回来，回来时头发已经乱了，妆也有些花，不过她腮上却招牌似的挂着两朵桃红，那颜色比什么胭脂都正点。佣人们心照不宣，陆钟也就乖乖躲在房间里没出来道晚安。

没想到两点左右，厨房里传出夫人的骂声和砸东西的声音。陆钟趴在门上听了一会儿，是厨娘打瞌睡把夫人每晚必喝的燕窝炖过了头。后半夜很静，整栋别墅里都能听到夫人的叫骂，骂到最后，夫人累了，责令厨娘今晚就滚蛋。

经过这番好戏，夫人在陆钟心中的形象彻底崩塌，她不仅是个做着伤天害理生意的女人，更是个面善心恶的凶婆娘。

第二天是至关重要的一天，也是相当混乱的一天。

上午，夫人的私人律师连同两位担任见证人的公司董事，一同到别墅来办理更改遗嘱的事宜，夫人决定在死后把所有财产全部交由"细毛"继承。亲子鉴定的结果一出，继承权就正式起效。顺利的话，应该是明天下午就可以送来鉴定报告，到那时候陆钟就是夫人唯一的，正式的法定继承人了。

就在律师诵读遗嘱全文的时候，夫人也许是太激动，忽然呼吸急促喘不上气，喉咙里发出呼呼的类似风箱的声音。

"不好，夫人哮喘发作了。"律师跟夫人合作已久，深知她身有隐疾，忙令佣人们去拿药。

可大家翻箱倒柜到处都找不到药，原本的药瓶全都空了。这才有人想起，昨夜厨娘离去之前，在放药的柜子旁待了一会儿，一定是她动了手脚。

管家无奈地拨打了急救电话，可惜没等到救护车到来，夫人就活活憋死了。

临死之前，夫人死死拽着陆钟的手，那双失明的眼里焕发出异样的光彩，是庆幸是悔恨是不舍还是遗憾，已经不得而知了。直到心脏停止跳动，那双手才缓缓松开。

这可真是人有旦夕祸福，她咬着牙多挺两秒钟就好，不过是改个遗嘱，乱激动什么。陆钟恨不得抓着她的手，在那份遗嘱上按个印。

这还不算完，就在这时，一大帮警察和工商税务闯进了公司总部。夫人昨晚的公关没有起到作用，受害人太多民愤太大，政府决定采取措施全面调查公司内部的问题，究竟是不是传销，要给老百姓一个说法。

公司乱了套，秘书打电话给夫人没人接，那些秘密的账本和档案来不及销毁就被警察带走了，哭的哭叫的叫，整栋大楼就像被热水浇过的蚂蚁窝乱成一团。收到消息迅速赶来的媒体在公司门口围了个水泄不通。当天下午，有关部门就做出决定，立即冻结夫人名下以及公司相关的所有账户，另外增派人手进入夫人的别墅进行深入调查，大门上很快被贴上封条。

电视新闻里，一名挤在公司门前看热闹的中年妇女正在接受记者的采访。当记者表示该公司被警方调查的原因是玫瑰夫人涉及非法传销后，女人立刻情绪激动地表明自己就是受害者，抢过话筒对着镜头骂道："玫瑰夫人，骗子！愿你们家死一户口本！"

第十三章　山水有相逢

A

陆钟觉得胸口堵得慌，今天他的心就像坐过山车一样，高高升起又落到最低，一口气憋在嗓子眼里上不来也下不去，"细毛"的戏真的没有了吗？费了这么大的劲，折腾了大半个月，就在距离成功只有一步之遥的时候居然失败了，难道这就是天意？

"小子，你的计划很完美，不满意的是老天爷。阎王叫人三更死，谁敢留人到五更。"老韩从新闻里得到了消息，马上就打电话给陆钟。

"我总觉得不该是这样结尾，做了那么多努力，没理由不成功。"陆钟还是不甘心。

"事情的发展是不以人的意志为转移的，要是我们的局能百战百胜，那就不是人，是神了。"老韩开解道。

回别墅后，除了老韩外所有人都无精打采，毕竟他们为这个局付出了不少心血。梁融后悔当初没把老韩脸上的烧伤妆拍照留念，单子凯自我安慰好在还泡了个不错的护士，司徒颖正忙着打电话给表姐，让她赶紧看电视和去公安局登记备案，既然冻结了玫瑰夫人的公司账号，兴许能把被骗的钱要回来。可表姐还是犹豫不决，司徒颖恨不能马上飞过去。

几乎所有人都准备接受颗粒无收的结局时，司徒颖的手机又响了，本以为是表姐，没想到居然又是骗子，也还是那老掉牙的套路。司徒颖记得陆钟说过要好好玩玩骗子，便把手机递给了他。

"请问哪位。"陆钟用很标准的普通话问道。

"你的老朋友啊。"对方是口音不详的普通话。

"请问贵姓？"陆钟假装有点不耐烦。

"你先猜猜，肯定能猜出来。"对方很热情。

"哦，你是广州的老黄吧？"

"没错没错，你还记得我吧。"对方大喜。

"当然记得，上次我们还一起喝过茶嘛。"陆钟决定先给他一点甜头。

"我过两天去你那边，请你吃饭啦。"对方先下诱饵，紧接着肯定要放钩子。

"好啊好啊，对了，老黄你母亲的癌症好些了吗？"陆钟忽然来了一句。

"呃……还是老样子。"对方愣了一下。

"唉，你也不容易，你爸爸车祸的官司怎么样了？"陆钟开始雪上加霜。

"呃……也差不多了。"对方开始感觉不对劲。

"反正人都已经去了，你还是节哀吧，钱多少都没意义了。"陆钟准备爆发了。

"……嗯。"

"对了，强奸你老婆的那家伙抓到没？"陆钟的话刚说完，这边司徒颖、梁融、单子凯全都忍不住掩嘴偷笑了。

"抓到了。"那人的声音越来越低。

"老黄，我也是关心你啊，你别多心，最后再问一个，你儿子没屁眼的手术做了吗？"陆钟认认真真地提出最后一个问题，众人已经全都笑翻了，连老韩也笑得咳了起来。

那人闷了几秒钟，最后什么也没说，把电话给挂了。

"你可真坏，把人家全家都骂了一遍。"司徒颖肚子都笑疼了，心里却更佩服陆钟了，不论什么状况，他总能把大家逗开心。

"这家伙太菜了，当骗子没点心理承受能力怎么行。"陆钟刚说完，他自己的手机就响了。

"刚才那骗子该不会有卫星定位系统吧，这么快就找到位置了？"梁融揉着笑酸了的脸。

陆钟看了看号码，脸色微变，马上对大家做了个噤声的手势。

电话是曾洁打来的，声音听起来格外安静："我是曾洁，想跟你见一面。"

"大姐，有何贵干？"

"放心，有好处的事，你们这一单不会白做。"

挂断电话，陆钟决定去，吸引他的是最后一句话：这一单不会白做。

"上次我们在医院天台上谈过的话，你还记得吗？"曾洁的表情很严肃，"现在这个变故已经来了，希望我们可以合作。"

陆钟摸不透曾洁葫芦里卖的什么药，决定保持沉默。

"我只有一个条件，五五分成。"

"既然你这么有把握，请问我该怎么做？"陆钟的兴趣越来越浓了，可以确定曾洁的言行绝不是虚张声势。

"很简单，借用一下你的眼睛就行。"曾洁露出了神秘的微笑。

"公司账户冻结了，别墅也封了，我不知道你还有什么地方可以弄到钱。"陆钟打开天窗说亮话。

"是这样，上次夫人借口检测你的角膜，已经拍摄了你的虹膜影像，并用这个数据更换了她在银行保险箱的密码。这个保险箱是保密的，政府的人暂时还查不到，托管费都是用美金结算的，我想里面的东西不会不值钱。"曾洁说这番话时，紧紧地盯着陆钟的眼睛。

这个女人远比想象中的更厉害，陆钟略加思索，道："我答应你。不过。我也有个要求。"

"说。"

"你究竟是谁，为什么会看穿我不是真正的细毛？"

B

出示了夫人的贵宾账户卡后，曾洁领着陆钟进入了某外资银行贵宾部的保险箱区。与此同时，老韩他们坐在外面等候。

房间里满当当地放置着数百个保险箱，陆钟嗅到了钱的味道，这气味让他心情愉快。站在扫描仪旁，一道绿色的荧光滑过他的眼球，虹膜信息就被解读了，很快，迷你液晶板上显示出确认的英文。"啪"的一声，保险柜的门打开了，陆钟和曾洁的心跳同时加速。曾洁多次陪着夫人来过这里，每次都止步于门口，从没见到夫人究竟在保险箱里藏了些什么。

开奖的时候到了。

曾洁打开柜门，取出一个长方形的银色金属制成的抽屉。里面有别墅的房契和夫人另外几处不动产的相关文件。文件之下的最底层，还有一个宝蓝色的丝绒首饰盒。盒盖被打开的瞬间，陆钟屏住了呼吸，然后眼睛就被宝石的光泽刺痛。

那是一串由数百颗碎钻和一颗独粒蓝宝石组合成的项链。项链的造型华美无比，正中的吊坠是一枚一元硬币大小的方形蓝宝石。盯着那颗宝石看久些，竟然有种置身海洋里的幻觉，陆钟情不自禁地伸手触了触蓝宝石，冰凉。

"这值多少钱？"曾洁还站在身边，陆钟努力克制着用牙咬咬宝石的冲动。

"四百二十八万。"曾洁给出了很确切的数字，"这是夫人的情人在拍卖会上为她买的，当时的拍卖价就是四百二十八万。我一直觉得奇怪，自从拍卖会后就再没见过这条项链了，原来藏在这里。"

"咱们先离开这里，就地分赃不合适。"陆钟笑着说。

"想要分赃吗，那还得看你够不够资格！"曾洁突然盖上了盒盖，首饰盒在她手中转了一圈就藏到了背后，几乎是同时一掌劈向了陆钟的颈侧。

"曾姐，自己人有话好商量……"眼看情况突变，信奉智力胜过武力的陆钟也不得不出手了。他擅长的不是进攻型的武术，靠的就是擒拿封痹，双手为擒，单手为拿，以阴阳反复触击隐穴，使得对方麻痹和疼痛。

曾洁反应很快，眼看陆钟的双手就要擒住自己的手腕，立刻翻掌避开，握指成拳，直击对手的面门。

陆钟也闪电般地变了招，单手成刀，掌沿切向曾洁的脉门。

虽然只有短短的两三招，虽然这里空间狭小，但曾洁已经感觉到了陆钟的实力。他貌似只是在闪避和推搡，其实每一个动作都意在自己的穴脉，那股力道也是刚柔并济。以她的敏捷程度自然不会轻易中招，但这种攻敌之所必救的手法，却成功化解了她的攻势。

"你会'五百钱'？"曾洁意识到这一点立刻住了手。

"被大姐看破了，学艺不精。"陆钟也不掩饰，索性大大方方地承认了。

"据说此法是不传之密，学的人还要正心、正身、正手，严守六诫和六律？"曾洁听说过这种秘技，但亲眼目睹还是第一次。

"没错，我学之前是发过重誓的。"陆钟露出了浅浅的笑意，行走江湖这么久，他动武的次数可是屈指可数。

"我还听说如果师父不是把徒弟当亲儿子的话，是不会教的。你一定有个好师父。"

"想见见他吗？咱们还是先离开这里。"陆钟及时地言归正传。

曾洁点点头，两人轻快地把抽屉里的东西收拾干净。抽屉的最下面还有一个信封，里面有一张储存卡和一张照片，照片上一名年轻女子抱着个婴孩。从照片的质地来看，应该比老韩高价买到的那张更有年头。

陆钟的手机上有万能读卡器，把储存卡插进去，出来的竟然是一段音频：

厉害的小骗子，早在见到你的第一天我就知道你不是真正细毛，我的细毛后脑勺上有一块疤，因为在头发里，一般人看不到，那是只有我才知道的秘密。每次有人冒充细毛找上门来，我都很希望是真的，我已经太多年没有见到他了。这个世界上，他是我唯一的亲人。你已经很用心了，不仅弄出一个假老爸，连角膜都肯给我。说心里话，那天去医院时我有点想笑，但后来在那间假屋子里，我忽然很希望这一切是真的。谢谢你为我编排了这一切，我很开心，比赚到再多的钱还开心。你这么聪明，有你这样的儿子也不失为一件好事，所以我想，干脆认下你，咱们能遇到也算是缘分。真正的骗子是不会轻易放手的，也许你迟早会找到这串项链。为了答谢你为扮演细毛费了那么多心思，你可以把项链带走，但我也有一个请求：希望你能帮我找到真正的细毛，并把项链价值的一半分给他。我欠他太多太多，这是唯一可以偿还的了。如果你不讲信用，我就是做鬼也不会放过你的。

一种强烈的挫败感油然而生。陆钟与夫人几乎是形影不离，却没发现她录下了这东西，夫人的心机超过了他的想象，自己这回是自信过头了。

"原来她早就知道，那为什么还要让律师改什么遗嘱，把遗产都留给我？"

"也许，那也只是试探你，我也猜不透她的心思。"曾洁拿着那张照片，仔细地看了一会儿，"这张照片给我吧，项链我们可以去找个地方当掉。"

这个举动让陆钟起疑："你究竟是谁？"

曾洁笑了："等我们把项链换成钱，我就把秘密告诉你。"

老韩很快找到了本地同行经营的典当行,这类典当行黑白两道的生意都做,不过最赚钱的还是销赃,因为价钱可以压得比较低。项链当了两百七十万,比拍卖价少了许多,好在可以立刻兑现,也不存在交易记录。

分到一百多万,曾洁非常满意。她把钱装进一个黑色的拉杆箱里,其余的一百多万装进了陆钟带来的两个大旅行包里。

然后,曾洁兑现了承诺,她坦承自己的确掌握着一个秘密,所以才能识破陆钟的好局。

C

曾洁并不知道真正的细毛头上有疤,她唯一的秘密是——曾洁妹妹的未婚夫,就是真正的细毛。

细毛的父亲是个真正的赌棍,两年前死在澳门,据说是欠了赌债被人砍死的,细毛甚至没见到他最后一面。正如老韩设计的台词,细毛的父亲的确告诉儿子,是他母亲嫌贫爱富抛弃了他们,所以多年来细毛对母亲并无好感,即便在父亲死后得知了母亲的风光,也没动过重续母子之情的念头。对细毛来说,踏踏实实的生活比什么都重要,他有一份赚钱不多却很稳定的工作,也有一位相爱的女友,两人即将结婚。细毛对女友很信任,把母亲是玫瑰夫人的事说了出来,女友也很支持他的选择,只是两人没钱买房,婚期难定。女友把这事告诉姐姐曾洁,纯粹是为了倾诉。然而机缘巧合,曾洁被夫人聘用当起了私人保镖,她自然可以识破每一个冒牌的细毛。

"事情就是这样,我也只能用巧合来解释,被夫人录用,并不是我自己设计过的,一切都是天意。这笔钱我打算送给妹妹和细毛买房子,相信夫人在天之灵也不会反对。"曾洁翻过手里的照片,背面有一行小字:细毛百天留念。

"有你这样的好姐姐,相信细毛和你妹妹都会很幸福的。"谜底揭晓,陆钟颇为感慨。

"多谢夸奖。夫人去世了,我也该找份新工作了。看得出你们都是高手,这次多有得罪,还望海涵。"说完这番话,曾洁很MAN地双手抱了个拳,这动作让大家立时想起她的身份，中南五省散打大赛的总冠军。

"曾小姐女中豪杰，能与你合作是我们的荣幸。山水有相逢，咱们后会有期。"老韩也很江湖地抱拳还礼。

"老先生，今后有什么发财的机会别忘了我，还请诸位多多关照。"分手前，曾洁留下了自己的联系方式。

街对面正在行驶的一辆的士停了下来，司机按了按喇叭，大声喊："姐，要去哪儿，我送你。"

大家循声望去，一个面貌清秀的年轻男子坐在驾驶室里，穿着格子衬衣显得很文气，那眉目和已故的玫瑰夫人颇有几分神似。

曾洁也不点破，冲大家笑笑，不再多言，转身朝的士快步走去。

"姐，那些是你的朋友？"司机问道。

陆钟笑容可掬地挥了挥手，不管怎么说，这次的转机是拜这位真正的细毛所赐。

"可是，为什么细毛脸上没有烧伤的疤痕呢？是我们资料错误，还是夫人资料错误，或者，夫人早就知道你是个冒牌货呢？"梁融百思不得其解。

"这已经不重要了，重要的是我们拿到了钱，事情也结束了。有这心思，还不如想想怎么好好享受呢，师父，我说的对吗？"单子凯拎起装满钱的箱子晃了晃。

"这次是祖师爷赏饭吃，人都死了还能拿到钱，回去要给祖师爷上上香，求他多多保佑。"老韩心情大好。

大家笑着闹了一番，司徒颖就接到了表姐的电话。

"我表姐说她的上线一接到消息就跑路了，来宾那边也要开始调查玫瑰夫人的公司，她已经买好了火车票，打算坐最早的火车回老家。"司徒颖挂断电话，笑逐颜开。

"不管结局怎么样，这次的两个'人皮'面具可真是把我累惨了。"梁融翻看着手里一大一小的两块仿真疤痕皮肤，欣赏着自己的手艺。

"这唐僧要离开了猪八戒，不一定上得了西天。二师兄你说对吗？咱们也离不开你呀。"司徒颖忽然回过头来开起了梁融的玩笑，表姐终于回心转意，她的心情好了许多。

"我知道我胖，可你也不能拐着弯骂我。"梁融捏了个兰花指，朝司徒的头上戳去。

　　"终于要离开这个鬼地方了。还别说，这里的环境和空气还不错，没什么工厂，人口也不多，如果不是被那么多搞传销的人搞得乌烟瘴气，在这买套房子养老倒是不错。"单子凯开着车，留恋着路边的风景。

　　"我建议，这次收入的三分之一，分给那些起点最低，想脱离传销组织，但已经花光了积蓄没钱回家的人们。"陆钟一直惦记着来宾那些每天吃着土豆的人们。

　　大家没有异议。

　　一连几天，南宁市和来宾城里的传销者都听说了神秘大善人送现钱的消息。这事后来传得沸沸扬扬，且版本多样：有人说大善人是两个年轻帅哥，送钱的对象是那些想回家却买不起车票的漂亮姑娘；有人说大善人是个白头发老头，专门解救那些在菜市场里捡烂菜叶的老下线；也有人说大善人是位超级大美女；还有人说，大善人是个很时髦的胖子。

　　送钱出去总比赚钱进来速度快，几天的工夫，那笔钱就全部花光了，数十万现金不过杯水车薪，能够帮助的人极为有限。不过总算已经尽力，也到了离开的时候。

　　老韩迫不及待要见到段七，知道他真实病情的人，只有他自己和司徒颖。他患上了中期肺癌，但老韩毕竟是老韩，他不想每天待在医院里做痛苦的放化疗，他的时间也许不多了，还有很多重要的事情等着他去做。

　　离开的路上，不时可见外地车牌的豪华轿车朝着南宁的方向驶来。高级小区里，还是有那么多来"考察项目"的人。酒店里，依然有超大排场的饭局每天都在上演，推杯换盏之间，一个个精心编制的骗局仍在继续。

　　陆钟忽然意识到自己的无能为力，这个城市看起来就跟他们来的时候一样，什么都没有改变。老千是食物链中最末端的一环，秃鹫啄食腐肉，他们就是秃鹫身上的附骨之蛆。难道真到要靠老千来替天行道吗？看着车窗外渐行渐远的景物，陆钟丝毫感觉不到大事了却的轻松。

　　PS：玫瑰夫人死后不久，打着"纯资本投资"招牌的各类新型传销如火如荼地展开，其浩大声势远远超过其他任何形式的传销，据不完全统计，每年都有数十万人来到南宁考察此项目并接受洗脑。

不久，南宁二十八名老总级传销头目聚餐时被抓获。

南宁市警方在打击传销统一专项行动中，共立带有传销性质的非法经营案二十起，破案十三起，涉案金额超过十二亿元人民币。抓获涉案人员一百一十六人，其中刑拘八十四人，逮捕三十二人，捣毁传销窝点一百九十二个。遣散了来自全国各地的传销人员达三千多人，严厉地打击了进入南宁市进行非法活动的传销组织的嚣张气焰。

第十四章　当年的英雄

A

九月的广州气温高居不下，已是傍晚，全城也只有白云山上才有些凉意。白云山是个好地方，羊城八景占了三个：蒲涧濂泉、景泰僧归、白云晚望。

白云晚望在山顶公园罗伞顶之巅，依山临崖，由观光台与晚望亭两部分组成，自元代起便是欣赏夕阳俯瞰夜景的最佳地点。此刻，四个衣冠楚楚的年轻人搀着一位极有气派的老人正朝着晚望亭拾级而上。

"干爹，要不要再歇歇，你……"

"不用，咱们加把劲，马上就到了。"老韩兴冲冲的，伸手按住隐隐作痛的胸口，脸上却挂着掩不住的兴奋和欣喜，"五十年没来了，不知当年藏的那东西还在不在。"

行到山径旁边的一片树林里，老韩好一阵观察和脚步丈量，在一棵老树旁站定，抬起头看着那些虬结的粗壮枝干，"谁上去给我掏掏那个树洞，如果没记错，当年我藏了两块光洋在里面。"

一说爬树，大家都开始推辞，陆钟从小就不擅长爬树翻墙这类游戏，梁融太胖行动不便，单子凯借口穿的是皮鞋，几个大男人推三阻四，最后是司徒颖二话不说，脱下鞋打着赤脚不过两分钟就爬了上去，灵活得像练过轻功。

"干爹，我厉不厉害？"司徒颖拿着两枚已经乌黑的银元送到老韩前面请赏。

"好女儿，数你最厉害。"老韩笑眯眯地接过银元，掏出雪白的手绢来擦了擦上面经年的污渍，翻来覆去地看了又看，唏嘘不已："这是当年我在广州城里赚到的第一笔钱，我记得很清楚，是用的假马脱缰之术。当时年纪还小，想着存个好彩头，日后在广州城里再做局也会像那个局一般顺利，没想到这么多年它还在这里。可惜，我再也爬不上这棵树了。"

"师父，假马脱缰是个局吧？"陆钟追问道。

"天色不早了，咱们先上去再讲。"老韩小心地把银元包好揣进口袋，大手一挥，指着山顶的小亭子。

高峰在望，一行人又回到山径上，好在剩下的路不多了，十分钟后大家便登上了晚望亭。果然是好风景，远处的珠江像条闪光的缎带，自西向东蜿蜒迂回，近处是高高低低的现代建筑，甲壳虫大小的汽车密密麻麻地穿梭在大街小巷，一派繁荣昌盛的景象。众人站在山顶，闻着植物清香的空气，倚栏长望。

"还是不一样了。"老韩临风远眺，心中百感交集。他少年时代的广州，珠江宽阔得像大海，当年他混迹的西关也是商铺林立，热闹非凡。

"那边，曾有过全广州城最早的车行，能在那里买车的，全都是真正的有钱人。"老韩指着远处的一条街。

当年的老韩还不到二十岁，因胆大心细道上闻名，而且为人豪爽，人称韩少。韩少来广州时在一家客栈落脚，客栈老板忠厚老实，有个很漂亮的女儿。人说一家有女百家求，客栈老板自然得好好挑个女婿，可一位开车行的老板却仗着自己财大气粗，要强娶这位姑娘，姑娘不从，两家因此结下了梁子。车行老板请了不少黑道白道的人来为难客栈父女，阴魂不散。

韩少看不过眼，决定出手帮他们出口恶气。某日，他打扮成富家公子，领着两名临时雇来的小厮，去了那位老板经营的车行。韩少自称是刚来此地省亲的富商之子，看了不到半个时辰，就定下了一辆车。不过他家请的司机要过两天才到，所以请车行的人帮忙开回府，顺便拿钱。

老板一看韩少那派头，丝毫没有起疑，不仅满口答应，还亲自开车送他回去。车路经一家银楼前，韩少忽然想起今天是母亲的寿日，提出要去银楼买点首饰。车行老板欣然同意，乖乖地留在车上，还毕恭毕敬地对韩少说了声您慢慢挑。

韩少当然慢慢挑，左看看右看看，银楼掌柜见他气度不凡，开着大汽车来还带着两个随从，自然是奉为贵客，把镇店之宝都拿了出来。挑了好一会儿，韩少看中了一对二两重的龙凤金镯和一枚祖母绿戒指，却说不知母亲是否喜欢这款式，想拿回家给她看看再做定夺。还没给钱就把东西拿走可不合规矩，不过少爷说他家就在附近，可以把车停在银楼少刻就回。广州城里开得起车的大多是官家子弟，掌柜不敢得罪，便答应了。韩少是从旁门走的，车行老板没看见他，事实上从那天起，他就再也没见过他。后来的事不用猜也知道了，银楼老板久不见韩少回来，很着急，就去找门口少爷的司机询问，车行老板自然一问三不知。两人气急败坏争执不下，还闹到了官府里。银楼的后台也非同小可，这笔损失最后还是落到了车行老板身上。

"那枚祖母绿的戒指我送给客栈老板的女儿了，给她当嫁妆，那两只镯子卖了几十个大洋。那老板的女儿，是全广州城里最漂亮的姑娘。"往事依旧历历在目。

"干爹，您是不是跟那位姑娘有私情？要不怎么送她那么厚的礼做嫁妆呢？"司徒颖牙尖嘴利的毫无顾忌。

"什么叫私情，咱师父风流倜傥玉树临风，哪个姑娘不是人见人爱，哭着喊着要嫁给他。师父，对不？"梁融抓住时机拍了个马屁。

"现在回想起来，那连初恋都不算，我们甚至没有挑明。"老韩并不遮掩。

"既然是初恋，为什么您不和她在一起呢？"梁融想不明白。

"兵荒马乱的世道，并不是喜欢谁就可以在一起的。"老韩叹了一声，那种无奈怕是只有他和陆钟才明白。

全世界的职业中，老千绝对是历史最悠久的一种，自从人类有智慧以来，就有人以行骗为生。干这行钱虽赚得多，但并不快乐，因为在老千的世界里只有两种人，可以骗的，不可以骗的。一个真正优秀的老千必须跟所有亲人断绝来往，不能有儿女私情也不能有天伦之乐，要像冰一样冷酷，这样才不会在失手后连累亲人朋友。对于打算当一辈子老千的人来说，这些全都是必须的。所以老韩终生未娶，他对陆钟也是这样要求的。

"师父，您不是说这个局叫什么假马脱缎嘛。怎么没有马也没有缎呢？"陆钟关心更多的，还是骗术。

"没有马有汽车，没有缎也有金镯子。假马脱缎是个明代老局，记录在一本清代古籍《杜骗新书》里，其中不少骗局跟现在的局道理相通，我也是举一反三而已。"老韩说完这番话，又咳了起来。

"干爹，咱们休息一下就下山吧。您约了段老前辈今晚见面，别错过了时辰。"司徒颖心疼干爹，赶紧去旁边的茶摊上买来一杯清茶给他润喉。虽说是干爹，可她对亲爹也没这么关切，就像老韩自己说的，上辈子司徒颖一定是他的亲闺女。

一轮明月挂在天边，夜色浓艳，山下的灯火渐渐多了起来。

B

荔湾湖公园，曾是一千多年前南汉王刘长的御花园昌华苑故地，如今坐落着声名远播的泮溪酒家。解放前，粤人李文伦此创办了一家充满乡野风情的小酒家。当时，附近有五条小溪，其中一条名为泮溪，酒家也以溪为名。酒家创办之初正是老韩当年闯荡羊城的时候，他对广式点心的热爱正因这小酒家而起，几十年来无数次重返广州，每次都会来这里大快朵颐。

如今的泮溪酒家已不像解放前那般简陋，早在六十年代就开始接待国家领导人和外宾，人称"广州钓鱼台"。酒楼的大门上挂着一副对联：

泮水漾清池胜地风光留客醉，溪泉邻上苑荔湾景色驻春晖。

老韩不论衣食住行都讲究派头和来头，这间酒家真是深得他心，所以这次宴请段七也定在了这里。其实他心中也有隐忧，这把老骨头越来越不中用，怕是来一回少一回了。

服务员带着一行人来到早已预订好的包间，没想到段七已经先到了。

桌上摆着几色点心和一壶茶，一个男人坐在那里，光头，穿着深色的衣衫，瘦得像件酸枝木家具，既不动也不说话。但就是这样一个人，只要看上一眼，就永远无法忘记。

陆钟很惊讶。他就是段七？师父口中叱咤风云过的人物，可他端着茶杯的手为什么会颤抖，还有他的腿……

"老七，你的腿呢？"老韩惊愕地看着段七的下半身，从膝盖以下什么也没有了，一对义肢靠在椅子旁边。

"韩老大，别来无恙。你还是那样，喜欢热闹。"段七并不回答，笑着看了眼老韩身边的几个年轻人，这笑容却比哭还难看。

"你的腿呢？"老韩盯着段七的腿看了又看，腿跟义肢接触的部分已经磨得生出了茧。段七年少时是南少林的武僧，浑身都是功夫，还俗后入了江相派，一直是道上出名的火将，后来拜了师爸，练得一手老辣千术。

"早几年遇到了硬点子，抓到我出千，废掉了两条腿和一只手，怕你们笑话就谁也没说，金盆洗手了。"这番话段七说得云淡风轻，可在场的人都能想象当时的情况有多惨烈。

老韩不说话了，眉头拧成疙瘩。

"别觉得我可怜，出来混这种事见多了，我给人看场子时，抓到出千废掉手脚的也有，要怪就只能怪自己学艺不精，技不如人。"段七依然是硬邦邦的腔调，虽然也是老头，但他给人的感觉和驼爷截然不同。混在江湖，有些人以软著称，不论跟谁混都能当万金油，有些人却以硬著称。陆钟觉得，就算阎王爷站在段七面前，他也是这副面孔。

"咱们好久没见了，来，先吃点东西，慢慢谈。"老韩沉住了气，他很清楚自己此番到来的目的。

白兔饺，白灼虾，糯米鸡，上素腐皮卷，牛肉烧卖……老韩忘了医生让他忌口的叮嘱，把爱吃的全都点了个遍，直到服务员说再点下去桌上怕是要摆不下了才罢手。东西上得很快，年轻人全都饿了，吃得很香。尤其是梁融，他本就是广东人，这里的点心简直样样称心，正好敞开了肚皮风卷残云，桌上的小蒸笼很快堆成了高楼。

礼多人不怪，在饭桌上点多几样菜也有同样的效果。段七也吃了不少，不过依然是眉头深锁着。

"老七，这次我们来广州，一来散心，二来嘛……前不久我去了趟南平，老驼子让我向你问好。对了，九妹子呢，怎么不带她来，我也有几十年没见过她了。"老韩决定先不提借书的事。

"师妹她，两年前就死了。"段七的声音终于软了一些，"韩老大，不怕你笑话，我这些年过得不怎么样，早茶都好久没饮过了。师妹在的时候日子还好一点，有她照顾，再难过的日子也不觉得苦。是我没用，她生了那么重的病居然不知道，等到我发现的时候，已经晚了。我辜负了师爸的托付，没让她享到福。"

"九妹子她……"老韩话刚出口就被段七打断了。

　　"人已经去了，再说什么都没用了。好在我还有个儿子，现在儿子也生了闺女。这孩子，长得很像师妹。"段七的脸上露出了难得的笑意。

　　"原来你都做爷爷了，真是恭喜。我和老驼子都享不到这样的福了。"老韩再也吃不下去了。

　　"最近遇到了一点麻烦，我有个不情之请。"段七忽然停下筷子，定定地看着老韩。

　　"你我之间但说无妨。"老韩意识到段七遇到了很大的麻烦，他这辈子从没求过人，就算穷到要饭，也不会开口跟人借钱。

C

　　被废掉手脚的段七再也不能当老千了，不仅是赌桌上不能去，就连普通人的工作也做不了。除了个别眼光独特的老板，谁又会用一个残疾人呢?

　　精益行的老林老板就是这样一个眼光独特的人。雇佣一个残疾人并非没有益处，至少可以帮他减免税金，残疾人的薪水也比正常人低得多，两相比较，这是很划算的一件事。老林老板曾跟段七打过牌，知道他眼光毒，少有人能在他眼皮下做手脚。精益行做的是名表和名贵首饰的生意，保安工作自然要紧，段七虽手脚不便，但那双眼睛还能派上用场。老林老板安排他看守监控，人多的时候也去店内巡视。

　　用段七的话说，老林比他丈母娘还吝啬，微薄的薪水，还得不迟到不早退不请假才不克扣。段七的儿子多年前因工伤致残，媳妇也跟人跑了，段七的那点钱不仅要养活自己，还得养活儿子和孙女。孙女没有母亲照顾，身体不太好，每次生病住院段七就得把老婆留下的嫁妆首饰当一件，现在，那点家底也所剩无几。

　　今年年初，老林退休，把生意交给了儿子小林。

　　青出于蓝而胜于蓝，小林比他老爸还不地道，不仅不把段七放在眼里，随意克扣工资，还想出一个损招，要阴他一把，顺便赚上笔大的。

　　为了自保，段七在老板办公室里安装了监听，公司的很多秘密他都知道。前不久他听到了小林和一位保险公司经理的密谈。为打响知名度，小林花费巨资从瑞士引进了一块天价名表。天价名表当然要上保险，小林计划自己偷走那块表，然后骗取保金。此事必然掀起轩然大波，广告效果有了，表也还在自己手上，钱也赚到了，还可以借口办事不利，一脚把早就看不顺眼的段七给踢掉，连养老金都不必付，一举四得。不过这个计划暂时还处在设想阶段，小林需要物色一个最佳的执行者，不会走漏风声，也靠得住。

"我一个人倒也不怕，大不了饿死，我只是担心儿子和孙女。韩老大，我知道你最有办法，能不能帮我个忙？"平生第一次开口求人，段七显得极不自然。如今的他已经懂得铮铮傲骨不能当饭吃，有些东西比面子可贵得多。

"老七，你放心，这事我一定帮你摆平。"老韩握住段七那颤抖不止的右手，尽量克制住眼中的怜惜不要流露太多。说完，他回头看了眼陆钟。

陆钟早已放下了碗筷，师父的事就是他的事，陆钟了解老韩的为人，江相派的嫡传门人最讲义气，就算不为秘籍，他也会出手相助。没想到此番广州之行，并不能成为度假之旅，从这一刻开始就要进入状态了。

散席后，梁融容光焕发地提前离开了，谁都能看出他是忙着去见网友。

回酒店的路上，老韩很有信心地拍了拍陆钟的肩膀，说："好好干，让那个想要不劳而获的小子好好交上一笔学费。"

老韩还提到当年驼爷和段七的英雄事迹：解放前，他们筹措过一大笔钱捐给国家抗日，也曾从日本人手中救过不少江湖中人。当年的轰轰烈烈其精彩程度绝不亚于任何一部电影。身为正道中人不屑的老千，可在老韩的眼中，他们绝对当得起英雄这两个字。

陆钟一贯地沉默着，二十年后的自己会是怎样，像师父，像驼爷，还是这位段七前辈？时代毕竟不同了，他是否能走出一条全新的，截然不同的路来？

第十五章　谱大的女人

A

十天后。

"那女人是谁？"

君豪会所里，一名正坐在牌桌上的年轻男子不时偏过头去，他的注意力完全被对面一张牌桌上的女人给吸引住了，连手上的一副好牌也错失了先机。

女人手气不错，从她在那张牌桌上坐下，几乎十把有八把赢，如果牌局没问题，问题就是运气太好。她身上好的还不止是运气，那双妙腿匀净笔直修长，从改良式高叉旗袍里露出勾人魂魄的一线风景，骨瓷般白皙细腻的肌肤没穿丝袜，让在场的所有男人都情不自禁地吞了口口水。此女的腮上有粒朱砂色的美人痣，位置跟梦露一样，她的侧面已是绝美，难以想象她若回过头来会是怎样的艳若桃李，"尤物"这二字，也许就是为这样的女人而创造的。

这样的女人当然不会一个人出来，她有个跟班，一个满脸麻子的胖子，打扮入时却没半点男人味，举手投足间像足紫禁城里的太监，却又趾高气昂谁都不放在眼里。

"你是说LULU？"同桌玩牌的男人刚刚小赢了一把，心情不错，搭起话来。

"她叫LULU？我是说那个穿旗袍的女人，她脚边那个铂金包是限量版，我老婆在香港看到要二十多万。"问话的男人眼皮都没翻一下，就把手里的几枚筹码扔到赢家面前。

这家私人会所里几乎全是玩三公的，每把设底一千。三公就是将扑克牌去掉大小王，剩下牌每人派两张，桌面一张公共牌，将大家手上两张牌与公共牌加起来，赌点数大小。零点最小，广东话叫麻纱；八点两倍；九点三倍；三公四倍；三条五倍；三条三最大，翻六倍。这是最纯粹的赌博，需要的不止是运气，更需要良好的心理承受能力和演技，只要把握得当，牌不够好也能赢。

"她是捞女哦，看不出来吧，听说她价钱高啊，别的捞女是被人挑的，她却要挑男人，人不顺眼不行，心情不对也不行。"赢家高兴地拢过筹码。

"听说她十四岁就在外面混了，十六岁当过酒吧公主，也被星探发掘过拍过广告，还入过黑帮，被台湾的大佬包过。她当然看不上一般人，不过听说技术不是一般的好。"同桌的另一个男人也参加了发言。

"不仅技术好，听说她价码也高，六位数哦。"

"六位数，我靠，她镶钻石的吗？"

"哈哈，镶钻石岂不是会痛，我倒是听人说她是眼抽也抽不干的活井。"

"你怎么知道那么多？"

"喏，看见那边那个老头没，他昨天被拒绝了，你们是没看到，这个女人真的很大牌。"

"哪个老头？"

"就是八号桌上正在赢钱的那个，还说人家红颜祸水，哪个男人沾上她都会倒霉。其实我都看到了，根本就是人家不甩他，五十万摆在面前她看都不看，够大牌哦。"

"你说的老头我认识，前两天还一起玩过牌，牌品很好，不过对女人可能就……呵呵，毕竟年纪大了嘛。"

这伙男人的声音未免大了些，附近几桌的人全都听见了，不时有人回头观赏那个他们谈论的女人，又看看那个被拒绝的老头。今晚，那女人成了会所里所有男人的目标，越是可望而不可及的，才能愈发显出自己的尊贵。只不过，这位美女的谱实在太大了，很快又有人碰了钉子。

"美女，可否赏面饮杯酒？"一位豪客叫服务生开了瓶路易十三，送到美女的牌桌上。在座的赌客觉得这名豪客有些面生，不过都看到他是开奔驰SLK来的，肯定是富家子。

"没空。"美女眼皮都没抬，从牙缝里挤出简单到不能再简单的两个字。

这位豪客是少有的帅哥，个子高不说，五官也生得相当俊秀。他一定从没被女人这样拒绝过，当然很没面子，他不甘心地搬来一垛大面额的筹码："如果你肯赏面，这些钱就是你的。"

美女烦了，索性把自己手上更大的一堆筹码往他面前一推："如果你马上从我面前消失的话，这些钱全都是你的。"

豪客胀得满脸通红，为了挽回颜面干脆说出了狠话："我出一百万，买你一个晚上！"

此时，所有牌桌上的赌客们全住了手，大家的兴趣全都集中在两人身上。一百万，就算是香港那边的二流明星也不值这个价，要真能成交，怕是会破本地记录。

"我出两百万，买你跟他一个晚上。"美女并没把一百万放在眼里，用手指着身后的麻子跟班，毫不留情地说。

麻子跟班倒是很害羞地捂着嘴笑了一下，还嗔怪地拍了美女一下，眼风却准准地抛向帅哥，似乎表明他很乐意。

众人忍不到掩口就笑了，女人喜欢谱大的男人，男人何尝不喜欢谱大的女人，但真正够谱的女人和真正够谱的大佬一样少之又少。亲眼目睹了这番好戏，不少赌客都觉得今晚不虚此行。

"你！"帅哥豪客丢尽了面子，怒冲冲地拂袖而去。在场的人们全都笑出声来，对女人的好感瞬间集体飙升。美女不屑地从鼻子里喷出一口气，鄙夷地看着帅哥豪客的背影，伸出右手，做了个动作，站在她身后的麻子马上就递上一支大号的雪茄。可惜，打火机还没点燃雪茄就没气了，美女有些烦躁，好在身边及时出现了一位绅士，掏出打火机帮她点燃烟。此人三十上下的年纪，虽然是来打牌，却穿得像来喝喜酒，头发抹得油光锃亮一丝不苟。

美女眼梢一抬，如丝媚眼飞了出去，她唇中那粗壮的雪茄摇摇欲坠，显得格外诱人，这还不够，她还O起嘴，对着这男人喷出一口浓浓的烟雾，嫣然一笑，柔柔地道了声："谢了。"

在场的到底还是有几个识货的，有人认出美女手中的雪茄是产自尼加拉瓜的丹纳曼，每盒六支，国内均价在一千六以上。

点烟的男人已经听不到这些窃窃私语了，女人吐出的那口烟让他骨头都酥了。可惜女人的好兴致已被那个要用一百万买她一夜的男人破坏了，她起身要走，大方地扔给兑换筹码的服务生一枚千元筹码做小费。麻脸胖子拎着她的包跟在后面，点烟的男人赶紧追了

出去。

"林少也看上那女人了，不知道能不能搞定哦。"刚才和点烟男人同桌的牌友忍不住猜测道。

"要不要我们来打个赌，我赌一千块，他搞不定。"相熟的人也开始起哄，众人嬉笑一番，还真有人下注。

没有人注意到，此刻，那位据说昨天被拒绝的老头眼里浮出一丝让人不易察觉的笑容。

B

这个谱大的"LULU"就是司徒颖，这次由她出任正将，担当主事人。麻脸胖子是梁融，他扮演反将，诱人入局。帅哥豪客是单子凯，被拒绝的背时老头自然是老韩。他们的角色是谣将，为司徒颖的出场做铺垫。关键人物陆钟现在还没到上场时间，眼下第一关最重要的就是让小林入套。

作为精益行的少东家，做的是奢侈品生意，平时接待的客人也非富即贵，寻常女人怎入得了他的法眼，只有与众不同又够大牌的女人才会吸引他的注意力。

单子凯的敞篷跑车是从车行租来的，司徒颖那个价值二十多万的包倒是她自己的财产。身为从小在京城长大的世家大小姐，她打从娘胎里出来就比谁的谱都大，扮演这个角色自然是驾轻就熟。陆钟在做前期准备时，发现小林喜欢来这家会所玩牌，除此之外固定消遣的地方并不多，因此特意安排了这出戏。老韩已经提前几天来这里散布"LULU"的各种小道消息，还不惜自毁形象地说自己出了五十万也不能得手。

还有什么比让当事人亲耳从牌友那里听来消息更稳妥的呢？所以，这场戏绝对是必须的。事实证明，陆钟的计划没有错，好的开始就是成功的一半，当天晚上小林就被司徒颖给迷住了。

几天交往下来，LULU在小林的心中已经彻底变成了女神级红粉知己，她不仅漂亮，还见多识广，带她出去不论走到哪都会招惹一大堆嫉妒和羡慕。最让他开心的是，带LULU在俱乐部遇到了和精益行竞争激烈的某金行老板娘，那个恶毒的中年女人当众指责LULU品位太差穿得太暴露。LULU马上回道：遮住魔鬼身材比露出一肚子肥肉，罪过小得多。金行老板娘年逾四十，人矮腰粗不说，还偏爱紧身衣，为人刻薄，出了名的爱刁难年轻靓女。跟LULU对骂了几句，明显功力不济，回去后气得病了一场。原本在社交圈里籍籍无名的林少如今变成了红遍全城的话题人物，这种感觉可是再多的钱也买不到的，他对LULU已是言听计从。为了满足与她更进一步的渴望，也为了展示自己的才智，小林甚至将他那一石四鸟的计划也和盘托出。

"别急嘛，你知道，我只喜欢聪明男人，让我们先联手赚上一票。"小林打算亲热时，司徒颖恰到好处地抛出一个绝妙的点子，让小林困扰多时的问题马上迎刃而解。

对于那块即将到来的天价名表，小林最担心的部分就是不知找谁动手，LULU及时提供了一个上佳人选——她的远房堂弟，一个不算太老实的乡下人。

LULU的计划是这样的：先让堂弟进入精益行打工，以她和小林的关系，堂弟会获得特别的青睐和信任。时机成熟时，专门教人做坏事的"奸国舅"上场，这个说客由麻胖子来充当。麻胖子开出优厚的条件，诱惑堂弟跟他合作搞点名堂。这个名堂就是，在那块价值数百万的名表到来当日，麻胖子会安排人去打劫。当然不是真的打劫，只是趁乱把这块表带走，然后……

司徒颖搂住小林的脖子耳语一番，小林脸上很快就露出了惊喜的表情，连声赞道："真没想到，这么厉害的点子你也能想到。不过，你堂弟可靠吗？"

"怎么，你信不过我？"司徒颖恼道。

"当然信得过，不过这次的事非同小可，全城人都等着看这块表，半点差错也不能出。"小林赶紧赔着笑脸，生怕得罪了女神。

"事成之后就等于赚到了几百万，你说要怎么谢我？"司徒颖歪着头，娇声问道。

"让你当老板娘好不好？"小林像只摇着尾巴的狗，马上扑了过去。

"想得倒美。"司徒颖拂袖起身，让他扑了个空，"我有个条件，为这块表投保的事情由我去谈，事成之后我要成为你们精益行的股东，要合法的那种，我会请律师过来办这件事。"

"投保？你怎么会对这个有兴趣？"

"当然是钱。你以为我的雪茄我的首饰我的包包不要钱买吗？不想办法赚怎么够用。"司徒颖白了小林一眼。

"钱我也可以给你啊。"小林不解。

"男人给的和自己赚的怎么会一样！实话跟你说吧，精益行所有的珠宝和名表都在一家保险公司投保，每年的保费也是不小的数目，有家外资保险公司想拉你这笔大生意，他们找到了我，如果我能搞定这一单，他们会付给我一笔不小的酬金。所以，我不要你的钱，你只要卖我一个人情，这笔生意很划算吧？"司徒颖以女王的视角俯视着小林。

"宝贝儿，你真是太聪明了，这件事就拜托你了。"小林的眼中闪过一丝精光。他始终都是个生意人，只要是牵涉到钱的问题上，他并不是个笨蛋，LULU的直白反而让他心里有了底。

"好，咱们的第一笔生意就算是初步达成，从这一秒开始，一切进展尽在你的掌握。"司徒颖晃了晃杯中的红酒，媚笑着跟小林喝了个交杯。

C

第二天，LULU领着远方堂弟走进了精益行。这位堂弟是关键人物，由目前为止还未出过场的陆钟出演。

高跟鞋在地板上留下一串清脆的声音，精益行里正在购物的客人和店员们全都被这位比明星还有派头的大小姐震住了，目光一直追随到她的背影消失。

"董事长好，我叫张兴初。"陆钟穿着白衬衣，脖子上挂着一枚成色不算太好也不算太坏的观音坠子，皮肤经梁融的加工变成了黝黑的色泽。他要扮演的是一个有点小精明，自作聪明却最终占不到便宜的乡下人。

"林少，这就是我堂弟，他做事很不错的，今后你可要多多关照呦。"司徒颖柳眉一挑，丝毫不顾忌在堂弟面前表现出自己和小林的特殊关系。

"不用客气，今后就做我的私人助理，待会儿一去起饮茶。"小林心领神会的样子，假装亲热地拍了拍陆钟的肩膀。

"谢谢董事长，谢谢堂姐，我一定会努力。"陆钟赶紧表忠心，假装没看到小林和司徒颖的眉来眼去。

计划的第一步就这样按部就班地进行了，有了人，接下来的事情才好继续。其实私人助理这个位置也是司徒颖的主意，把堂弟在小林身边放几天，既不会真的和公司业务有牵连，也不会有太多人知道这位堂弟的底细，而且这个职位听起来也够层次，对后续计划的发展很有利。

在司徒颖的授意下，陆钟成为小林私人助理后做的第一件事，就是联系各大报刊登广告，宣布正式进入迎接天价名表的倒计时阶段。虽然花了些广告费，但效果还是很显著的。在强大的广告攻势下，来店里的人明显多了，销售量也跟着涨了。小林算来算去，惊喜地发现不仅赚回了广告费还略有盈余，更认定LULU是自己的幸运女神。

一转眼，距离那块天价表的到来只有三天了，精益行新进了不少货，生意也越来越好，销售小姐们一直加班到晚上十点才准备打烊。这晚，小林董事长不像平时那样出去打牌，也没有约朋友饮夜茶，而是和LULU窝在办公室里，透过监视器观赏着贵宾鉴赏室里麻胖子和张兴初之间的对话。

"能不能问你个比较隐私的问题？你现在一个月多少薪水？"软绵绵的台湾普通话，是麻胖子的声音。

"这个……我才上了几天班，不多的，只能算试用期。"张兴初的声音听上去很没信心。

小林和LULU相视一笑，这几天他们制造了不少机会，让这两个同样是私人助理的小跟班接触，这下终于实现了。

"想不想赚大钱？"麻胖子开始抛出诱饵。

"那谁不想，不过我没有本钱啊。"

"我有个机会。如果你愿意的话，不用一分钱本钱，就可以赚到一百万。"

"不可能吧，别开玩笑了大哥。"

"你知道这次精益行要来的这块表值多少钱吗？"

"不知道。"

"我知道。"

"你怎么会知道的，是堂姐告诉你的吗？"

“这个你就别问了，你听我说，这块表值七百多万。董事长不是安排你去接机嘛，到时候只要我……”麻胖子做了个掉包的手势，“谁也不会知道。我会准备好一块超A款的，你放心，短时间内看不出来。挨到下班后我们就走，我有路子直接去台湾。”

“台湾？你说的这事堂姐知道不？”

“这你就别管了，反正事成之后给你一百万。你一分钱也不用出，所有的事情我会安排好，到时候只要你配合我一下就OK了。”

“一百万？你不会骗我吧，我怎么知道你是真是假。”

“我先给你一半，三天后的这个时间，你马上就可以拿到剩下的一半。你说，我有必要骗你吗？”屏幕上，麻胖子掏出了一张支票，“你明天自己去银行看看就知道是不是真的了，不过得等到三天后才可以兑现，你也不能拿了这笔钱就跑。”

“好，我明天先去看看。”张兴初接过支票，仔细地看了又看，才揣在口袋里。

“那我们就说定了。”

“这不是小事，再给我两天时间考虑吧。”

小林满意地笑了：“你的心也太狠了，为了赚钱拉堂弟下水。”

“说是远房亲戚，其实是野种，都不敢进祠堂的。再说他爸欠我爸一大笔钱没还就死了，把我家害得好苦，要不是他们，我当初也不用下海当捞女了。你说，我该不该这样对他？”司徒颖编起故事简直信手拈来。

“原来是这样，父债子偿也是天经地义，不过如果你不下海，我又怎么会遇得到你呢，这一点，我还真要谢谢他爸。”小林嬉皮笑脸地把司徒颖揽在怀里，忽然想起了什么，忙问，“对了，你真要给那小子五十万？”

“当然是假的，只等他去银行验过我马上就把里面的钱转空，三天后他再去银行肯定会跳票。”司徒颖早有准备，对答如流。

“我的宝贝儿，你真不是一般的聪明，哈哈！”小林噘着厚嘴唇想要亲司徒颖的脸，却被她用一支雪茄堵住了嘴。

 # 第十六章　宝珀1735

A

"购买一个六位数的爱马仕铂金包要等五年，购买一块宝珀1735却需要等待二十年的时间。如果一个女人能让男人等二十年，她一定完美得绝无仅有，而为一块手表值得等二十年的，全世界也只有宝珀1735。"

巨大的广告牌摆在精益行的大门前，上面的广告语很有气势，广州城里有钱又见过世面的人不少，但亲眼见过这块价值七百多万名表的人却寥寥无几。

现在是上午十点半，商家使出各种招数吸引着顾客，整条街上全都是人。在精益行的门前，十二位身着黑色和银色礼服的礼仪小姐站成一道明艳的风景线，为精益行吸引了不少人气。

为了确保安全，小林特意雇了保安公司的专业人士。十来名荷枪实弹的大汉站成一排，就连平时只有段七一个人看守的监控室里也多了位保安队长，随时用对讲机调度人手。这阵势把气氛烘托得恰到好处。但普通客人并不会在第一时间见到超级名表，贵宾鉴赏室里已经坐满了老林和小林邀来的重量级贵宾，他们才是真正会掏钱的金主。

小林和司徒颖站在外面等待着这块名表的到来，时间已经比预计的超出了十五分钟。里里外外的人们都有些心焦，毕竟是价值七百多万的宝贝，千万不能出纰漏。LULU打了好几个电话给张兴初，说是一路上车多人多交通拥堵，好在有保安公司的防弹车一路押送，随车还有一位保险公司的职员，不用担心安全问题。为了安抚贵客，老林不得不让公关经理反复讲解名表的豪华身世。

"这款目前世界上最复杂、功能最多的全手工机械表集当今世界机械表六项复杂机械功能于一身，超薄自动上链机芯、双指针飞返计时、陀飞轮、时刻分三问功能、万年历、月相盈亏功能。宝珀1735用时六年研发，总共由七百四十个零件组成，花费三位资深制表师一年半的时间，每一个零件都是由制表大师手工打磨组装。表壳为白金，虽然没有镶嵌一颗宝石，但它的售价是七百三十五万，平均每个零件都价值一万元……"

门外一阵喧闹，应该是表送到了，贵宾们再也不想听干巴巴的讲解，全都迫不及待地伸长了脖子，等着大饱眼福。老林心中一喜，终于舒了口气，忙朝门外走去。

万没想到，不过几步路的工夫，外面的喧闹忽然变了调，有人尖叫，有人乱嚷。老林心道不好赶紧冲到门外，只见大门外浓烟滚滚，看热闹的人们一个个捂着鼻子全都跑得远远的，门前的保安也只剩下两名。张兴初满头大汗地坐在了地上，愣愣地看着自己空空的两手。小林急得像热锅上的蚂蚁，LULU也花容失色。

"怎么回事？"老林虽然心中明白了七八分，但怎么也不愿那个猜测会是真的。

"一个保安抢走了装表的箱子，骑着摩托车跑了，他们两个人，有同伙。"小林语无伦次。

"保安？这怎么可能！"老林一阵晕眩。

"伯父，那保安是从人群里出来的，穿得和其他保安一样，也就没人在意，没想到……事情是在一瞬间发生的，大家都没反应过来。"LULU也跟着解释。

"爸，我们报警吧。"小林掏出了手机。

"别慌，我先去稳住里面的客人，然后去监控室看看究竟怎么回事。"老林竭力保持着冷静，毕竟这块表已经投了保，就算真的被偷也不会损失太大。

老林跑回监控室时里面只剩下段七了，保安队长刚出去指挥手下去追骑摩托的劫匪。段七调出刚才的录像给老林看，屏幕上清楚地显示：防弹押运车刚刚停稳，张兴初下车还没走出两步，人群中就滚出一个铝制罐头似的东西，迅速散发出浓浓的黄色烟雾，不知道是催泪瓦斯还是烟雾弹。人群顿时乱作一团，保安们忙着维持秩序。紧接着一名身穿深色保安制服的男子从人群中冲了出来，迅速冲进烟雾里，不过两三秒的工夫就抱着一只银色密码箱跑了出来，飞快地跳上路边一辆慢速行驶的摩托车。车手同样穿着全套保安制服，油门一轰，绝尘而去。整个过程不到十秒，等到烟雾散去大家这才反应过来。

桌上摆着保安队长留下的一只寻呼机，几分钟后，传出了声音。

"报告队长，劫匪的车朝丫髻沙大桥的方向驶去，请立即请求警方支援。"

"队长，我们已经上桥。"

"报告，我们距离劫匪的车只有五十米左右的距离。"

"不好了，劫匪把密码箱扔进了珠江，我们该继续追劫匪还是停车找密码箱？"

扔进了珠江？真是疯了。珠江江水湍急，江面宽阔，水域也深，往前几百里还有入海口。虽说那只箱子是合金密封防水防火，但若真掉进珠江也跟泥牛入海没什么区别。一定是劫匪眼看被追得紧了，干脆来了个一拍两散毁灭罪证。

老林的拳头重重地砸在桌上，脸色相当难看，这么贵重的表别说还没看上一眼，连个响都没听到，说没就没了。段七翻了翻眼皮，依然是那副分不清究竟是冷酷还是麻木的尊容，永远说不出一句安慰人的话，只是递上一杯水给他。

B

精益行被劫天价名表的事上了第二天的报纸。押运车上有摄像头，在追踪时进行了实时录像。录像中显示劫匪真把那只银色的密码箱扔进了珠江，追兵在该去追劫匪还是该停车找密码箱的问题上引发了争执，他们的犹豫不决足够让劫匪消失在他们的视线里。

关于劫匪的线索，几乎是零。他们带着墨镜和防毒面具，根本看不清本来面目，加上他们距离镜头最近的时候也处在烟雾弹的掩护之中，别说是面孔，连动作也模糊不清，查出他们身份的几率也就微乎其微。

尽管如此，警方还是让所有当时在场的有关人员全都去做了例行笔录。

从警署出来后，张兴初没回公司安排的住处，而是在外面兜了个圈子，最后去了一家小酒店。他手机上有一条短信，里面有个房间的号码，麻胖子正在等他。张兴初此时已经不再紧张和沮丧，而是春风满面，就像中了彩票一样。他心情实在是太好，完全没意识到自己身后，还有LULU和小林。

"怎么样？"张兴初刚进门，麻胖子迎上前来问。

"你说呢？"张兴初从搭在手里的西装外套内口袋里掏出一个小小的盒子。

今天气温高达三十多度，小林要求全精益行的员工男的穿西装，女的穿衬衣和西裙。张兴初本来是颇有怨言的，这么热的天穿西装不中暑才怪，不过凡事有利弊，穿西装反倒更利于他把表盒藏起来。

"是按我说的做的吧？"麻胖子接过盒子打开，仔细地看了看，满意地点了点头。

"是的。在押运车上，我悄悄地把密码箱的密码轮一个个给拨到位了。烟雾弹炸响的时候，我乘着烟雾打开保险箱，就把里面的表盒给拿了出来。谁都想不到，劫匪扔掉的是个空箱子。"张兴初得意地摇着脑袋，"对了，箱子密码你怎么会知道，不是只有董事长一个人知道吗？"

"这你别多问。保险公司的人一直在车上吗？他没看到你的小动作？"麻胖子还是不放心。

"当然没有，那家伙是近视眼，一路上都忙着给他的头打电话汇报路况，后来车停了，他一看见烟雾弹就给吓蒙了，肯定没发现。"张兴初冷不防地从麻胖子手里夺过表盒，"任务完成了，我的支票呢？"

麻胖子掏出早就准备好的支票，递给张兴初，"看清楚有几个零，这张随时可以兑付。"

"这还差不多，那我先去取钱，今晚就走吧。"张兴初拿着支票看了又看，把表盒递了回去，"你不会骗我吧……这些钱真的给我了？"

"以后我们还要一起发财呢，再说今晚我也一起走，你怕什么。"麻胖子拿过表盒，顺势打开门，"晚点我给你电话，记得要准时哦。"

张兴初的背影消失在电梯间里，麻胖子却没回自己的房间，而是敲响了隔壁房间的门。门马上开了，门缝里露出一张娇艳的脸，是LULU。房间里还有小林，面前摆着一台笔记本电脑，电脑屏幕上是隔壁房间的图像。早在昨天他们就准备好了这个地方，并在隔壁安装了摄像头和麦克风。对麻胖子，小林并不放心，他喜欢百分百的控制局面，于是LULU提议索性全程监控。

"董事长，表在这里。"麻胖子赶紧递上刚刚到手的表盒。

小林第一时间打开表盒，仔细端详起来。黑色的野生鳄鱼皮表带，散发着优雅光泽的白色表壳，白金质地的罗马数字是时间刻度，三个小表盘显示时刻分，表盘正下方还有一个迷你视窗，显示月相盈亏和万年历。整块表优雅大方，虽然没有一星半点宝石的光芒，却彰显出一种强大到让人无法忽视的富贵气。

"完美，真是完美。"小林激动地翻来覆去地欣赏着，正打算把它贴到耳朵上听听那机芯运作的美妙声音。

"亲爱的，你说我堂弟该怎么处置？"LULU忽然冒出一句。

"不是计划好了，让他拿不到钱，也找不到胖子吗？"小林放下手中的表，揣进了怀里。

"我觉得这还不够。毕竟他知道内情，万一怀疑到我头上……你知道，只有死人的嘴才是最放心的。"LULU翘起玉腿，漫不经心地晃着。

"你的意思是？"小林眯起了眼。

"要他永远都不会说出这个秘密。放心，这种事我很快能搞定，你就等好消息吧。"LULU眼眉一抬，从牙缝里挤出这句话来。

"女神，你不愧是我的偶像，我真是太爱你了！"当着麻胖子的面，小林也丝毫没掩饰他的肉麻。

"等我从保险公司把理赔的手续办妥，你就要准备让我正式入股精益行了，这事，你跟老爷子商量了吗？"LULU掏出一支雪茄，小林放下手里的表，帮她点上。

"那个嘛，反正我已经是董事长了，不跟他说也是一样。亲爱的，你尽可放心。"小林心知肚明，他决不可能给这个女人股份，无非是先利用一下她，等钱到手再用点手段把这个自以为是的女人弄上床，玩够了再甩掉。

"不是我信不过你，我是信不过钱，这笔钱不算小，股份的事也不小，到时候表是你的，公司也是你的，你要是把我踢开我不就惨了，白忙一场。"LULU像是看穿了小林的心思。

"怎么可能呢？"小林心里却一紧，这女人实在厉害，要真娶回家还怎么过日子。

"怎么不可能呢？"LULU用她红艳的樱唇吐出一个完美的烟圈，"这样吧，我们待会儿就去银行开个保险柜把表存起来，户主是你，密码我定，反正你也不能带回家给老爷子看到，还是先存起来放心。另外我要你明天就安排我当精益行的正式经理，要正式的授权文件，我会亲自去保险公司把理赔的手续尽快办好，保金到账的那天，就是我正式入股的日子。"

"好好好，这没问题。"小林一听到保险柜的户主是自己就放心了。不知道密码可以重新设置，再跟银行经理打个招呼，如果LULU一个人去取这块表会立刻通知自己，所以大可放心。小林心道，这个精明的女人居然在节骨眼上大意了，正合心意，只要保金到手，后面的事就由不得她做主了。

C

"你确定要这样？必须这样？"

"快脱吧，时间紧张，快点完事吧。"

……

"大腿，再抬高一点；手，再放松一点；嘴唇，对了，微微张开，很性感嘛。"

"等等，领口再开下一点，多解开两个扣子。头发也要再凌乱一些。"

"我说，你就不能弄点煽情的音乐配合一下吗？这野猫叫得我心烦。"

"别挑剔了，一，二，三，欧了。"

一条少人居住的死巷尽头，漆黑的角落里，有强烈的白光闪过，过了一会儿，从墙角里走出两个男人，一个身形略胖，一个头发凌乱满脸污脏，头发凌乱的这个身上还沾满了红色的颜料，不仅是衣服上，满头满脸全都是，乍看血人一般。

刚才那番暧昧的对话与断背无关，而是梁融在帮陆钟拍照。这些照片就是用来明天给小林交差的，张兴初这个角色已经到了该退场的时候。按计划，明天司徒颖会告诉小林，堂弟已经被黑社会给搞定了，做成意外坠楼的样子，干净利落。

"说真的，我要是死在你前头，我的遗像就拜托你了，千万给弄好看点。"陆钟看着数码相机里的惨样，居然还满脸欣慰。

"放心，一定给你拍套经典人体艺术照，我还指着把你的裸照做成明信片再印上你的签名，卖给所有仰慕你的肉丝粉赚上一票呢。"梁融嘻嘻笑道。

"你找死吧。"陆钟飞起一脚踢在梁融的屁股上，梁融笑着逃开，边跑边说："别踢我，再踢我今晚就回去问司徒要不要预订一套。"

陆钟的骂声和梁融的笑声在巷子里回荡着，计划进行得太顺利，实在没有不开心的理由。

第二天一早，司徒颖把"堂弟"惨死的照片扔给小林，小林先是皱了皱眉头觉得有些血腥，不过很快就露出了笑脸。毕竟，知道这件事的人又少了一个。

第十七章　大卡司

A

拿着小林亲自开出的任命书，LULU去保险公司商谈理赔。

"这不太合规矩，之前的账号可不是这个。"保险公司的售后部经理为难地说。

"实话跟你说吧，其实那块表早就有人付钱了，精益行只是帮忙联系瑞士代为订购而已。我们董事长跟那位客人是朋友，对方才同意放在店里做一个星期的展示。这块表真正的主人并不是精益行，而是这个账号的主人，所以，这笔钱应该赔给表真正的主人，也就是说，把钱打到这个账号，明白了吗？"LULU很细致地解释，脸色却越来越难看。

"既然他们是朋友，那把这笔钱付给精益行，再由精益行转给表的真正主人也可以吧，毕竟投保方是精益行，我们应该对精益行负责。"死心眼的经理声音小了些。

"我代表的就是精益行，你对我负责就可以了。"LULU有些动气了。

"我明白了，可是，您知道我们的保单都是留有存根的，所以还是有点麻烦……"这位经理的天职就是为公司省钱，尽可能地省，尽可能地拖，保金多放在公司账户一天就能多带来一天的收益。

"这块表是在精益行手里弄丢的，客人非常生气，所以，这笔钱必须直接到他的账户，否则的话……"LULU柳眉倒竖，把有小林亲笔签名的任命书用力往桌上一扔，开始发飙，"我倒要看看，你们是不是只做这一单生意！"

"呦，什么风把LULU小姐给吹来了。"隔壁办公室里的总经理早就听到了这边的动静，憋到这分上再也坐不住了。

总经理也是君豪会所的常客，精益行的生意当初就是LULU带来的，他对LULU的手段早有耳闻，得罪她等于得罪了活财神。他一看LULU手里的任命书，千真万确是精益行的公章和小林董事长的亲笔签名。总经理比售后经理灵活多了，赶紧圆场："特殊情况可以特殊处理嘛，那块表被劫已经全城皆知了嘛，丢了就是丢了，精益行说把钱赔给谁就赔给

谁，LULU小姐消消气，我们这就去办。"

说完，总经理使了个眼色，让售后经理把任命书拿去复印一下存档，万一将来出状况也可有据可查。

LULU脸色好看多了，很给面子地跟总经理聊了会儿。总经理不住地解释这位经理是新人，请LULU别放在心上，今后多多帮忙介绍客人。LULU则非常大度地消了气。

总经理只觉这位传说中很难打交道的冷美人并没那么拒人于千里之外，说话办事相当豪爽，当即生出结交之心，催促售后经理马上把赔偿款打到LULU带来的账号上。

走出保险公司的大门，LULU拿出手机打给小林，嗲嗲地说道："准备好香槟了吗？别人半个月才走完的程序我一出面就全搞定了，三天之后钱就可以到账。"

B

半小时后，小林还站在酒店门前等待佳人的到来。他不但准备了香槟，还准备了一些不太体面的东西，待会儿可以趁LULU不注意放进她的酒杯里。他不是君子，从没想过要花大力气去泡一个女人。

黑色奥迪TT已经停在了路边，麻胖子赶紧下车为LULU开车门，今天的她身穿一套简洁的白色阿玛尼套装，外加一副琥珀色宽边墨镜，一反平日的美艳更显高贵大方，惹得路人回头驻足，还以为是哪位港台明星。

小林笑得连犬牙上嵌的钻石都露了出来，心中却道：先让她做两天好梦，等那笔钱一到账，马上就把她转手才好。

LULU站在街对面朝小林嫣然一笑，扭着腰肢款款而行。十米，八米，五米，眼看着就要走到小林面前，忽然——一阵急刹车的声音从她身后响起，一辆黑色面包车停在路边，从车里冲出一群手持凶器的悍男。这群人穿得花里胡哨，个个身上都有刺青，年纪都不大，砍起人来全都像打了鸡血一样。

他们砍的人居然是LULU。鲜血飞溅，惨叫连连，LULU毫无招架之力地倒在地上，拼命地朝着小林喊救命，可那些人杀红了眼，那样子像足港产黑帮片里的镜头。小林给吓坏了，这个来路不明的女人终究是祸水，赶紧连滚带爬地逃回酒店，让浑身发抖的门童关紧大门千万别开。

这伙人不仅砍了LULU，还连着麻胖子一起砍了，一边砍还一边用带着台湾腔的闽南语骂。具体内容小林听不太清，意思大概是LULU黑了老大的钱和货，跟奸夫一起跑路了，老大绝对不会放过她。

"怎么办，要不要报警？"门童声音发颤。

"笨蛋，这些人是黑社会，要是给他们知道是谁报警肯定会报复的。"小林很没人性地否定了这个建议。

"可是，那位小姐她……"门童还是没领会小林的意思。

"少管闲事，滚！"小林大发雷霆。

谁都不知道他现在有多激动，这伙人把LULU和那个碍眼的胖子全都给砍死才好，虽然还没把LULU弄到手，但比起七百万来，女人算个毛，保险柜的户主是他，那块表就是他的，还有保险公司的理赔，七百多万也是他的，最重要的是，换表骗保最紧要的知情人也死掉了，这个秘密就更安全了。

刀光血影之下，LULU很快就不行了，咽气前，她颤抖的手不甘地伸向酒店的方向，冰冷的玻璃门后面，是小林卑鄙无耻窃喜的脸。

那伙人把LULU和麻胖子砍得不能动弹后才骂骂咧咧地上了车扬长而去，酒店保安终于拨打了急救电话，不过没人敢报警，谁都不知道那伙人是不是还会回来，得罪黑社会可不是闹着玩的。

十五分钟后，急救车赶到了，医生检查了伤口，摸过两位伤者的脉搏和鼻息后遗憾地摇了摇头，给他们盖上白布，抬上了车。

死了吗？真的死了吗？小林还有些忐忑，他兴奋地独自喝光了那瓶香槟，并且做了个很不错的美梦。

第二天，小林在报纸上读到了期待中的报道：台湾黑帮内部纠纷，引发街头血腥事件。报道中甚至还有LULU和麻胖子的大头照，以及两人救治无效已经死亡的消息。

小林放下报纸立刻前往银行，他要更改密码，取回那只让他魂牵梦萦的名表。

这一天他已经等了太久太久，作为一名被父亲严格管束的富家小开，他并没有太多权力，名为董事长，可做主的人还是老林，每次用钱也必须经过老林的批准。他在这块表上做文章就是为了钱，既要瞒过老爸还要瞒过保险公司，以他的能力是做不到的，没想到天上掉下个大美女，帮他解决了一切难题。现在大美女又被乱刀砍死，哈哈，真是天遂人意。

手续完毕，他小心翼翼地取出表盒，打开，拿出那块费尽周折才得到的宝贝，仔细地看了又看，放在耳边听了又听。

这一听，激动和兴奋就全都凝固了。

声音不对。

小林从小就接触各式钟表，分辨出齿轮转动的声音和石英谐振器并不是难事。

保管室里没有其他人，非常安静，他不可能听错。可如果他没听错的话，那这块表就大大的错了。他从怀里掏出一个小小的工具，打开了这块表的后壳。老天，他简直不敢相信自己的眼睛，陀飞轮是假的，齿轮是假的，只有石英谐振器和集成电路是真的，还有一枚刺眼的锂电池。

这是一块不折不扣的A表，最多值一千块钱。

小林觉得自己快要喘不上气来，他用力松开领带和衬衣的扣子，让自己好受一点。他尽量保持冷静，回忆着有关这块表的前前后后。这块表从下飞机到自己手上经过了好几个人的手，麻胖子，张兴初，LULU，还有那两个劫匪，这些人中的一个肯定有问题，究竟是谁掉了包？真表是一定存在的，至少下飞机时保险公司的人核对过。只可惜他找不到人去对质了，那两个劫匪早已无影无踪，麻胖子，张兴初，LULU，全都死了，可他们死得也太蹊跷……直到这一秒，他才感觉大事不妙。

小林赶紧拨打了保险公司的电话，询问保金何日到账，可对方坚称保金已经赔付过了，而且是汇入了LULU带去的另外一个账号。

"怎么可以这样，我是投保人，这笔钱应当给我！"小林几乎是歇斯底里地吼道。

"正因为您是投保人，所以您有权授权给其他人来处理这件事不是吗？我们手上有您的亲笔签名任命书，欢迎您随时查看我们的存档文件。"保险公司的人慢条斯理地解释。

咣当一声，电话落在地上。小林这才发现自己到头来什么都没有得到，这笔保费该怎么对老爸交代？他该找谁去负责呢？已经死掉的人吗？他像被人抽掉了脊梁，两条腿踩在了棉花上。

C

此时此刻，白云山山脚下的一栋别墅里传出欢声笑语。

客人很多，有客串古惑仔的"小子帮"的少年们，有专门制作假报纸假杂志的老师傅蒋乃秋，有扮演劫匪B，负责开摩托车的黑市赛车好手龙赛飞，还有假扮急救车上医生和护士的几位临时演员。其余的角色不用介绍也能猜到了，扮演劫匪A的单子凯，还有已经摘掉麻子面具的梁融和抹掉了美人痣的司徒颖，男男女女老老少少好不热闹。

大家已经领到了报酬，有人忙着聊天喝酒，有人忙着吃东西，还有人在玩三公，老千和老千玩，天底下不会有比这更妙的牌局了。人们赞叹司徒颖的美艳，也称赞六哥果然名不虚传，这个局设计得实在精妙。

"韩老大，我现在开了家网店，全国各地生意都可以做了，货都可以快递给你，以后还得请你们多多介绍客人给我哦。"蒋乃秋六十多岁了，精神矍铄个子不高，却很懂得与时俱进。

"一定一定，你家的生意可是越做越大啊。"老韩举着酒杯跟蒋师傅碰了一下，一饮而尽。

"六哥，去年在澳门的事我还没谢你，这次也没帮上大忙，实在是不好意思，你还是帮我把钱还给韩老大吧。"龙赛飞把陆钟拉到一边，掏出一叠钱来。这个精瘦的汉子不过三十出头，酷似李小龙，是道上出名的火将，不仅车技出众，还是南拳高手，去年他在澳门帮人打黑拳差点丢了命，是陆钟救了他，一直感激在心。

"见外了不是，这次要不是你帮忙我们也找不到合适的人，再说，你买新车也要用钱，你就留着吧。"陆钟又把那叠钱塞回赛飞的口袋。龙赛飞还要推辞，陆钟佯装生气，"你要是不肯收，下次有事我可不敢找你了。"

龙赛飞这才把钱收下，回敬了陆钟满满一杯酒。

"唉，你头上怎么青青紫紫的，不是假打的吗？难道小子帮的兄弟跟你来真的？"司徒颖忽然发现梁融脸上不太对劲，他整个人也显得兴致不高。

小子帮是一群不到二十岁的顽劣少年，他们大多无父无母，很多人甚至没有姓名，行走江湖以小子某某为名，行事嚣张不怎么守江湖规矩。这次能请到他们帮忙，是因为小子帮的帮主小子凛宝跟老韩相识。

"嘘！小声点小声点。"梁融赶紧把司徒颖拉到一旁，殊不知他的话已经引起了陆钟和单子凯的注意。

"快跟我说，到底怎么回事？"司徒颖素来天不怕地不怕，谁惹上她都没有好果子吃。

"唉，还不是包甜，她……她居然是个骗子。"梁融心里充满了怨恨和不甘。

原来，那个包甜是个放长线的托儿，跟梁融网恋了一个多月，才告诉他自己人在广州。梁融心里不是没有顾忌，一直对她也抱着几分怀疑，所以并不敢太用情。但包甜每天都会给他发来信息，嘘寒问暖。梁融对女人向来都怀着善意，不忍拒绝她的关心，想到就要离开广州了，最后还是下决心见她一面。昨晚，他独自去了包甜工作的地方，没想到那里居然是家黑酒吧，他一去就被那些人抢光了身上值钱的东西，还被迫说出了银行卡密码，被他们弄掉了几万块钱。

"你真没用，快告诉我那酒吧在哪，我去杀他个片甲不留！"司徒颖登时柳眉倒竖，恨不能马上拎把刀杀过去。

"算了。昨天我看到她了，她也是被逼的。那家酒吧里至少雇了二三十个她这样的托儿，每天在网上群发各种消息，专钓外地心软的男人。"梁融并不恨包甜，反倒觉得她挺可怜。

"还没天理了，不行，我要去告诉干爹，咱们现在就去把那破酒吧铲平。"司徒颖最看不得这种事。

"别别别，难道你想看着我被师父罚吗？要怪也只能怪我，看人家漂亮就放松了警惕。当老千还被人千，说出去被人笑话。你就当帮我个忙，别说出去。"梁融叹了口气。

"放心，我们也不会说出去。"单子凯直到偷听完了才现身，摆出风流倜傥的姿态搂过梁融的肩膀道，"下次别玩什么网恋了，要玩我带你去，包甜包酸的全都搞定。"

见梁融脸上挂不住，陆钟也不再多说，笑着补上一句："有空多跟师父学学，他老人家泡MM的本事全国第一。"

D

　　歌在唱，牌在打，这是老千们自己的庆功会，唯一不开心的梁融也被单子凯灌了一杯又一杯，渐渐露出了笑脸。没有什么能比亲自导演一出如此精彩的好戏更开心的了，玫瑰夫人那一局的不顺终于烟消云散。当然，陆钟告诫着自己不要骄傲，江湖太大水太深，真正的高手永远隐藏在不为人知的地方。

　　这次的局中也有一些侥幸的成分：如果当日烟雾弹的掩护下他动作稍微迟缓一秒，就有可能被人看到他拿出表盒的小动作；如果不是司徒颖演技好，当日在酒店里小林差点就要听到那块表的运转声了；如果不是小林自以为"LULU"的最终目的不是那块表，而是精益行的股份，或者他要亲自去保险公司谈保金，以小林的精明很有可能会戳穿这个局。好在大家留下的所有资料全都是假的，这间别墅也是老韩借用本地同行的身份租下的，就算小林想查也无从入手。更何况他们很快就要离开了，广州之行，得到的只有愉快的回忆和丰厚的存款。

　　归根结底要感谢的人还是小林，如果他不是那么自大，自信"LULU"玩不过他；如果他不是那么贪婪，不仅私吞了表还想黑掉保金；如果他不是在最后的关头见死不救，而是良心爆发冲出去看一眼"LULU"的尸体，就会发现那全是假的。是他的贪婪让他最终掉进自己亲手编织的陷阱里，用老韩的话说，老千的职责就是，让那些企图不劳而获的人好好交点学费。

　　"干爹，还是你有本事，总能找到这么多朋友来帮忙。"司徒颖已经喝得腮上飞起两朵红云。

　　"其实也没什么，是段七还记得这班朋友碰头的老地方。"老韩满面春风地端起酒杯来，"老段，祝贺你光荣退休。"保险公司的理赔金被司徒颖弄到了一个海外账户上，几经周转洗白，最终还是落到了段七的账号里。

　　"你们给我的太多了。"段七的声音还是硬邦邦的，他从不说客套话，此刻已是前所未有的柔软。

　　"同门中人应该的，你也不用放在心上。如果我有一天遇到困难，肯定也会找你们这帮老朋友。"老韩很满意这个皆大欢喜的结果。

"跟我说实话吧，你来找我并不是专程为了帮老驼子带句话吧？"段七锐利的眼神就像一头垂垂老矣的野狼，却余威犹在。

老韩被说中了心事，微微一顿，也就不再遮掩："我知道那是你师爸留下来的宝贝，我只想借来看一晚。"

秘籍本是不传之秘，照规矩，连师爸自己的亲生儿女都不能传授，只有遇到特别有天分的弟子，才能传授一人。在传授之前，还得行一套祭拜祖师焚丹书立誓的仪式。

段七没有立刻回答，他只是继续用那双狼一般的眼睛盯着老韩，看得老韩心里发毛，连忙解释："你也知道，咱们江相派如今越来越不行了。我不知道你有没有收徒弟，但我收了个还算不错的弟子。"老韩看了一眼在沙发上和龙赛飞聊天的陆钟，"他天资不错，借你的秘籍是想让他学点东西，将来振兴江相的希望就在他们这些年轻人身上了。"

"振兴江相，你是这么想的？这孩子的心术如何？"段七心念微动，郑重地说道，"倘若他是贪财之人，又不能严守师门之密，我宁可毁掉秘籍。"

"这点我可以用自己的运气担保，你尽可放心。"对于老千来说，运气从来都是比生命还要重要的东西。

段七沉吟再三，终于点头，"今晚我再来，你们准备好东西，老规矩还是要讲的。"

 第十八章　红宝书

A

空气中飘散着檀香，屋子里没开灯，点着两支尺余长的红烛和九支白色蜡烛。烛光在墙壁上投射出三个巨大的身影。一把银色小刀割破了陆钟的手指，带着体温的血滴进一方青瓷小盏中，陆钟趁着鲜血尚未凝固，在一张黄裱纸上用毛笔写下段七念出的祷文。

繁琐的仪式一一完成，段七终于拿出了那本让老韩惦记了一辈子的秘籍。

江相派的秘籍不像武林秘籍只有一个版本，每位大师爸都会根据前辈的传授和自己多年的阅历，不断增加修订秘籍的内容。

那是个深红色缎面的硬皮手抄本，陆钟毕恭毕敬地接过，心跳居然漏了一个连环。这种紧张在他做价值千万的局时都没有出现过。可是，翻开本子他却一个字也没看到，只有满版泛黄的纸张。

"师父，这……"陆钟不得其解，莫非秘籍真是本无字天书？

"你看。"段七拿过本子，把扉页的纸张对着蜡烛烘烤了片刻，三个深褐色的正楷大字出现了：扎飞篇。

原来秘籍中还有这样的秘密，前辈们真是用心良苦。

"怎么，你得到的是《扎飞篇》？"老韩居然很意外，"我听说本派秘籍只有'英耀'和'阿宝'两本，但你这本……"

"放心吧，这本当然是真的。"段七那张沧桑的老脸在烛光的映衬下，满脸的皱纹更像刀刻一般，"本门秘籍其实一共有四本，除了你说的《英耀篇》和《阿宝篇》，还有《扎飞篇》和《军马篇》。"

历来北方江湖黑帮都称做"将"，南方江湖黑帮则分为将和相。相传洪门中人，也就是江相派创始人的方照舆，在反清时曾以相士的身份行走江湖，误打误撞地成了江相派嫡祖。他收过四个弟子，所以江相派门下有乾、坤、坎、离四大房，取天（乾）地（坤）

交泰，水（坎）火（离）相济之意。作为洪门五祖的嫡传弟子四大房门人都有过一段风光的日子。二三十年代的鼎盛时期，香港有何立庭、李星南两位大师爸，广州有钟九、陈善祥，上海有傅吉臣、黄焕廷，新加坡有杨海波，不过真正是嫡传门人又有秘籍的，据说只有香港的两位，还有广州的钟九和上海的傅吉臣，他们四人各执一本。钟九手里的那本是《军马篇》，傅吉臣手里的是《英耀篇》，何立庭手里的是《阿宝篇》，而《扎飞篇》则在李星南手中。

这四本秘籍是几百年来江湖术士的不传之秘，《英耀篇》更是达到了中国古代心理学的巅峰，只要稍微懂点算命术的基本术语和原理，再将书中文字背得滚瓜烂熟，不愁弄不到银子。若是天资深厚之士结合另一本《扎飞篇》，学到其中的九成功夫就足够使政界要员商场巨贾趋之若鹜，如果运用纯熟，家财万贯名满天下也非难事。《军马篇》应该是《扎飞篇》和《英耀篇》的补充，段七也从未听师爸李星南讲过。除江相派第一任通天教主张雪庵外，还没有第二个人集齐过四本秘籍。

"原来如此，是我孤陋寡闻了。我入门时年纪还小不知用心，等到年纪大些想用心学的时候师爸却已经去了，今天真是长见识了。"老韩肃然起敬，忆起往事，段七的师爸李星南的确是扎飞的高手。而所谓扎飞，就是借着看相测字算卦的名义故弄玄虚，来达到骗人的目的。

"我听说这四本秘籍中《英耀篇》是最重要的，不知道傅师爸他传给了谁。"段七回想当年，也是激动不已。

"唉，都这么多年了，师兄们死的死散的散，我算年纪最小的，怕是找不到他们了。"老韩不无遗憾地说，香烛的烟气太大，熏得他好一阵咳嗽，胸痛得不行，脸色都变了。

"我是退休了，你也差不多了。只可惜我没有研习这本秘籍，白白浪费了师爸的一番心意，这些东西，怕是要失传了。"段七用他那只哆嗦着的手，帮老韩拍着背，"师爸在世的时候说过，其余秘籍的下落好像花家的人知道，你跟花家的人关系一直不错，可以去问问。"

老韩长长地叹了口气，金黄色烛光中的段七就像绷得快要失去弹性的弓箭，终于松弛下来，年纪大了，如果不趁着这次见面的机会多叙叙，以后怕没有机会了。两位老人互相搀扶着坐到了一旁，剩下陆钟一个人守在火烛旁，小心烘烤翻看着手抄本上面的文字。谈笑间，段七说起当年师爸李星南的一段往事。

李星南定居香港，表面上经营药材行和进出口贸易商行，两个儿子是从日本留学回来的牙科医生，各有一间私家诊所，看起来全家都是上流社会的人物，如假包换的正当商人，没人知道他的真实身份。他手下有几位高手，算命测字时说起话来就像打雷一样的轰天雷，还有半僧半道的汝纯阳，更有一位扮作富家公子四处搜罗消息做内应的打斋鹤，这几个人在香港十年间，赚到的钱财不计其数。

段七告诉陆钟，那几位扎飞高手都是李星南的"媒"。用江相派的专业术语来区分，行骗之人为"主媒"，诱骗之人为"梗媒"，对一哥善后的则是"生媒"，梗媒与主媒一道逃走就叫做"散水"。

提到这个"媒"，老韩解放前在上海混了很多年，对此中套路也非常了解。寻觅主顾的称为"拉排头"，专门骗有钱人的称为"拔人"，做局之人称为"放生间"，设赌局则是"吃引水"，专职诈骗的叫"拆梢"，拐卖儿童的是"贩石子"，拐卖女人的是"开条子"。用现在的眼光来看，行业细分也已经极为明确，真正做到了各司其职有条不紊。

当年江相派最风光的时候，每位大师爸都是门人众多，藏金无数，如今时光不再，当年的高手大多离世，许多绝技也已失传。

聊着聊着，两位老人就累了，各自倚在沙发上闭目养神。

B

陆钟把注意力全都放在了书上，如果这本手抄本真是李星南大师爸当年亲笔，那他的字倒真是不错，运笔遒劲细中藏拙，颇具瘦金体的骨感。

书中有云：

凡一皆可以扎飞也。君子敬鬼神而远之，小人畏鬼神而诏之，或求妻财子禄，或畏疾病灾祸，非有所惧，即有所求，而善用军马，则一焉不唯命是听。故曰：我求他不如他求我。

陆钟的古文底子不错，明白这大致的意思是：所有来看相测字算卦的人都可以装神

弄鬼骗他们。即便是德高望重的大人物也同样崇敬鬼神，只是他们不愿与装神弄鬼之人亲近。心有所惧的小人害怕报应，可以借助鬼神之力使他畏惧。来占卦的人，不是祈求妻财子禄之事就是害怕疾病灾祸的降临，只要仔细观察，了解对方的担心和害怕，就不难推算他所祈求的是什么。然后用语言刺激他，恐吓他。这样，那些前来算卦的人便会唯命是从，因为他们希望通过你帮助请求神灵保佑其消灾去难。真正高明的相士曾说：与其求对方出钱来求神问鬼，不如想方设法让他们求你。

书中又云：

扎飞之术，贵在多方，幻耶真耶？神化莫测。小验然后大响，众信然后大成。

陆钟的理解是：扎飞的精髓就是要细致计划多方部署，这样才能在亦真亦假中出神入化，神秘莫测变幻无穷。只要让众人目睹小把戏的灵验，再借机大肆渲染，才能让更多的人心悦诚服，只有大多数人都相信，才有大成功。

接下来是：

鬼神无凭，唯人是依。一犬吠形，百犬吠声。众口烁金，曾参杀人。虽明智之士，亦有所惑，可况一哉！善为相者，莫不用媒。故曰：无媒不响，不媒不成。

这话完全说透了扎飞的本质：世界上有没有鬼神，根本没有确凿的证据，所有神秘的事都是按照人的意愿臆想而成。一条狗叫，是因为看见了黑影晃动，一百条狗叫，是因为听见同类的叫声而叫，正如众口烁金、曾参杀人这类成语那样。这些所谓的神迹鬼迹被人为地营造出神秘感，所以很多见过世面又读过书的人也会觉得费解，那些迷信鬼神和相卦的老百姓就更加容易轻信了。真正高明的相士，没有不善于运用暗处的帮手来帮忙办事的，装神弄鬼不能仅凭一己之力办到，所以前辈高明的大相士说：没有在暗中的搭档，骗局就不会成功。

一整晚，陆钟把这手抄本翻来覆去看了一遍又一遍。扎飞是从前相士们骗取钱财的伎俩，一个优秀的扎飞大师，应该是拥有良好洞察力的心理学家、演讲家兼魔术师。虽然秘籍中的叙述已经跟现代社会有些脱节，但不能不承认，如今还是有很多人因为这种古老的骗术而中招。而且稍加变通，其中的很多方法在现代依然可以施用。

秘籍的后半篇，除了那些基本的扎飞要领和操作方法外，还有许多的小伎俩，什么墙上点灯、乩仙显灵、无常催命、油炸厉鬼、天师斩妖，诸如此类等等。陆钟不由得会心一笑，其实这些貌似神秘的东西并不复杂，只要有一定的化学知识就很容易编排。通常手上做的小动作、小魔术之类的统称手彩，利用焰火的大制作则称为火彩，另外还有水彩、高彩和绳彩，通常这类带彩的表演全是大手笔了。书中并没有细说，只说倘若学会其中一彩，做一次也够吃一年的，即使得到法门也极难研练。

看到最后，书中还提到了一些很奇怪的招法，什么五鬼搬运、天宫偷桃、七圣大法之类的，光是那些名字，就很像是如今的大型魔术表演。可惜，其中的奥妙并未阐述，好比看到了菜谱菜单，却品尝不到真正的美味，陆钟有些失望。翻到全文的最后一页，是"祝由之法"一篇，简单地解释了一番祝由之术是古代传下来的医术祝由科中的一科，通常是画符和念咒做法之类的巫医。虽然位列十三医科的最后一名，但很多其他医科和传统医术治疗无效的疾病，祝由科都可以治好。

这种神神叨叨的说法以前陆钟也听说过，只是一直持怀疑态度。老韩的病一直让人很忧心，这使得陆钟对这种神奇的医术产生了浓厚的兴趣。只是这最后一页字数寥寥，根本没有更深入的内容。

虽有遗憾，但陆钟做了件很大胆的事，趁着两位老人尚在梦中，用手机拍下了《扎飞篇》的全部内容。按规矩这是万万不可的，秘籍中隐藏了江相派太多秘密，决不能流传出去，可陆钟实在无法按捺住自己的冲动。

C

东方泛白，陆钟熬了一整夜的双眼微微泛红，两位老人也已经醒了，看到陆钟满脸的倦色，他们相视一笑，已经很久没有遇到过这么肯钻研的后辈了。

"年轻人，好好干，一定要振兴本门。"段七的话依然生硬，可陆钟能听出话里的期望，"如果你有心研习扎飞，我介绍一个高人给你，倘若学到此人十之一二，你这辈子吃饭穿衣是绝对不用愁了。"

"你说的高人我可认识？"老韩自认，国内数得上名号的高手没有他不相识的。

"上官洞庭，道号无非子，去年年底从新加坡回国定居的。他家老爷子是咱们江相派的大相士，算起辈分来还是当年通天教主玄机子的师兄，我们的师爸见到他也得叫声祖师爷。"段七说起这位高人，一脸的崇敬。

老韩摇摇头，难得还有他没听过的人物，江湖之大藏龙卧虎超乎想象。

"上官世家都是修道的，很少行走江湖，不过手段极为了得，当年师爸临终前把这本秘籍传给我的时候就交代过，如果真要深修这本秘籍，一定要去请教这位无非子前辈，他能教的东西比秘籍上的只有多，不会少。"

"辈分如此之高，这位高人怎么也得百岁之上了吧？"陆钟问道。

"记得以前在师爸的照片中见过无非子，四几年的时候他看起来已经四十出头了，但他去年回国时我看他跟当年照片上的样子没有什么不同。只是他现居杭州，你们要去的话，我可以帮你们联系。"段七思忖片刻，说道，"只是这位无非子前辈性格奇傲，很难相处，你们就算见了他，也不一定能得到他的指点。"

"那我们还真得去拜见一下这位高人了，不论再高，他也是人。只要是人，总是需要朋友的。"老韩最喜结交各路朋友，对这位高人自然心生向往。

临别时，陆钟把红宝书郑重地交还了段七，页面上的文字已经褪去，看起来依然如天书一般。

"既然四本秘籍，看来我们还要继续找下去。"老韩看着段七的背影，满腹忧虑。

"师父，您还是先去医院住上一段再说吧，身体要紧。"陆钟感觉到最近师父的身体一天不如一天。

"没关系，我不想耽误时间，都已经等了几十年了，我不想再等下去。"老韩很清楚，眼下他最大的敌人就是时间。

"师父，我想请你吃点东西。"陆钟劝阻无效，忽然提了这么一句。

"你请我吃东西？"老韩好奇地望着他。

陆钟点点头，搀起老韩的手。

半个小时后，师徒二人来到毗邻西关的一条小巷中。现在是上午九点，一家无名粥店的门前挤满了等位置的客人。这家店只卖艇仔粥，以油炸花生米、炸鱿鱼丝、炸米粉丝、生菜叶丝、海蜇丝、熟猪肚丝等作粥料，客人要吃时把粥料放进碗里，临时加入新鲜鱼片，冲入沸滚的以鸡鸭或生鱼的骨熬成的味粥，再撒上芫荽、葱丝、紫苏叶，最后加入一小撮虾干和几滴麻油，热腾腾香喷喷的端到客人面前。

"好熟悉的味道。"闻到这香味，老韩不觉食指大动。

"师父你看那是谁？"陆钟指着厨房，里面有位正在忙碌的老太太，留着利落的短发，左手的无名指上居然有枚碧绿通透的祖母绿戒指。老太太皮肤不算白皙，却有双漂亮的大眼睛，头发花白了，睫毛依旧乌黑浓密。看得出来，她年轻时一定是个标致的南方美女。

"她是……"老韩的瞳孔放大了，心内一阵翻涌。

又过了十分钟，一碗由老太太亲手煮出的热粥摆在了老韩面前，"对不住啊，让你们久等了。"

老韩似乎痴了，呆呆地望着老太太，什么话也说不出来。

"没关系，你们的粥太好吃了，我们愿意等。"陆钟笑着说，为了寻到这位老人他花了不少心思和时间。看到老韩的神情，他就知道这么做很值得。

"我们以前见过吗？怎么觉得有些面善。"老太太也盯着老韩看了好一会儿。

"当然见过……我不是第一次来了。"老韩的声音有些哽咽。

"那更是对不住了，让老顾客等这么久。"老太太抱歉地笑笑，送上一碟小菜当做赔礼。客人实在太多，没聊上几句，她就回厨房忙去了。

这家店不大，老太太的儿子帮忙端茶递水，媳妇则忙着收钱，一家人都很和气。

"要不要我去请她过来，再叙叙？"陆钟体贴地问道。

"不必了，没想到这辈子还能再见到她，能吃到她亲手做的粥已经很满足了。小子，谢谢你。"老韩细细地品味着这碗粥的味道，他分明在笑，可陆钟却发现，他的眼中已有泪光。

陆钟做了聪明人该做的事，什么也没说，只是低下头大口大口地喝粥。粥香暖滑糯，美妙滋味难以用言语形容。他很满足，这番广州之行除了收获秘籍，也了却了师父多年的旧情。此去杭州，的确可以放心地走了。而更让陆钟兴奋的是心里那个隐隐的愿望——也许，那位无非子能治好师父的病。

第十九章　矮小的高人

A

天刚亮，老韩就带着陆钟早早赶到西湖岸边，兜兜转转，来到一座小山脚下，这已经是他们连着第三天赶到这里来了。

从广州到杭州有千里之遥，老韩一路上奔波劳累，病情更加严重，不时痛苦地咳嗽。

陆钟看得心疼，赶紧递上水给师父润嗓子，"师父，既然段七前辈已经答应帮咱们联系这位无非子大师，您为什么拒绝呢？由他引见不是要省更多时间吗？"这些天来陆钟一直在疑惑这个问题。

"既然是高人，打交道的方式就跟普通人不一样。真正的高人，再多钱财都不会看在眼里，咱们就算送再重的见面礼也不足以打动他的心，倒不如三顾茅庐表表自己的诚意。"老韩歇了会儿，让陆钟搀着自己快些上山。他谢绝了段七的引荐，只打听清楚无非子每天都要来这山上养气和采泉。日出刹那的天地之气据说是阴阳调和至纯至真，是养气采补的最佳时分，所以那位无非子每天都会早早赶来。

这座山名为葛岭，东接宝石山、西接紫云洞、南凭西子湖、北倚黄龙洞。东晋有位了不起的道士葛洪曾在这里炼丹修道，葛道士不仅是高道更是个大善人，常为百姓采药治病，还在山上的井中投放丹药，山下的老百姓喝过水后都身体健康，出了不少长寿老人。后来葛道士得道飞升，老百姓们就在山上修了座葛仙祠，供奉这位高道。那葛仙祠经过朝代更迭，至今还存在。葛道士道号抱朴子，所以如今的道观便称作抱朴道院，也算得上杭州一名胜，日日香火鼎盛游人如织。

上得山去，天色渐渐清朗，老韩虽气喘连连，却也尽力登上了初阳台。初阳台是个小小的亭子，据说已经有千年历史，葛道士当年曾在此观察星象。时间还早，游人稀少，只有一位中年男子穿着玄色褂子在亭中闭目打坐。他的手结了两个手印，端放在膝头，面色红润腮上无须，一头黑发整整齐齐地朝后梳着，露出饱满光洁的额头。那人的体型跟十四五岁的少年差不多大小，个子不会超过一米六，骨架也不大，看起来很瘦小。在他身边放着两只不大不小的塑胶水桶，桶里盛满了清水。

根据这两天的观察，陆钟知道这两桶水是哪里来的。葛岭上有一泉一井，泉是双钱泉，井是炼丹井，出了名的水质甘洌遇冬不冻，传说当年葛道士就是用这泉水和井水炼丹的。想必这位中年男子的两只桶里，一桶是泉水，一桶是井水。

老韩早有交代，高人面前不要先开口，也不要多说话。陆钟扶着师父安稳地坐好，自己也坐在正对打坐男子的石椅上，静静地等日出。

这时四周山上树木青葱连绵不绝，空气似乎都染着一层薄薄的绿色，日出时分到了。天边的云忽然露出金色的一线，转眼间千万条金色的光箭从天边四射开来，整个东边的天空都被金光笼罩，山下的西湖被朝阳一映更显得富丽堂皇，波光炫目，简直就像一匹壮阔的五彩云锦。自从跟随老韩行走江湖以来，陆钟已经很久没有静下心来欣赏日出了，此刻杂念全无，只觉有一股浩然之气激荡在肺腑，心跳也莫名地加快了。他心里忽的冒出个念头，莫非是那位高人在向自己施法？转头看过去，那位中年男子依然双目紧闭，整个人就像跟这石头亭子融为了一体，纹丝不动，但他腹部却传来一阵阵奇怪的声音，竟然像是一头中气十足的牛蛙在腹鸣。

段七说无非子修的是神宵派，当年玄机子也曾修习过，《扎飞篇》里对神宵派有一些描述：高上神宵，去地百万。神宵之境，碧空为徒。不知碧空，是土所居。况此真土，无为无形。不有不无，万化之门。积云成宵，刚气所持。履之如绵，万钧可支。玉台千劫，宏楼八拔。梵气所乘，虽高不巍。内有真土，神力固维。太一元精，世不能知。神宵是指道教神仙居住的最高层次仙境，以此名其派，是高远尊贵之意。神宵派主修五雷法，最高境界是身心与天地阴阳五行相通，此感彼应，据说高深之士甚至可抵御鬼神，呼雷唤雨。

无非子能不能呼雷唤雨陆钟不知道，但中年男肚子里传出的声音越来越响，真像是打雷了。另外他还有种怪异的感觉，那是一种被注目的感觉，就像一股若有若无的气流在他身上由上至下里里外外地试探游荡了一遍，心跳得更快了，做深呼吸也没法控制。敏感的老韩早已察觉到他的异样，不动声色地牵过他的手，指了指打坐的男人，又用手指在他掌心写下两个字，天眼。

天眼？陆钟小时候就在港产鬼片里看过，有过奇遇的异人或者修炼过的高人在双眉之间，印堂之后的深处有那么一个地方，生有第三只眼，要么能见到厉鬼冤魂，要么跟X光差不多，能看穿人的五脏六腑，更厉害的还能读心，甚至看到前生今世过去未来，这已经接近神话了。

后来陆钟看的书多了，才知道所谓"第三只眼"真的存在，修道的人管那叫天眼，修佛的人管那叫识海，现在连西医也承认了天眼的存在，说那就是脑中的一处腺体叫松果体。后来他大学的生物老师也说，不论是天上飞的地上爬的水里游的，包括人类的祖先猿猴，都曾有过第三只眼。这只眼就是退化之前的松果体，后来经过千万年的进化，这只眼睛从脸上移到了脑内。尽管不能直接观察五光十色的大千世界，却仍然能感受到光，并作出反应。天晴时人会心情愉快，阴天雨天则情绪低沉，这就跟松果体的光感能力有关。就是因为明白了这个道理，陆钟完全理解天眼的存在，但他并不相信那些所谓见鬼，能看透内脏的说法。

可是，如果那些说法并不存在，眼下这种感觉又该如何解释？为何前两番到来时，却没有这种感觉？陆钟胡思乱想了一番，还是摆脱不了那种被盯着的感觉，似乎是越在意，那种感觉就越强烈。就在这时，无非子腹部的雷鸣声渐渐弱了，他睁开了眼，陆钟只觉一股辛辣的灼热卡在喉头，几乎喘不上气来。

他在试探自己！陆钟脑内澄明，赶紧调匀了呼吸，不再与这股灼热抵抗，过了一会儿，高人似乎对他的反应很满意，略加收敛，灼热感渐渐弱了。

B

"事不过三，说吧，你们找我干什么？要是没正事，请不要再打扰我清修。"打坐的男人闭着眼睛时就是个五官端正的普通人，一旦睁开，眼中精光四射，锐利得让人不敢直视。

他的话说完，陆钟才觉得嗓子松快了许多，看来高人对他试探到此为止，不过惊魂初定，一时想不起说什么好，杵在那里。

还是老韩见多识广，马上以江相派的切口答道："祖师遗下三件宝，众房弟子得真传，乾坤交泰离济坎，江湖四海显名声。在下是第十六传探花韩枫，秉承师命闯江湖，出身原是翰林院。打扰无非子前辈清修，还望见谅。"

"你们是江相派的，难怪一身铜臭味。"无非子眼皮抬了抬，面露鄙夷之色，根本不把二人放在眼里，"早就知道你们这帮人靠不住，一定是段七那个诨小子告诉你们我在这里吧。"

这位高人实在是太狂妄了，段七前辈怎么说也是六十多岁的人了，居然管他叫诨小子，陆钟的眉头不禁一皱。

"小子，我说错了吗？别说是段七，就是你们这帮江湖骗子的祖师爷玄机子也只能算我师叔，那个老不修仗着点小聪明就敢开宗立派，真是不自量力，到头来只赚到一点养老钱却连命都丢了，简直可笑至极。"无非子一开口就数落江相派的第一任通天教主，竟然还称之为老不修，真是傲慢至极。

陆钟这才想起段七说过，眼前这位貌似中年人的高人其实已经快满百岁了，只是他道行高深，容貌也显得年轻。

"前辈所言极是，您是方外高人，修炼的是出世之术，百年之后当能飞升成仙。玄机子前辈虽然没有练得不坏真身，好歹也养活了一大帮江湖兄弟，正因为有了他的关照，我们这个小小的门派才得以在江湖上立足，多少也是有些许功德的。"老韩说这番话时语气十分绵软，但话里的意思却显而易见：您这位高人修炼的是自己，得道的也是自己，而咱们的祖师爷却是为一帮兄弟谋饭吃，您是渡己，祖师爷是渡人，纵然您段位高出一大截，但思想境界还是比不上祖师爷。

"功德！笑话，你们一帮小小的骗子能有什么功德？"无非子仍不拿正眼看老韩，这句话也是从鼻子里哼出来的。

老韩知道这位无非子多年闭关修炼，接触的人和事并不多，再加上修为高深，秉性奇傲，一般人不会放在眼里。但话说回来，要是被他真的看中，待遇自然大大不同，"听说前辈很早就去了南洋，对咱们这边的情况不太了解，江相派的兄弟对待同道的义气日月可鉴，还有……"

"哼，既然你们这些人有本事，又何必来找我，有事就去找你的江湖朋友帮忙吧。"无非子不耐烦地打断了老韩，他可不想听晚辈的晚辈在这里说教，站起身来，打算拂袖而去。

"前辈请留步，有句话不知当讲不当讲，小可请您听完再走。"老韩知道非常人说非常话，决定兵行险招激他一激，"您从南洋万里迢迢赶到这葛岭上修炼，虽然也同样养气采水，但如果不肯帮我的话，您的修炼不论再如何精进也不会达到葛道士那种境界。"

"此话怎讲？"无非子停住了脚步，所有关于修炼的事在他看来都是天大的事。

"葛道士不仅仅修道，他也为百姓苍生做了很多好事，他修炼了自己也施益于人，正因为此，他才能修成正果。"老韩有意把话留了一半。

"你说我不帮你就达不到葛道士的境界，是什么意思？"无非子面有愠色，他的脾气并不是很好。

老韩微微一笑，这位前辈终于肯认真听他说话了，这才把最近如何遇到段七如何得到《扎飞篇》，如何指望陆钟振兴门派的事都给说了。他没忘记把自己这帮人虽以行骗为生，却是盗亦有道劫富济贫，从不做伤天害理之事交代一番。末了，还特意说是玄机子叮嘱得到《扎飞篇》的徒子徒孙，有机会一定要好好向无非子讨教，书中所述扎飞的内容还不及无非子所知的一半。只要得到无非子的真传，定能重振师门，为老百姓多做点好事。

老韩加油添醋的潜台词就是"您帮了我徒弟就等于帮了千千万万的穷苦百姓，是行大善积大德"。夸张归夸张，目的只有一个：把这位超级牛的前辈哄开心，让他老人家赐教。

千穿万穿马屁不穿，陆钟发现无非子的表情从完全不屑到微微动容，最后又刻意地恢复了原来那副傲得死人的表情，师父的话显然起了作用。

老韩从始至终都是和颜悦色，无非子听完这番话，居然没有马上拒绝，也并不看师徒二人，只转过身对着山下的西湖美景，思忖了半晌才说："好歹我也是你们的前辈，既然连玄机子都这么说了，我不帮忙说不过去。但你们不付出代价是不行的，让我先想想，随我来。"他自顾自地下了初阳台，朝着蛤蟆峰的方向走去。

C

无非子似乎是答应了，但究竟要付出怎样的代价还未可知。不过这样的结果已经让陆钟惊喜了，他和老韩相视一笑，"师父，您真不是盖的。只要他老人家不是要天上的星星水里的月亮，咱们就有办法。"

亭子里还剩下两桶清水，陆钟赶紧拎在手上，走在老韩身边朝着无非子的方向追去。无非子人矮腿短，走起路来却格外迅速，在清幽的山径上如仙人般很快就飘得远了，陆钟和老韩必须竭尽全力才能追上他的身影。

下得山去，无非子在黄龙体育馆附近的街道拐来拐去，最后来到一家古香古色的宅院。陆钟拎着两桶水，赶到门前时已经气喘吁吁大汗淋漓，老韩更是咳嗽连连。只见门檐上挂着一块不大的绿檀招牌，那招牌的年代久远，生着一层厚厚的苔衣，正中两个丹红行草：问馆。

问馆？这位无非子的主业怕也是看相测字之类的营生。老韩说过，跑江湖的相士不能在一个地方久留，正所谓"医要守，相要走"才能赚大钱。在他的印象中，这类相士并不体面，光是那个卜卦的"卜"字，看起来就像一根竹棍加一只破碗。闲坐街头算命的大多是最末流的，地位比丐帮人士高不了多少，不过真正上了档次的大相士就不同了，在古代相士封侯拜相的也大有人在。

就拿老韩的师爸傅吉臣来说，他当年帮广州"南天王"陈济棠看过一次相，批过几句话后，这位大军阀就决定跟桂系军阀联手，发动了轰动一时的两广事变。傅吉臣是老韩的师爸，他的本事自不用提，而这位无非子比傅吉臣的辈分还要大上半级，又经过这么多年的潜心研修，他的本事究竟有多大，陆钟实在无法想象。

这宅子门不大，院子却不小，而且是最标准的苏式花园，亭台楼阁景中有景，不论站在哪一个视角，眼前的画面都是最完美的。

师徒二人站在院子里才发现，谁也不能以目测判断这里面究竟有多大。杭州的房价贵是出了名的，这么大的园子肯定是王爷之类显贵的故居。除了地方大景色美，假山旁边随手放着的蝈蝈笼是清代牙雕，画案上歪倒着的是雕工精湛的犀角笔筒，名人字画更是随处可见，多得就像是假的。屋内的家具不是紫檀就是黄花梨，茶几上的壶乍一看满是茶垢污糟得紧，待老韩拿在手里稍加端详就发现了"桑连理馆"的底款，那可是价值六位数的蔓生壶。以见多识广著称的老韩也忍不住叹出了声："前辈真是有钱人！"

"钱财乃身外之物，只是凑巧我喜欢的东西都比较贵而已，这宅院是我父亲留下来的。"无非子从老韩他们身后出现，已经换上了宽大的夏布唐衫。晨风一吹衣袂翻飞，又身处此佳境，当真恍如天人。

"我想好了，我要你们帮我办一件事，只要这件事情办成，我便把扎飞之术传授一半与你。玄机子的扎飞之术跟我所学的比起来，其实还不及十之一二，全都是些肤浅至极的入门功夫，但他懂得灵活运用，居然也成了一门之宗师，如果你真的学会了我教的那些东西，振兴那个小派自然不是难事。"无非子炯炯有神的目光盯着陆钟，"既然你师父说你有些本事，我就试你一试。"

"要我们做什么，您尽管说。"这是陆钟第一次和无非子对话，他深知，这样的机会也许一辈子也只有一次。

D

无非子虽然高傲，城府其实并不深，除了爱摆摆架子和老资格，倒也是个爽快人。他这次回到杭州是因为他的儿子。二十年前他还在印尼的时候收过一个女弟子，这位女弟子祖籍杭州，是个水灵灵的美人，一口吴侬软语让无非子倍感亲切。无非子练内丹需要双修，两人天长日久的便有了感情，虽然没有正式结婚却也情同夫妻。后来女弟子有了身孕，一年后产下一个健康的男婴。无非子老来得子当然欢喜得紧，无奈两人的年纪毕竟太悬殊，他的性格又过于冷傲和强硬，最终女弟子受不了那种清规戒律的生活带着儿子回国了，顺便带走了他的大部分积蓄。无非子并不看重钱，只要够吃够用，够他修行就可以，只是儿子一直很挂心。那女弟子也算良心未泯，去年罹患脑癌，在弥留之际终于联系了无非子，把儿子托付给他。因为这个亲生骨肉，无非子这才回了老家。

无非子对陆钟的试练就是关于他的儿子。此子天资聪颖骨骼清奇，天生就是修道的好材料，但因母亲溺爱且疏于管教，整天不务正业跟一群富家子混在一起。无非子表明身份后他根本不肯相认，更不愿接受这个父亲，还嫌他身材短小不够体面，拒绝跟他来往。

"我没有太多要求，只希望这小子能完全出于自愿认我这个父亲。你们看，行不行吧。"无非子说完这一大通，脸上微露惭色。他这个神宵派高人，能呼风唤雨又如何，到头来连自己的儿子都搞不定。

"只要您信任我，这件事我保证能帮您做到。"陆钟的嘴角向上牵起，那是六哥最自信的招牌微笑，已经有数不清的人被这笑容折服过。

"姑且信你们一次，要是敢耍我，我担保你们猜一万遍也想不到自己会怎么死。"无非子的狠话也不怎么与时俱进，这大概是他在八十年代的港产江湖片中听过的台词，"说吧，你打算怎么做？"

"这件事虽然是我们出场，但关键还是在您，最重要的是得让贵公子了解您的本事，以您为荣。要不您先露两手，让我跟师父见识见识，了解了您的实力，我们才好安排后面的事情。"陆钟依然是笑嘻嘻的，他已经掌握了无非子对儿子的那种极度渴望亲近却又无奈的心情。

"这没问题。"无非子起身进了内室，很快就端了一杯清水出来。他把清水放在案几上，双手合十低头颔首，口里念念有词，但语速极快，念的都是些听不懂的字句。几分钟后，他伸出右手在清水上方凭空画符，然后在屋子里快步走起了禹步。禹步走起来要跟北斗七星的位置相合，旁人每一步都要默念相应的符咒，可无非子走禹步却不动唇舌，只是一身的骨头走得格格作响，腹部再次发出那种类似雷鸣的声音。渐渐的，陆钟觉得整间屋子都凉了下来，温度至少下降了好几度。等到符也画完，无非子端起杯子走到门前，口含清水，朝着外面大喷一口，最后又结了个手印，这才收势。

"半炷香的工夫，包管下雨。"无非子说完，左手食指和拇指捏住一支檀香轻搓了一下，没见到火花，但香头立刻燃了起来，立刻芬芳四溢。

陆钟在《扎飞篇》里看到过类似的小伎俩，那大多都是手指沾染白磷，摩擦生火，而且都是低温火，并不灼热。可无非子刚才那只手拿过水杯，后来还擦了把嘴边挂着的清水，如果涂有白磷也已经被稀释掉了，根本不可能生火，这其中的缘由怕是只有他一个人才明白了。

闲坐无事，无非子问陆钟都会些什么扎飞之术，陆钟就捡《扎飞篇》中所述一一作答。那些墙上点灯、乩仙显灵、无常催命、油炸厉鬼的招数，让无非子听得哈哈大笑："玄机子真不用功，这些东西也好意思拿出手，要不是虚长我几岁，真该他叫我一声师叔。"

就在谈笑中，刚才还晴空万里的天色忽然有了变化，一团乌云罩在当头，没有雷声，可淅淅沥沥的小雨居然飘然而至。雨只下了短短的几分钟就重又云开天晴，无非子的预言竟然真的应验了，不管是真功夫还是巧合，老韩和陆钟对这位前辈都已是肃然起敬。

"今日没有结坛，倘若东西全都配齐，也可以电闪雷鸣来一场暴雨。"无非子见二人心服口服，略有些得意。

"前辈，您这门功夫的确是很厉害，可如果我要学的话，要学多久？"陆钟问。

"这个要看先天了，如果体质好，又心神纯宁，可以每日吐纳修炼再加上我的指点，十年就可有小成。"无非子掸了掸袖子，轻描淡写地说。

"就算我能等十年，您也不愿等上十年吧，不如您教我些虚张声势的粗浅功夫，效果好，学得快就行。"陆钟殷勤地将一杯香茶送到无非子手上。

"鬼崽子，你们当老千的就是狡猾，拐着弯来要我先教你东西！"这话听起来是责怪，可无非子脸上却没有半点生气的意思。

第二十章　名震苏杭

A

天色将晚，路灯已亮，杭州二环线的一处路段不时传出低沉的轰鸣，远远听见了，还会以为是天边打了一串闷雷。只有住在附近的居民们最清楚，那帮二世祖们又要开始飙车了。

不知从什么时候起，国内的"富二代"迷上了飙车，人家外国的公子小姐最多跟明星闹闹绯闻玩玩艺术品收藏，很少有人热衷这种危险的极速游戏。附近的居民们不胜其扰，打了无数次投诉电话，却没有任何效果，这帮太子爷们的车都是价值七位数的好车，警车来了也追不上。

今天天气不好，下了一整天的雨，路面又湿又滑，飙车的人并不多，街灯的映照下，只有一辆奥迪R8、两辆法拉利和一辆保时捷在朦胧的雨丝中你追我逐，不时激起大片水花，害得一旁的路人尖叫连连。

十字路口红灯亮起，几辆车停了下来。保时捷里一个头发染成金黄的胖子打起了电话："星锐，今晚去哪玩？我可不想再去香格里拉了，也不想去喜来登，唱歌跳舞没意思，打牌也没意思，现在连飙车也没意思了，真是无聊透了。"

"李窍啊，我早就不玩飙车了，没劲，要不咱们去我爸的娱乐城吧，新来一个变魔术的。"电话那头的关星锐才二十出头，却是吃喝玩乐的行家，他压低了声音神秘兮兮地说，"我刚泡了一海归御姐，比四川火锅还辣，要不要过来看看？"

胖子李窍当即表示同意，跟身后的朋友们打了个招呼，大家也都无所事事，正好一起过去看看关星锐泡的御姐。李窍家里是开餐馆的，全国很多大城市都有分店。关星锐的爸爸则经营着娱乐城，手里还有一家很具规模的影视基地。其他几位玩伴也大多是类似的背景，家里不是开公司就是搞工业，还有开矿的，最不济的也有数千万身家，每个月的零花钱至少十万八万。最会吃的李窍和最会玩的关星锐，就是这个小圈子的头儿。这帮二世祖们含着银汤匙出生，从不为吃穿发愁，只愁没有新东西玩。

刚挂断又有电话进来，李窍一看号码，是上官云华。这小子家里没做生意，财力跟李家关家不能相提并论，如果不是在同一所贵族学校念高中肯定不会认识。李窍不太看得起上官，但这小子一直很想混进自己的圈子，随叫随到态度积极，也算个不错的跟班和陪衬。出来玩没有观众可不行，于是李窍告诉上官，到关家的娱乐城碰头。

绿灯亮起，几辆豪车朝着市区轰鸣而去。

B

别人开车的话得半个小时，李窍他们只用了十五分钟就到了。关星锐算准时间，在门口等着，这位太子的母亲是八十年代拍过电影的女演员，他继承了父母的所有优点，一张面孔非常俊朗，如果不是瘦得惊为天人（李窍他们常说的天人是指ET），去当个小明星绝对没问题。他家每天都有大大小小的演艺圈人士出没，按说他的审美观是最刁钻挑剔的，连他也说了不得的女人究竟是什么样呢？大家很好奇。

"御姐呢？不是说让我们开开眼吗？"李窍那张脸胖得变了形，一双细长的眯眯眼是出了名的X光机，对美女只需一眼就能准确说出三围和罩杯。

"急什么，马上就来。"关星锐的话音刚落，一阵悦耳的发动机声翩然而至，大家被这动人的声音吸引，集体回头，只见一辆白色玛莎拉蒂MC12已经停在了路边，著名的三叉戟徽标让人眼前一亮。

"有品位，我喜欢。"李窍眯着那双细眼，已经迫不及待地想要一睹御姐真容了。

意大利汽车有二王一后，二王是法拉利和兰博基尼，一后就是玛莎拉蒂。MC12又是这款世界级顶级跑车家族里价钱最高的，一千两百多万还不加关税。今晚这辆车艳压群雄，盖过了所有人的风头。大家甚至没有注意到MC12后面跟着的那辆黑色路虎，上官云华也刚好到了。在这伙把名牌武装到牙齿的阔少面前，他是低调的，人长得不高不矮不胖不瘦，相貌也算不上英俊，唯一的特点就是继承了母亲的好皮肤，如果不是拥有那辆路虎，看起来他就跟最普通的大学生没什么两样。

"睁大你的眼好好看看。"关星锐得意洋洋，美女和豪车一样，都是炫耀的本钱。

车门打开，一位身穿黑色流苏短裙和及膝长靴的短发美女走了出来，五光十色的霓虹灯照在她的身上，仿佛为她涂上了一层如梦似幻神秘莫测的光芒。下车，关门，走起路来摇曳生姿，她的一举一动都分外洒脱。古铜肤色不同于那些依靠厚重粉底来打扮自己的小美女，光洁的皮肤像是涂满了蜂蜜，那种成熟自然毫不做作的御姐风范是旁人无法模仿的。李窍一伙平日里接触的日韩系小美人多了，走国际路线的御姐还真是第一次领略，各人打心眼里赞叹。

"Jessica，你终于来了。"关星锐赶紧上前亲热，张开双臂试图跟大美人来一个熊抱。

"别这么叫我，在国内我不说英语，你就叫我莹莹吧。"大美人不太领情，假装俯下身去整理靴子，巧妙地躲开了关少爷的肢体接触。

"这位姐姐，你是不是姓慕容？"李窍摸了摸下巴想起了什么，开玛莎拉蒂的人并不多。

"是又怎样？"慕容莹莹很是冷淡，并不把这几位阔少放在眼里。

"小弟拜见慕容姐姐，早就听说姐姐在米兰呼风唤雨，今后就跟姐姐混了。"李窍听说过制衣大王慕容家的大小姐在米兰自己打出了服装品牌，慕容家是上市企业，实力可比他家牛多了。

二世祖们唯一不能完全掌握的就是自己的婚姻，家长们为了家产的稳定不得不实行"包办婚姻"，只有跟自家相称的亲家才能确保利益的最大化。与其坐等父母来包办，不少少爷小姐干脆主动出击。关星锐和李窍平时女友无数，但那都是玩玩而已，一旦真要结婚的话，理想对象还是像慕容家这样有实力的。

"小关同学，你不是说要请我看魔术吗？还不快进去。"慕容莹莹简直把李窍当成了透明人，自顾自地往里走。

"这位姐姐很拉风啊，何止是御姐，简直就是女王。"

"小星星，我看你跟姐姐的关系还不够亲密哦。"

"大情圣，是你想泡姐姐，姐姐不领情吧。"

"星哥，我也觉得美女姐姐对魔术的兴趣比你还大哦，这次你真的遇到对手了。"

有钱又无聊的小男人也很嘴碎，几个人你一言我一语，说得关星锐脸上挂不住了，"你们又不是不知道我的本事。姐姐回国没多久，我们昨天才见面，用不了几天她就会被我迷死。"

"切，少吹一句会死啊，赶紧进去吧，御姐找不到座位你就更别想泡她了。"李窍拍了一下关星锐的后脑勺，搂着他的肩膀进去了。

"我……"上官云华在一边目睹了慕容莹莹的倾城风范，只可惜一句话也插不进去。他羡慕地看着御姐的背影叹了口气，都怪自己没实力，母亲去年又过世了，如果自己也能像那位姐姐一样拉风，兄弟们对他的态度一定会大为改观。

C

关星锐他们坐进包厢时演出正好开始，主持人上台说了几句开场白，深蓝色的幕布在观众的热烈掌声中徐徐升起。那些莺莺燕燕的歌舞，变态的反串秀，除了演员笑大家都不笑的相声小品，早就让大家审美疲劳。而这位据说在拉斯维加斯当台柱子的魔术师可就不同了，听说每次的表演都不重样，很让人耳目一新。

悠扬的排箫声响起，很快有了古琴的和鸣，舒缓的曲调让人联想起高山流水。追光灯亮起，圆形的光影中出现了一位玉树临风的长衫书生，他背后是一面青砖砌出来的墙，身边有一张明式画案，上面摆着笔墨纸砚几样东西，画案旁边有一个鱼盆，除此之外别无他物。书生先是晃着脑袋吟诵着诗词，念着念着就累了，把头往桌上一伏，像是睡着了，手边还摊着没有合上的书。

没有旁白，字幕在舞台后面的幕布上出现了：

我曾经是一个普通人，工作辛苦收入不高，没有女朋友，也买不起房子。半年前的一天我遭遇了一场车祸，住院的日子里，我和一位同间病房的病人成了朋友。他是个拥有魔法的魔术师，很富有，没有亲戚朋友。有一天他说自己命不久矣，希望死后将灵魂附在我身上，让我成为魔术师。为了答谢我，他将把房子送给我住。我以为这只是个玩笑，就答应了。没想到，当天晚上他真的去世了，我的病情也忽然恶化，陷入了昏迷。三天后，当我再次苏醒，一切都不一样了。我的病奇迹般地好了，每当夜晚来临，我就会失去对身体的控制，成为另一个人……

字幕渐渐淡去，观众的目光重新聚集书生身上。音乐渐渐变了，变得有些诡异，灯光也黯淡了不少，蓝幽幽的，看起来就像一轮银月透过窗户照在书生身上。

他，醒了，一双眼睛迷茫懵懂，似乎从他的角度看起来，整个观众席全都是一片黑色，没有人存在。

他站起身来，活动了一下筋骨，把袖子高高地挽了起来，走到背后的墙边。似乎是嫌光线太暗，他用毛笔蘸满墨汁在墙上画了一盏油灯，然后掏出火折子，对着画好的灯芯一点，神奇的事发生了——那面青砖居然就着了，一点绿豆大的烛火摇来摇去。也许是还嫌暗，他一口气吹灭了灯火，又用毛笔在那个画出来的油灯上修改了一番，将油灯画大了，灯芯也改粗了，然后用手指一捏那个灯头，灯火重新亮起，光线明显亮了许多。

书生的一切动作都被摄像机录下，转投在舞台一侧的超大显示屏上，那墙的确是青砖，他的袖子高高挽起的，根本不可能藏有东西。不少部分观众在台下发出了惊叹声，但是没人说话，生怕打断了这精彩的表演。

书生似乎并没听到台下的声音，依然自顾自地表演着。有了亮光，他在台上东走走西望望，似乎发现了周围有什么东西存在。他眉头一拧，伸手在空中画了个符，然后念念有词地走了几步，双手凭空一抓，两只手臂因为用力而青筋毕露，像是真的抓住了什么看不见的东西。他快步来到画案前，对着两张白纸，左右手各自一拍，一个血红的巴掌印瞬间出现在其中一张纸上。

书生不屑地哼了一声，把带血印的白纸揉了揉，像是扔掉什么污糟东西一样，随手扔进画案旁的鱼盆中。鱼盆里有两尾金鱼，白纸落到盆中饱吸水分很快就变成了软软的一坨。书生对着鱼盆捏了个手印，又凭空画了个符，手指朝鱼盆一指，那血手印慢慢融进了水中，不过几秒钟竟然完全消失了，而水色居然没有任何变化，清澈依旧。

另一张白纸上貌似什么都没有，只见书生对着纸画符念咒，拈起纸在墙上的灯火上炙烤，纸上很快出现了焦痕，焦黄的面积不断扩大，最后形成了一个头戴尖尖的高帽子，舌头有一尺来长的无常鬼形象，在火光的映照中栩栩如生，随即那张纸在火焰中化为灰烬。

台下的惊呼声比之前更大了，大屏幕上清清楚楚显示，那只是两张普通的白色宣纸，连一个墨点都没有。

捉完鬼，书生的心情好多了，摇头晃脑地在舞台上走来走去，似乎在考虑怎么玩才好。他微微地弓着背像个老夫子，大概走了两三个来回，用手一拍脑袋，像是想起了什么来，赶紧走到画案前，大笔一挥，刷刷刷地几笔下来，一副《墨荷青莲图》就跃然纸上。莲花亭亭玉立，荷叶落落大方，颇有大写意的韵味。他把画用手提起来，认真地看了两眼，满意地露出了微笑，然后猛地撕起了画来，一下，两下，三下，台下观众都能清楚地听到纸张撕裂时的声音，很快画就变成了一堆碎纸片。书生把装毛笔的笔筒清空，把已经变成碎片的《墨荷青莲图》塞进去，做完这些，他又在身上到处摸索着什么，口袋都翻遍了，最后找出一粒小小的丸子。

这回，书生飘飘然地走下台，笑眯眯地把手中的丸子递给台下的观众，示意他们检查一番，摄像机也尾随其后，大屏幕播放着特写。

前排的几位观众一一传看了那粒小丸子，原来是颗莲子，最普通不过的干莲子，细心的观众还放在鼻子前嗅了嗅，确认没有异样。绕了一个大圈子后，这颗粒莲子回到了书生手中。

书生回到台上，双手对着那堆墨迹未干的碎纸片打了个响指，纸片就应声着了，红色的火苗很快就蹿了起来，书生念念有词，左手结了个手印，右手把莲子投入火中，然后一把脱下了长衫，露出里面一套白色的衬衣和西裤来。他并不靠近笔筒，而是绕着画案走起了禹步，唇舌微动默念着什么。

奇迹再次发生。几秒钟后，火焰中忽然伸展出一支荷箭，荷箭上顶着一朵嫩生生的荷苞，红色的花瓣包裹着，娇艳欲滴，就好似刚才画中的模样。在炙热的火焰中，那朵荷苞居然一下子就开了，水红色的花瓣足足有好几层，居然还是重瓣荷花。

整个过程中，书生距离荷花至少一米远，他的手绝不可能碰到，台下的观众惊叹不已，目不转睛地盯着这个奇迹。就在花瓣全都打开的瞬间，书生一个箭步向前，把荷花连杆折断，拿在了手中。他走到舞台前沿，目光在观众席上到处搜索，似乎想找出一个什么人。

D

"还挺神的，小关同学，这位魔术师接下来要干什么？"慕容莹莹终于开口了，看得出她对这位魔术师很感兴趣。

"我也不知道，他的表演都是自己一手策划准备的，就连音乐和灯光都是他的私人助理打理，不要任何人插手，表演内容更不会透露半点。"关星锐耸耸肩无奈地说。

"他好像想把花送给什么人，慕容姐姐，我帮你要吧。"李窍生着一双眯缝眼，可看东西比谁都机灵。为了讨好慕容莹莹，他赶紧站起来朝着舞台上的魔术师使劲挥手。

他们的包厢在距离舞台最近的位置，很快魔术师就注意到了，他还是不说话，笑嘻嘻地盯着慕容莹莹看了两眼，然后冲其他观众竖起了大拇指，意思是这位小姐是位美人。然后，他把荷花用力朝包厢上一扔，正好落在包厢上方，慕容莹莹敏捷地起身，伸手接住。

鲜花与美人相映生辉，观众们礼貌地报以掌声，也有不少失望的女观众埋怨：怎么不扔给我？

关星锐冲台上的魔术师满意地笑了笑，身为这家娱乐城的太子爷，这下可是挣足了面子。

魔术师又做了个噤声的手势，把食指竖起放在唇边轻轻一嘘，随即滑开打了个响指，朝着慕容莹莹的方向遥遥一指，美女手中的荷花应声而燃，火光顿起，映红了她的脸。全体观众再次深深倒吸了口气，魔术师与二楼的包厢隔着十几米，大家清楚地看到慕容莹莹连手指都没动过，完全不可能玩猫腻，这实在太不可思议了。

荷花很快化为灰烬，台下掌声雷动，音乐响起，这次奏响的是欢快的舞曲。魔术师回到舞台中央冲大家鞠了个躬，跳起了踢踏舞，舞姿绝不亚于专业的舞蹈演员。观众们起立整齐地为他鼓掌打拍子。舞曲的节奏越来越快，魔术师的舞步也越来越快，忽然，他的脚下有一股白烟升起，随着他的步伐加快，白烟也越来越浓越来越厚，简直要把整个人都笼罩进去。观众们以为他又要表演什么绝活了，就在这时，音乐戛然而止，一道刺眼的金光在白烟中闪过。

舞步停了。

台下的掌声也停了。

一片寂静。

白色烟雾渐渐飘散，观众们意外地发现——魔术师消失了！就在他们所有人的眼前消失了。摄像师扛着机器冲到刚才冒出白烟的地方，把镜头对准地板。那是一整块巨大的玻璃，平如镜面，没有一丝裂缝。当初娱乐城为定制这块一百多平米的玻璃，花费了近百万，出厂后又动用直升机才安放到位，这件事还上过本埠新闻。

玻璃没问题，玻璃的下面也是一整层的激光灯束，不可能躲个人下去。

这位魔术师从不返场，也不致谢，主持人在观众们的掌声中宣布，明天同一时间他会再次登台，为大家表演全新的魔术。

魔术表演到此结束，接下来是歌舞，许多观众跑到后台去找魔术师。这位魔术师从不在台上说话，但他独特的表演风格已经吸引了不少铁杆粉丝，他们都说这位魔术师是了不得的术士、异人。工作人员费了很大的劲才把他们劝走，这么大堆人守在后台是要影响演出的。

平时关星锐都懒得看演出，今天也破天荒地跑到后台来找演出经理，跟他打听那魔术师。这一次不光是为了慕容莹莹，更是为了他自己，见过无数明星的他心目中只有一位真正的巨星，那就是多年前红极一时的魔术师大卫·科波菲尔，穿越长城，让自由女神消失，让当年还是个小屁孩的关少爷看入了迷。如果说他也有过理想的话，就是当一名大卫·科波菲尔那样的魔术师，只不过他从没见过真正的高手，那些跑场子混饭吃的家伙全都是唬人的。

太子爷出马大不同，经理马上把所有登记在册的资料双手奉上，他兴奋地报告给包厢里等得不耐烦的慕容莹莹，终于得到了美人第一次垂青。

"我最崇拜大卫·科波菲尔了，咱们明天就去找这位魔术师吧，好想跟他学两手。"慕容莹莹很难得地露出了笑容。

"莹莹姐，我跟你一样哦，我也最崇拜大卫·科波菲尔了，咱们好有共同语言。"得到表扬的关星锐很是兴奋。

"好啊好啊，我们都去拜他为师。"李窍也凑起了热闹，反正最近也没什么新鲜玩意，这是个不错的消遣。在他们看来世界上没有用钱办不成的事，只要肯出钱，再清高的师父都会低下高贵的头。

大家都为这个刺激的新娱乐项目兴奋不已，有人说将来可以组一个魔术团去世界巡演，有人说慕容莹莹是最理想的美女搭档，还有人说这回学到了真本事，就不用再背着只会花钱不会赚钱的恶名。

每个人都很快乐，除了上官云华。

从懂事以来上官云华就没有见过父亲，这让他很自卑。虽然家庭条件优越，可父爱是无法替代的。跟这帮纨绔子弟混在一起是为了让普通人能更看得起他，他需要这种优越感。没想到这帮家伙居然会对魔术感兴趣，母亲临死前告诉他，他的亲生父亲是一位修道之人，名叫无非子。后来无非子找上门来，可上官云华没想到他居然生得如此矮小，还总是穿一身素色的唐装，一点都不体面，如果被那帮哥们看到，不定会怎样笑话他。他甚至断定这个人根本不是自己的父亲，一定是母亲临走时觉得对自己有所亏欠，才请了这么个家伙来忽悠自己。

那个道士还挺敬业，为了博得他的好感玩了很多把戏，什么平地生雷呼风唤雨，都很精彩，今晚的演出跟他的比起来根本不是一个档次，但这一切只让他更加厌恶。堂堂上官家的公子，就算没有父亲，也不能让这种街头卖艺的人当自己的父亲。为了逃避纠缠，他甚至换掉了手机号码。

他因此而厌恶一切魔术之类的把戏，现在大家的反应实在让他难以接受。

"嘿，小帅哥，明天你也一起去吗？"慕容莹莹居然主动跟坐在最角落里的上官云华打招呼。

"呃……当然，我也会去。"上官云华很意外，他从来都只是个跟班，能跟这位劲暴御姐说上话，李窍和关星锐都会对自己高看三分。

"好啊，那咱们明天见了。"慕容莹莹居然很亲热地拍了拍他的肩膀，这让他简直受宠若惊。

管他的，去就去，只要跟大家在一起就行。上官云华心里这么想着，已经下定了决心，飙车飙不过他们，没准魔术比他们谁都学得更快更好，到时候，他们一定会对我刮目相看的！

与此同时，一位满头白发却气质出众的老帅哥正出没在浙江省内各大古玩市场，字画瓷器文玩全都不看，他进门只问一种东西——甲骨。

第二十一章　天分和缘分

A

第二天下午，七八辆豪车风驰电掣地赶到了魔术师的住处。

在黄龙体育馆附近的一条巷子里，两扇木门的上面挂着一块不大的绿檀招牌。看着招牌上的"问馆"两字，众人不由得疑惑了，莫非魔术师同时还是个算命摸骨的相士？

上官云华脸色一沉，这不就是那个冒充自己父亲的人住的地方吗？如果魔术师也住这里，跟那个人会有什么关系？

"你不舒服吗？脸色不太好。"慕容莹莹对这位不被人待见的小子格外在意，她的关切已经引起了关星锐和李窍的嫉妒。

关星锐甚至凑在慕容莹莹耳边小声说："姐姐，这小子是个私孩子，连他老子是谁都不知道。"

"没有，我没事。"上官云华不敢辜负了这位姐姐的好意，更不敢得罪关星锐，赶紧低下头跟在大家后面。

演出经理已经提前打过招呼，所以很快有人来应门。

"你们是……"开门的是个中年胖子，胡子拉碴的，头上包着一块很有摇滚味的黑头巾，全套黑色皮衣皮裤皮靴，衣服上钉满古铜色的铆钉，靴子上也全是长长的麂皮流苏，好像马上要骑着哈雷摩托去兜风。

"我是关星锐，昨天已经预约过。"关星锐摆出了太子爷的派头。

"进来吧。"胖子让开条路，似乎没怎么把太子爷放在眼里。

这帮人不是没见过世面，可精美的苏式园林和随处可见的古董家私还是让他们都有点意外。花园里，穿着一身白色中式家居服的魔术师盘着一双腿，坐在蒲团上闭目养神。在他身后的小亭子里，一个皮肤白皙的长发帅哥正在悠闲地品茶。胖子把众人带进来就坐回帅哥身边，吃起茶点来。

感觉到有人来了，魔术师慢慢睁开眼睛，站起来打了个招呼："关公子大驾光临，有失远迎。"

"原来你会说话啊，我看你昨晚一晚上都没出声，还以为你是哑巴呢。"关星锐大咧咧地摆摆手，自己在亭子里找了个位子坐下，"别这么客气，怪别扭的。"

少爷小姐们也都跟着他坐下，小小的亭子座位不多，上官云华只好站在一旁，就像个真正的跟班。

"公子真爱说笑，我当然不是哑巴，只是为了让观众集中注意力，所以不开口。"魔术师随和地笑笑，一看就是个好脾气好打交道的人，"不瞒您说，附在我身上的那位真正的魔术师就是个古代人，他死时已经一百多岁了。跟他相处久了，我说话也有点古怪，还请您别在意。"

"没事，我相信，世界上存在很多用科学没法解释的事情。"关星锐觉得很新奇。

"对了，我还不知道您尊姓大名呢？"慕容莹莹问。

"那位附在我身上的前辈道号无非子，你们就叫我无非子吧。"魔术师做了个手势，请长发帅哥为大家斟茶。

一听这话，上官云华眉头拧得更紧了。魔术师竟然和那个自称是他父亲的老男人同名？哪有那么巧的事，这里面肯定有名堂。

"这位帅哥也是魔术师吗？"李窈身边的一位大小姐直勾勾地盯着帅哥，那冷峻的气质，越看越像吸血鬼电影的男主角。

可惜帅哥根本不领情，甚至看都不看她一眼，还是无非子出来打圆场："罗杰先生是我的好朋友，也是我的经纪人，有时候也客串登台，刚从英国回来。这一位是我的私人助理，也是我的好兄弟，陈钢。"

罗杰和陈钢连招呼也不打，自顾自地喝茶。

还挺傲。关星锐心里多少有点不痛快，长这么大还从没有人不把自己当盆菜的。不过既然是来拜师的，他只好耐着性子表达了一番敬仰之情，并希望无非子能收下自己这帮人当徒弟。关星锐的话还没说完，一旁的罗杰就忍不住笑了。

"你们觉得师父是想拜就拜的？我们可不是外面那种江湖骗子，收了徒弟肯定是要教真本事的。相信你们也听过一句老话：教会徒弟打师父。诸位锦衣玉食出身豪门，学这种东西也没什么用处，我们可得靠这个混饭吃。"

"你们这些端着金饭碗的不会想要砸掉咱们的泥饭碗吧？"胖子陈钢也不咸不淡地插了一句。

"不就是钱嘛，好说。"对信用卡没有上限的金牌太子爷来说，能用钱解决的就不是问题，"如果不生病不请假没有任何意外情况发生，你们一年能赚多少钱？你们觉得最多还能干多少年，把这两个数字乘一下，我们给你双倍。"

"大师考虑考虑，学费咱们交得起。"李窍也满不在乎地说。

对于普通人，这样的条件无可挑剔，跑场子搞演出无非是为了求财。

可无非子不是普通人，他是出类拔萃的魔术师，他说的话当然也跟普通人不一样："钱不是最重要的，最重要的是你们有没有天份，咱们有没有缘份。"

"您说，怎么才算有天份和缘份？"关星锐吃了秤砣铁了心，就是要认这个师父。

"天份嘛，当然要看你们自己身体的先天条件，还有是不是真的对这行感兴趣。如果只是一时性起，我劝你们还是不要学了，很辛苦，你们也就不必花冤枉钱了。"无非子和颜悦色的，似乎天生就是个笑脸。

"那缘份呢？"慕容莹莹也按捺不住了。

"缘份当然是天定的，至于这个定法，无非子前辈在去世前就给我留了个办法。"无非子口称无非子，听起来有点怪怪的。

"那请您赶快告诉我们吧。"李窍很不喜欢人家卖关子，这家伙卖的还是个很不靠谱的关子，什么附身不附身说的跟真的一样。

"很简单，前辈留下了一卷做过法的红绳，绳子上已经被施下了念力，只需把你们身上的戒指或者坠子一类贴身佩戴的物品挂在绳子上，以火燃之，烧不断的就是有缘之人，烧得断的这个缘份就还不够。"无非子耐心地解释。

"那还等什么，愿意拜师的都把东西拿出来呗。"关星锐和李窍带头，一枚枚戒指、耳环、翡翠坠子全都摆上了台面。在场的只有上官云华一个人无动于衷，他打心眼里不喜欢这个无非子，觉得他是个大骗子。

无非子一笑，回房再出来时手里已经多了一卷很普通的红绳，就是玉器店里用来串玉坠的那种。

"大师，这么普通的绳子，怎么可能烧不断？您别是唬我们的吧，不想收徒就明说，价钱还可以再商量。"关星锐心里藏不住话。

无非子却笑着摇摇头，取出尺来长的一截红绳，把自己手腕上的一串砗磲念珠挂在绳上，然后向关星锐借了个打火机，点燃那根绳子，蓝底红焰的火苗很快就攀在了绳子上。怪事年年有，今年特别多，那红绳明明着了火，却怎么也烧不断，最后火苗竟然自己慢慢熄灭了。

李窍从无非子手里接过那根红绳，捏在手里看了又看，还有些烫手，使劲一抻，绳子就断了，可见里面并没有金属丝之类的东西。

变魔术距离观众越近难度越高，因为搞鬼的难度也越大，在座的人在如此近距离亲眼目睹了怎么也烧不断的绳子，对无非子的本事更是拜服。这要是用来泡妞和显摆，绝对是威力无穷。

"无非子前辈附身之前，也用这个办法试过我。现在，你们不会觉得我在糊弄你们了吧？"无非子依然好脾气，像唐僧一样不紧不慢地解释着。然后他就动手剪起绳子来，一尺多长的一根，按照人数每人一份。最积极的慕容莹莹帮关星锐和李窍最先抢到三根，另外几位也各自领到了一根。最后无非子手里还剩下一根，但上官云华却没有伸手去接。

他不想拜师，更不想做这个无聊的实验。

"小兄弟，你不想试试吗？很有意思的哦。"慕容莹莹很期待地看着他，这让他有些不好意思。

"来都来了，摆什么谱。"李窍不高兴了，嘟囔了一句。在他面前上官云华还从来没有不给他面子过。

迫于压力，上官云华心不甘情不愿地接过了那根红绳，从手上褪下一枚戒指，像其他人一样串在绳子上。

"你们自己点火吧，我来点的话你们会说我搞名堂。"无非子发完红绳就退到了一边。

大家掏出各自的打火机，对着红绳点了起来。上官云华手里的红绳第一个就被烧断了，然后一位大小姐和另一位少爷手里的红绳也跟着断了，最后除了慕容莹莹、李窍和关星锐外，只有另外一名少爷手里的红绳没有断。

从同一卷绳子上剪下来的，有的人断有的人没断，绳子本身没有问题，问题大概真的出在缘份上。看来这做过法的绳子还真不是凡品，不信是不行的了。

"小子，我看还真灵，你根本不想来，这绳子果然就应验了。"慕容莹莹若有所思地看着上官云华。

这惹得关星锐大为不满："姐，你跟他废话干吗？他那种人怎么可能跟大师有缘份。我就不同了，我不仅跟大师有缘份，还有天份，我早晚会成为比大卫·科波菲尔还伟大的魔术师。"

"好啊，如果你真有那么一天了，姐姐可以当你的演出嘉宾吗？"慕容莹莹饶有兴趣地问道。

"姐姐可以不只是当我的演出嘉宾吗？"关星锐年纪虽小却是情场老手。

慕容莹莹笑了一笑，并不做答。

"真没想到，有缘人竟然这么多，这有点超过我的预想了，事情有点难办啊。"无非子两手一摊，"我做不了这么大的主，还是让前辈自己来定夺吧。"

"昨晚的字幕是真的？我以为只是为了演出效果编出来的。"李窈对昨晚的表演记忆犹新。

"信则有，不信则无。今晚演出结束后，我会请无非子前辈的本尊跟各位交流，现在还请诸位先回去，我们要准备晚上的演出了。"无非子慢悠悠地说完，站起身来送客。

"好，晚上见！"关星锐很满意，事情比他想象的顺利得多。

回去的路上大家照例打开多人会议模式用手机聊天。有人猜测："这位大师虽然挺神的，但他会不会是传说中的人格分裂患者？"

话音刚落，大家就笑开了，关星锐对着蓝牙耳机大声吼："你小子心不诚，难怪红线会断，活该。"

刚才落选的那位小姐马上回道："关大少小心精神病传染，那我们就只能去疯人院看你的世界巡回演出了。"

又是一阵嬉笑。

黑色路虎落寞地跟在最后，看起来跟那些炫目的跑车格格不入。

上官云华一路无语，平时还热衷跟李窍他们说说笑笑，虽然话不投机，至少那种热闹让他有归属感。今天他的心情坏透了，关星锐对他的态度还比不上对一条狗好，自己到底算什么，跟班？马仔？这伙不学无术的笨蛋不辨真假，那个假无非子根本就是骗子，虽然暂时还说不出他搞鬼的秘密，但所谓的附身，还有烧不断的红绳肯定都是假的。也怪自己，上次那个老骗子比这个年轻骗子的本事大多了，居然没跟他打听打听其中的奥秘，真是可惜。

说起来老骗子失踪也有好几个月了，为什么这个年轻骗子会住在他住过的地方？他跟母亲究竟是怎样的关系？

B

今天正好是周末，不少客人从苏州和上海慕名而来，不但包厢的位置全都早早订了出去，今天还破天荒地卖起了"站票"——没有座位和茶水，观众也愿意花同样的票钱进来欣赏表演。关老爸不许小关跟客人抢包厢，经理只好安排他们坐在最靠近舞台的第一排散座上。

大幕徐徐拉开，追光灯下一辆炫目的哈雷摩托缓缓驶入舞台中心，美妙的引擎声让在场的男士们全都亢奋了起来。黑色车身有大量精美的魔鬼骷髅图案，左右两个把手做成骨头形状，看来今晚的演出是哥特风格的了。作为顶级摩托车，在哈雷戴维森公司定制一辆这样的摩托车最少也要七八万美元，仅仅是一个登场就如此隆重，接下来的演出肯定不会让人失望。魔术师身着一身黑色贴身皮装外加宽边黑色墨镜，很有点《黑客帝国》里基诺·里维斯的派头，超酷的亮相引得在场的女观众们尖叫声此起彼伏。

摩托车绕场一周，然后在舞台中央停了下来，背景灯完全打亮。每位观众都可以看到，靠近背景幕布的是一面用极粗的钢筋链条绞缠而成的网，半空中悬挂着一把超大型号的电锯，舞台左边有两张可以移动的道具床，右边却摆着一具钢架搭建的断头台，足有五六米高。

观众们的心揪了一把，难道今天要上演的是电锯活人？

魔术师照例不说话，这时又上来来两位同样黑色皮装打扮的男人。一个是魔术师的帅哥经纪人罗杰，他完美得就像从电影里走出来的大明星，另一个自然是胖胖的助手陈钢。

罗杰手持话筒，认真地对观众宣布："今晚的演出跟以往不太一样，将出现极为血腥的场面，请大家不要惊慌，也不要拨打报警电话，尽量保持安静，心脏和血压不稳定的观众请现在退场，我们只保证演出绝对精彩，不保证您受到惊吓而导致心脏病发之类的意外。"

这番话说完，背景灯再次变暗，投影机在幕布上投下阴森森的墓地图案，一排排的十字架，歪歪斜斜的枯树枝，再配上诡异的音乐，整个舞台就像个真正的坟场，让人毛骨悚然。

魔术师从车上下来，背对着观众缓缓地走到幕布前方。他从腰间拔出一把银光闪闪的佩剑，挥剑，幕布应声裂开，裂开的地方渗出殷红的血来，紧接着，字幕从缝隙中慢慢出现：

传说在遥远的西方有一位被诅咒的王子，他拥有一千年的寿命，却注定不能爱上任何人，所有爱上他和被他爱上的人都会死于非命。为了逃避宿命，他不得不遮挡住面容，离群索居孤独地住在墓地里。就这样，他在墓地住了整整一百年，直到他所有的亲人全都去世，才第一次回到阳光下。一位前来扫墓的公主与他邂逅，两人深深地相爱了。就在他们即将举行婚礼的前一天，诅咒应验，公主意外身亡。王子悲痛欲绝，他决定殉情，用最彻底的死去另一个世界跟公主相见。为了这个决定，他决定砍下自己的头颅……

字幕像水里的血渍一样逐渐淡化直至消失，魔术师满心惆怅地低下头，步履蹒跚地来到断头台前，在胸前划了个十字后，跪在断头台边。陈钢把一个黑色的头套罩在他头上，并用绳子在脖子上系了个水手结，为了防止他在最后关头退缩，帅哥罗杰还用铁链绕过他的脖子，把他固定在断头台上，还把他的手脚都锁了起来。然后，陈钢掏出两方巴掌大的黑色磁铁，高个帅哥拿出一把真正的铁锤，两人来到舞台前沿让观众鉴别，不论是手感还是分量，那的确是两方真正的磁铁和铁锤。

观众鉴别完毕，两位助手一左一右地攀上了断头台的两侧，陈钢把两方磁铁吸附在铡刀上，罗杰则用铁锤用力击打，铡刀发出金属独有的浑厚声响。验明正身，铡刀也是真家伙。

完成了这一系列的准备工作，背景音乐变得越来越轻，最后竟然完全停止了。关键时刻就要到了，全场几百号人屏住了呼吸，生怕一眨眼就错过了最精彩的部分，所有注意力都集中在断头台上。罗杰在铡刀旁冲观众竖起手指做倒计时：三，二，一。数到一时，他按下了按钮，铡刀急速落下，靠近舞台的观众甚至能听到刀锋摩擦空气发出的声音。

胆小的女观众用手捂住了眼，更胆小的还叫出了声，每一双眼睛都盯着断头台。

骨头断裂的咔嚓声微妙地钻进每个人的耳朵，黑布袋套着的头滴溜溜地滚出很远，鲜红的血喷涌而出，很快就把地面染红了一大片，甜腻的血腥味在封闭的空间里迅速弥漫开来。摄像机的镜头对准那颗落在地上的头颅，每个细节都以放大数十倍的画面呈现在大型显示屏里。

狂热的女粉丝开始尖叫："是真的！真的！他真的死了！"

陈钢捧来一个银盘，单膝跪地，用极尊敬的态度把那颗头颅放进盘里，当着所有人的面解开黑布套上的绳子。当头套摘下，一张苍白却平静的面容呈现在所有人眼前。

这是真的吗？每个人的第一反应都是怀疑，可眼前的一切又如何解释？魔术中砍头砍手砍脚甚至腰斩都见多了，那些魔术大多是让人躲在道具棺材里，把身体弯折扭曲，让观众产生错觉，从没见真的有血流出来过。而现在，那颗断头就摆在地上，那整块的玻璃地板下面不可能藏住任何东西。

直到这一刻，大家这才理解开场前罗森说要大家不要报警，小心心脏和血压到底是什么意思。

第二十二章 洛书

A

"出人命了，真的不要报警？"坐在一号包厢里的贵客面露忧色，老关请他来欣赏全国最精彩的魔术，没想到却目睹了如此血腥恐怖的场面。

"别担心，请您继续往下看。"老关安慰道，他心里自有分寸，演出前魔术师和他的经纪人亲口跟自己保证过，今晚的演出口味会重些，但绝对安全。这个魔术师的确出类拔萃，只可惜不论出多高的价钱也不肯签长约，只演半年就要走，眼看这粉丝群都培养出来了，将来他要是转去别的娱乐城，不等于是放跑了财神爷吗？他的目光转向台下的小关，兔崽子正跟一帮狐朋狗友吞云吐雾，这个整日胡闹不干正事的儿子实在让人操心。

舞台上，字幕又出现了：

许多年过去了，逝去的公主早已轮回转世，这一世她却在王子出现之前爱上了别人。为了唤回她的爱，王子必须复活。

罗杰把一面巨大的时钟往后拨动，滴答，滴答，滴答，配乐渐强，时针开始逆行转动，象征着时光倒转。

陈钢捧着银盘围绕舞台走了一圈，然后重新把那个黑头套套在人头上，又把人头放回断头台上。为了矫正尸体和人头的位置，他不时往来于铡刀两侧，认真地调试着，生怕有一丝一毫的误差，都会影响魔术师复活成功。当他最终检查完毕后，罗杰开始摇动轮轴，铡刀一点点地抬高。一寸，两寸，三寸，奇迹渐渐发生——铡刀还没完全离开魔术师的脖子，他的手却已经开始动了，先是左手握住了左边的断头台，然后是右手。可以看出他在极力挣扎，手指上青筋毕露，指甲也因为太过用力而变了颜色。十几秒后，铡刀终于完全离开了他的脖子，他的头，动了动。

助手们赶紧过来帮他解开头套，这时候他已经完全复原了，头也可以左转右转，甚至用力晃动，除了脖子上一圈淡淡的刀疤和衣服上的血渍外，什么伤痕也没有留下。

魔术师回到舞台中央，高举双手向大家示意，音乐响起，三道追光打在他身上，掌声雷动。然而演出还没有结束，字幕再次浮现在魔术师身后的幕布上：

经过千辛万苦，王子终于找到了公主，可惜公主已经不记得他了，除非让王子的鲜血注入她的身体，才能唤醒她的回忆。即便如此，公主的心上人也需要考验，只有经历生与死的洗礼后，公主才会决定究竟该选择谁。在命运的安排下，公主和王子的情敌今天都在现场。

冷峻的魔术师闭上眼睛伸出右手，像是在感应公主所在的方向，上下左右，最后他停在了中间偏左一点的地方——那一桌正是关少爷他们。魔术师的眼睛徐徐睁开，他的手指向了慕容莹莹。美女当前，观众们的兴趣再次被提了起来。

"我？公主？"慕容莹莹有些意外，不过作为慕容家族的大小姐她很快就恢复了名媛的派头，落落大方地站了起来。

紧接着，魔术师又指向了关星锐。

"我？我是你的情敌？"关星锐更意外，不过他很乐意接受这个身份，没准无非子已经看出自己对慕容的好感，在故意帮自己。可一想到刚才那血呼呼的场景他又有些胆怯，都说了情敌也要接受生与死的洗礼，难道也要上断头台死一回？虽然是做戏，但心里实在没底。

"关少，你不敢吗？还说要拜师呢，胆子这么小，我看师父才不会收你。"慕容莹莹撂下这句话就起身把小关一个人晾在原地。

没错，也许这就是无非子对自己的考验，什么是天份，胆子大也是天份啊，关星锐把心一横，跟在慕容莹莹身后登上了舞台。

"老关，那是你家少爷吧？"楼上包厢里的贵客指着小关问。

"没错，是我家的小兔崽子。"老关无奈地点点头，真希望儿子不要弄出什么乱子来。

一对俊男美女上了台。魔术师右手凭空一抓，手中出现了一支红玫瑰。他把玫瑰送给慕容莹莹，并亲吻慕容的手背，然后又用左手抓出了一支白玫瑰送给关星锐。

两位助手把两张道具床推到舞台中央，引导两位观众分别躺上床，并用寸余宽的皮带把他们的四肢和脖子全都固定在床上。与此同时，魔术师双手引导着，悬在半空中的大尺寸电锯徐徐下降。那是一把货真价实的电锯，开动起来轰隆隆让人胆战心惊，锋利的锯齿碰到钢铁铸成的链条顿时火花四溅。

"公主"和"王子的情敌"居然无动于衷，任凭他人摆布。

观众们发出一阵阵惊叹，猜测着是否要上演电锯活人的好戏。

包厢里，贵客由衷地感叹："老关啊，为了上座率你可真是舍得啊。"

老关再也坐不住了，抬起屁股就往外跑。那个疯子魔术师真的要锯他的儿子？关家就这一个独子，不管是真是假，这样干绝对不行。

B

魔术师并没有马上使用电锯，而是把这大型凶器挂上悬钩，让电锯重新回到半空中，自己则来到慕容莹莹身边。他拿起美女手中的玫瑰花，轻轻地掰下花瓣，一片片撒在她的脸旁。当最后一瓣花瓣也离开他的指尖时，慕容莹莹的双眼轻轻地闭上了。摄像机给了她一个大特写，宁静平和的表情，嘴角微微翘起，看起来就像一个真正的睡美人。

魔术师从口袋里掏出一把寒光慑人的小刀，轻轻捧起慕容莹莹的左手，很有风度地俯下身吻了吻，然后用刀轻轻地在手腕上划了一道。大屏幕显示得很清楚，殷红的鲜血立刻涌出，观众中传来小声的惊呼。

魔术师把那只手小心地放下，然后请助手帮忙把整张床半立起来，以便台下观众可以完整地看到全景。鲜血已经渗入白色的床单，可躺在床上的睡美人连眉头都没有皱一下，仿佛对自己身上发生的一切全然不知。

魔术师依依不舍地离开，助手们用一块白布把睡美人盖上。音乐忽然变得高亢激昂，电锯再次降下，魔术师把电锯的速度调到了最高挡，刺耳的噪音再度挑战所有人的耳膜。陈钢推出一堵两米高、两米宽的白纸墙，一道光柱正打在墙中央。罗杰把关星锐推到了台前，所有人都能清楚地看到，床上的他全无表情，就像着魔了一样。

老关正在人丛中艰难地前进，看不到台上的情形，他第一次恨自己为什么要把生意做得那么好。终于挤到了大厅的入口，他踮起脚勉强看到了大屏幕上的图像——那画面已经足够让他心脏病发作了。

魔术师竖起食指，对所有人做了个嘘声的手势。极富节奏感的鼓声响起，最精彩的时刻到了，电锯正在高速运转，锋利的齿轮只剩下模糊的影子。魔术师聚精会神，慢慢地，把电锯移到了关星锐的脖子上方。

这是谋杀！这一定是谋杀，分明就是他的冤家派来对付他的。老关双腿发软，喉头一股咸腥，用尽全身力气喊出了声："住手！"

可惜电锯的噪音实在太大，谁也听不见他的喊声。电锯的齿轮在关星锐喉间一挥而过，一股鲜血溅在身后的白纸墙上，红红白白煞是分明。老关两眼一黑，整个人瘫在了地上。

惊悚气氛达到了顶点，整个演出大厅鸦雀无声。

灯光暗淡下来，助手们用一块白布把关星锐从头到脚地盖上，如同朝圣者吟唱的音乐再度响起，魔术师双手举向天空，好像刚才不是杀了一个人，而是完成了英雄壮举。

演出还没有结束。

只见助手们上前把睡美人身上的白布掀开，从被割破的伤口中流出来的血已经完全染红了整个床单。魔术师跪在地上虔诚地祈祷起来，没人能听见他在祷告些什么。祈祷完毕，他掏出小刀割开自己的手腕，把自己的血滴在睡美人苍白的嘴唇上，一滴，两滴，三滴。

奉献了自己的鲜血后，他用右手朝自己心窝处用力抓了一把，虽然掌心上什么也没有，他却半握着，手指还有节奏地收缩着，好像捧着一颗正在跳动的透明心脏。然后，他做了个很夸张的动作，像是把那颗看不见的心脏放进了慕容莹莹的体内。

原本双目紧闭的慕容莹莹嘴唇动了动，过了一会儿，她的眼睛缓缓睁开了。助手们赶紧给她解开手脚上束缚着的皮带，魔术师扶着她坐起。虽然精神还有些恍惚，但她很快就可以自己站起来走路了。只是没走几步，她就被那面纸墙上刺眼的血渍给吓呆了。魔术师冲她摆摆手，让她别担心，围着关星锐的身体顺时针走了一圈，又逆时针退着走了一圈，开始默念咒语。念完咒语，他微笑着牵起了慕容莹莹的手，另一只手放在关星锐的额头上。灯光逐渐由黯淡的蓝色转为明亮的黄色，大概一分钟后，他做了个邀请的动作，让慕容莹莹掀开蒙在关星锐身上的白布。

奇迹发生了，关星锐的脖子上除了一线血痕，连条疤都没有。观众们开始齐声呐喊："复活！复活！复活！复活！……"

这喊声不仅差点掀翻演出大厅的屋顶，还把背过气的老关吵醒了。老关稍稍缓过劲来，扶着墙站起，大屏幕上正好是宝贝儿子的颈部大特写。他不顾一切地踩痛了N多人的脚，终于艰难地冲到了舞台上，扑到儿子身上大声号啕起来。关星锐一动不动，直挺挺地躺在那里就像死了一样。

"我要你赔我儿子的命！我要你不得好死！"老关再也忍不住爆发了。

"您误会了，请继续往下看。"罗杰赶紧过来解围。这时陈钢已经端着一盆清水走上了台来，二话不说就把一盆水往关星锐的头上泼去。

"谁？"关星锐一个激灵马上坐了起来，"谁吵我睡觉？"

"儿子！你没事？"老关惊呆了，清水把儿子脖子上那点血渍也冲干净了，连个印子都没有。

"爸，你怎么来了？"关星锐把脸上的水抹掉，才发现自己还在舞台上。

魔术师双手叠放在身前，默默地欣赏父子二人的亲情戏。表演结束前，字幕最后一次出现：

公主和她今生的爱人成功地通过了考验，王子决定放弃这份感情，祝愿他们幸福。

在最热烈的掌声中，一大群女粉丝抱着各种各样的礼物和鲜花冲上台去，抢着跟魔术师握手拥抱合影。看到这场面，台下的上官云华第一次感觉到优秀的魔术师也会受人尊敬。这种感觉正是他所需要的，掌声，鲜花，众人瞩目，名誉，以及这一切能够换来的金钱。

母亲死后，他一直不知道自己究竟该做些什么。自己不是读书的料，对做生意也没有兴趣，更不愿意当普通小白领——工资太低太辛苦还得受老板的气，可凭着家里所剩无几的家产是潇洒不了太久的，也许明年他就要开始为生计操心。或许母亲早就看透了自己，所以特意安排一位魔术师来教自己本事？可这个大好的机会却被自己白白断送了。

C

吓人的魔术结束了，老关和小关的谈话却刚刚开始。

"爸，我想学魔术，我要拜无非子为师。"关星锐压根没有商量的意思，只是知会一声老爸。

"好，学魔术也可以进娱乐圈，而且竞争对手更少，不错，爸爸支持你。"老关平时听完儿子的话大多是哼哈作答，这还是第一次积极地给予了支持。

"不过……学费可能不便宜。"小关所说的"学费"自然也包括了追慕容莹莹的开销。

"没问题，难得你自己提出来要学点东西，艺多不压身嘛。钱这个东西，你用在那些没名堂的地方多一毛钱都是浪费，用在正经地方再多也是应该。"老关欣慰地拍拍儿子，第一次感觉到他终于长大了，"儿子，你要是真成了中国的大卫·科波菲尔，我可就死而无憾了。"

得到老爸的大力支持，关星锐很高兴，正好演出已经结束，他赶紧去后台化妆间找无非子。没想到李窍和慕容莹莹早就到了，透过门缝能看到李窍又是端茶又是搓毛巾，他老子住院时也从没这么孝顺过。

"大师，究竟要有怎样的天份才能当您的徒弟？"慕容莹莹直接进入主题，"会不会因为我是女人所以区别对待？"

"这与性别无关。你们几个虽然通过了红绳的那一关，可究竟谁才是最有缘份的那个人，现在还不能确定。当初我选择这具肉身也是因为身在医院命在旦夕，没有其他选择的余地。"无非子本尊出现了，他可不像下午那样笑脸迎人，说起话来板着脸，语调也老气横秋，完全变了一个人。

"大师，如果您不收我，这辈子我都跟着您，不走了。"关星锐连招呼也没打就闯了进去。

"你们误会了，不是我不想收徒，而是我还缺少一样宝贝。"

"什么宝贝？只要您开口，我都可以买来。"关星锐脱口而出。

"我也可以！"慕容莹莹和李窍异口同声道。

"你们不必着急。"无非子抬起手示意大家冷静，"其实这次我选择来杭州演出，就是因为找到了线索，这件宝贝就在杭州城里。它不是金银财宝，也不是古董珍玩，只是一具甲骨而已……"

无非子所说的甲骨，指的就是传说中数千年前出现的洛书。洛书不是书，而是一只背上自然生成图像的龟，在大禹治水时曾浮出水面被人们发现。《周易》上说：洛书者，阴阳错综，五行逆运，有为变化之道也。简单点说，洛书就是周易八卦的嫡祖。古人对洛书推崇备至，认为它能涵盖人间万事万物。现代科学家甚至推测，洛书上的九宫格数字是外星文明的产物。无非子的师父当年就是根据洛书推算出了自己的传人。除此之外，洛书上还隐藏了许多不为人知的秘密，那些秘密究竟是什么，连无非子的师父也没弄清。

"你们知道大卫·科波菲尔的魔术是从哪里来的吗？"说完一大通深奥难懂的话后，无非子忽然提了个大家都感兴趣的问题。

在座的各位都摇头。

"大卫·科波菲尔的魔术其实是借鉴了中国道家的茅山之术，让自由女神像和让火车消失都是障眼法，隔空取物则是搬运法。据我所知，他所学不过是下茅山那些最最粗浅的把戏。"无非子的口气不是一般的大。

"您说大卫·科波菲尔是茅山道士？"关星锐听得眼珠都快掉出来了。

"并非所有修道之人都是道士，他只是学过下茅山的把戏而已。"无非子眼皮一翻道。

"等等大师，您说这个宝贝现在就在杭州？"慕容莹莹想起了最开始的话题。

"没错，在'文革'时我师父为保一家老小不被批斗，把洛书送给了一位识货的老支书。那位老支书临终前告诉子孙，这洛书就是传家宝，无论谁出多高的价钱都不能出手。

这些年来，我辗转了很多地方，终于找到老支书的后人，他唯一的儿子现在杭州经营一家古董店。我已经找过他了，可他开出的价钱实在太棘手……"

"这个您就不用担心了，我一定能帮您搞定。您说的那家古董店在哪里？"关星锐信心满满，连偶像大卫都只是学了点粗浅的下茅山把戏，自己只要学会无非子的手段，再加上老爸的精心打造，想不红都难。

得到地址后，关星锐就心急火燎地拜别了，长这么大他想买的东西，还从没有买不到手的。他刚到门口，发现上官云华居然也守在那里。

"你干什么，偷听？"关星锐很恼火。

上官云华愣住了。

"别让我再见到你。"关星锐几乎是把这几个字吐在上官云华的脸上，扬长而去。李窍紧随其后，他当然不会去维护一个无关紧要的跟屁虫。

"别往心里去，也别跟他们斗。"慕容莹莹的话不知道是安慰还是威胁。

凭什么这样对我？大家都是一样的人，不过是钱多些，就可以这样践踏别人的尊严吗？不，我还有尊严吗？尊严又到底是什么？到底谁能告诉我？愤怒与懊恼中的上官云华挥起一拳砸在墙壁上，瞬间发泄的快感很快被更真实的疼痛取代，他还是无力改变些什么。

洞开的大门内，那个年轻的"无非子"正看着他，目光坦荡，面带微笑。

第二十三章　穿越断桥

A

第二天，清晨。

古董生意不用赶早，所以古玩交易市场里好些店铺还没开门，很少有客人会在这个时候上门。如果不是门边挂着一块勉强算作招牌的东西，上官云华就算转上一百圈也找不到这个铺位。当众受辱后，他最终下定了决心，现在他唯一能做的就是——赶在所有人前面来碰碰运气。

小店里一股浓郁的土霉味和烟味熏得人直恶心，也许这房子本身也是文物级别的，门槛是坏的，上官云华一不留神打了个趔趄差点被绊倒。

"小心点，年轻人，碰坏了我的东西你可赔不起。"一个苍老的声音从这间阴森不见天日的破屋里面传出来。

那是个头发全白的老头，穿一件袖口磨出毛的旧毛衣，抽着手卷烟，身边是堆积如山的旧书。他，应该就是"无非子"口中老支书的后人。

"对不起，老人家，您这里有洛书吗？"上官云华打起精神很客气地问。

"有，你要什么版本的？有《洛书图解》，还有《刘氏洛书》、《蔡氏洛书》、《万氏洛书》……"老头见来了生意，马上热心地起身，去积满了灰尘的故纸堆里翻找，"看不出你年纪轻轻还喜欢看这种书，难得。我跟你说啊，你来我这里买书就算找对地方了，别看我的店小……"

"对不起，我想问的是真正的洛书——甲骨。"上官云华不得不打断这个唠叨的老头。

"甲骨？你是谁？"老头把老花镜扶正，重新打量了一番这位年轻的客人。

"我只是听一个朋友说，您这里有这么件宝贝。"上官云华赶紧解释，就算不能买下那宝贝，至少看一眼也好。

"你走吧，没有那种东西。"老头停止了动作，回到座位上继续抽他的手卷烟。

"您开个价吧。"上官云华不死心，他知道古董生意都是三年不开张，开张吃三年的，老头肯定是以为他年轻没钱。

老头只顾抽烟，可没抽上两口就把自己给呛住了，拼命地咳嗽，像是要把肺给咳出来。上官云华被他吓住了，从没见人咳得这么厉害过。听说有些老人家一口气上不来就会憋死自己，得给他喝点水润润嗓子。桌上的茶杯已经空了，他赶紧跑到外面去买了瓶水，拧开盖送到老头嘴边。

过了好一会儿，老头终于顺过气来。

"实话告诉你吧，那东西我已经卖了。"老头感激地看着身边的年轻人。

"卖了？"上官云华很吃惊，难道还有人比他更早？

"是啊，昨天半夜三点有人来敲我的门，开出一个我想都不敢想的价钱。东西在他们手里，说是去做什么碳什么鉴定，只要结果没问题，我手里的银行本票就可以去兑一大笔钱了。"老头眼里有掩饰不住的兴奋。

"买东西的人是不是姓关？"上官云华急问。

"那我可就不知道了，只要他的钱是真的就行。要不是实在睡不着，我现在还躺在床上压惊呢。"老头叹了口气，似乎还在回味昨晚的经历，"那帮人可真有钱，他们说……"

上官云华已经听不见他说些什么了，由衷的失望让他满心冰凉，这辈子除了摊上个好妈外什么好运也没走过。他垂头丧气地离开了小店，刚拐出去没多远，就看到两个熟悉的身影正朝这边走来——李窍和慕容莹莹。

"你快点，咱们得赶在关少的前头。"慕容莹莹催促着。

他们也来了，上官云华苦笑一下，看来今天失望的不会只有自己。

B

"报告董事长，结果出来了。"

老关接完电话后大笑了起来："真是太好了儿子，那东西至少五千年，还真是化石。"

"老爸，还是我厉害吧，除我之外李窍和慕容姐姐也知道这事，可他们想不到我会半夜行动。"关星锐洋洋得意地晃着二郎腿，"待会儿东西送回来我就给无非子大师送去，我一定要让他收下我当关门弟子。"

"这事先不急，毕竟是几千万的东西，怎么能说给就给出去呢？"老关似乎另有打算。

"老爸，你怎么能出尔反尔！"小关很是生气。

"傻儿子，你听我说……"老关凑近儿子身边低语了几句。

很快，小关的脸色就变了，"原来如此，老爸，还是你有经验，我要向你好好学习。"

今晚无非子没有演出，老关和小关捧着那方已经被证实有五千年历史的甲骨，在一队保镖的护送下来到了问馆。老关同样被门内美妙的风景给震住了，低声跟儿子嘀咕，看来变魔术的确有前途，能住这么大的地方可不是件容易的事情。

小关事先打过电话，所以无非子已经做好了迎接甲骨的准备。院子里开了个坛，香烛刚刚点燃，几件法器也已经摆放就位，乩坛前方还立了一个扁平的木盒，木盒里放了一层极细的白沙，盒旁边还有一样形状古怪的铁器，中间插着一把很长的笔。

"大师可是要扶乩？"老关见多识广，一看这阵势就明白要干什么了。

"是啊，这洛书是先师念了几十年的心头结，如今能回到我手上也算天意。一来祷告先师，二来再问问他老人家有没什么话要说。"

"等等，大师，宝贝请您先过目，再听我把话说完。"老关虽然是无非子的老板，态度却是很恭敬的。

无非子早就猜到老关不会那么爽快，但他不动声色，只是放下手上的东西，请经纪人罗杰陪二位大小老板先进屋坐下，自己亲自为二位准备茶水。

洛书被安放在一个黑色的木盒中。老关先出示了权威机构开出的鉴定书，然后慢慢地打开盒盖，把蒙在上面的一层黄色丝绒轻轻掀开，一块土黄色的椭圆形龟甲就暴露在阳光中了。龟甲上有规律地分布着一些实心或空心的圆形，横竖都是三排，按九宫格的形式排列。无非子的手有些颤抖，白皙修长的手指轻轻地抚摸在龟甲上，那种坚硬的质地是经过数千年的沉淀才能呈现的。

动物骨骼形成化石需要漫长的时间，而且并不是所有动物的骨骼都会形成化石，那些坚硬的骨头必须在腐烂前浸入水中，最好周围还有刚好合适的泥沙，在无氧的环境下周围的无机物与骨头本身的有机物进行物质交换，除此之外还需要一定的压力和温度，以及长期稳定的周边环境。也许因为这只神龟出没于水中，死后正好处于最佳环境，这块包含了地球上最古老也最先进文明的证物才得以成功石化。

"先师羽化登仙前最后的心事就是这洛书，没想到……多谢两位关先生。"无非子眼中泛起了泪光，他认认真真地作了个揖，"这宝贝用了二位多少钱？我无非子一定会把这笔钱还给你们的，只是请您多给我一点时间。"

"我们也觉得跟做梦一样，这样的宝贝没有缘份是得不到的。不过，您先别提谢字，我们也是有事相求。"老关赶紧把无非子扶起来，"实不相瞒，今天您还不能留下这宝贝。"

"您的意思是？"无非子有些意外，昨天晚上小关打电话给他时说今天就把宝贝送来，难道他们变卦了？

"是这样的，您是魔术大师，也是方外高人，本来跟您谈钱这种俗气的东西是很不应该的，但毕竟这次为了买下宝贝我们真的花了巨款。我就直说吧，是当初老头开给您那个价钱的双倍。"老关做了这么多年的生意，谈价钱几乎已经成为本能，"我是真有心跟您长期合作，而且也非常想让儿子跟您学习，但您一直以来都不肯屈就，这让我很为难。"

"关老板是觉得就这样把宝贝给我，吃亏了吧。"无非子微微一笑，心里透亮，老头开给他的价钱是一千五百万，老关出了双倍，那就是三千万。

"没错，大师你这么直爽我也就不卖关子了。我是个商人，在商言商，我希望我的每一笔投入都有合理的产出和回报。东西既然是为您买的，肯定是不用您还钱的。如果您愿意跟我签一份十年的合同，又肯收下星锐这个徒弟的话，我可能就会觉得不那么吃亏了。"老关也是笑眯眯的，他已经算计过了，如果对无非子进行全方位的包装的话，很快就能赚回三千万。

"你们也太黑了，三千万，干十年！照这么签合同，我们都要喝西北风去了。"一旁的罗杰很生气，话也说得很不客气。

"三千万的确不是个小数字，您的要求也不算过分。"无非子示意罗杰先不要发作，却也没有马上给出答复。

"另外我还有一个不情之请。"老关眉毛一挑，无非子比预想的要好打交道。

"关老板但说无妨。"

"我希望在签约前为你策划一次大型魔术演出，要前所未有，一鸣惊人，全国轰动！"老关一口气说完，这个计划在他心里已经憋了很久。

"您已经是国内顶尖的魔术师了，如果能接受这个请求的话，我们一定能把您打造成全国最红的魔术师。"小关也顺着老爸的思路说。两父子早就商量好了，师父一旦出名，将来小关出道更方便，起点也会更高。

"为了这个演出达到最好的效果，我也会出资打理一切相关事宜，各方面我保证做到全国最好。当然这些都要用钱，所以，这个为了提高您知名度的演出报酬并不太多。"老关赶紧补上了一句。

"太过分了，你们简直吃人不吐骨头！"罗杰猛地站起来，恨不能立刻送客。

"这条件太苛刻了。"陈钢也皱着眉头说，"十年，你能有几个十年？一定要想清楚。"

"我想得很清楚，这是我师父的遗愿，为了得到它，我愿意付出所有的代价。"无非子严肃地对助手们说。

陈钢低下了头，罗杰却放出了狠话："如果你一定要跟他们合作，那我们只好分道扬镳了。"

"如果你不能理解我，我们也没必要再做朋友。"无非子说得全无余地。

"好，我走，反正咱们的合同快到期了，从今以后，我没有你这个朋友！"罗杰狠狠地瞪了一眼无非子，头也不回地走了。

"哎呀，都是我们不好，让你为难了。"老关绝不放过任何一个当好人的机会，"大师，我说的这些您全都同意？"

"我只有一个要求，你们把洛书的交付时间写在合同里。"无非子的要求合理到无法拒绝。

"没问题没问题，只是，我能不能先问一句，您打算到时候表演什么绝活？我得提前准备去。"一旦这个计划真的可以实行，不仅仅是票房，还有电视转播权和广告冠名权之类的很多业务都可以马上展开。

无非子沉默了一会儿，然后按了两个手印，旁若无人地念起咒语来。大概三分钟后，法术完毕，他从怀里掏出一方很小的盒子，盒子里装了几粒颜色不一黄豆大小的药丸。他取出一枚黄色的小丸，放在手心搓了搓，然后朝掌心吹了口气，掌心中央居然出现了一座红色的桥。

"看来天意如此。"无非子轻轻颔首，很释然地笑了，"二位可知当年大卫·科波菲尔在中国有过一次轰动世界的演出？"

"当然知道，1985年他在全世界的观众面前穿越了长城，那年我正好出生。"小关赶紧回答，"不过我看过他的魔术揭秘，他之所以可以穿越是因为有一个跟自己容貌和体型都很接近的替身。"

"那如果我不用替身，就能在全世界的观众面前穿越一次断桥，你们觉得够前所未有吗？"无非子的话让老关、小关都愣住了，他却用最平和的语气解释，"西湖断桥是重点保护的古建筑，不能在上面打洞，也不能在桥体上做任何手脚。我也可以像当年的大卫一样，在胸口贴上脉搏监测。"

"大师，您真有把握穿越断桥？不会砸了我的招牌吧？"老关虽然亲眼见无非子在掌心变出一座红色的桥，但穿越断桥也太悬了。

"别说是过桥，穿山也不过是茅山最基本的穿山术，并不算难。"无非子胸有成竹。

"好。这事就拜托您了，咱们真正的合作才刚刚开始。"老关开心地跟无非子握了握手，带着宝贝和儿子，满意而回。

C

老关的效率很高，这个即将轰动全国的大型魔术秀从拍板、策划到执行只用了一个多星期。当然，他多年积累的娱乐圈人脉也起到了很大的作用。无非子的人气已经相当旺，再加上这次表演的居然是穿越断桥，现场观赏的贵宾票提前三天预售，两个小时就被抢购一空。老关还拉来了明星和电视台助阵，搞得很轰动。

演出当晚天公作美，月朗星稀，连半片乌云都没有。小关带着自己的一班朋友早早坐在VIP席上，他也邀请了李窍和慕容莹莹。因为上次抢购洛书被他抢了先，慕容莹莹一直耿耿于怀，见了面一句话也不愿意说。

演出开场前，罗杰找到老关，交代他吩咐所有观众，不论演出途中出现什么状况，都要保持安静，否则不仅会影响效果，还可能会让演出失败。

"你不是走了吗，怎么又回来了？"老关很不喜欢罗杰，在他看来经纪人唯一能做的就是让他少赚钱。

"放心，我肯定会走，只是我跟他的合同还没到期，在此之前我还得当他的助手。我可不像某些人唯利是图。"罗杰也没有给他好脸色，"记住我说的事情，千万不能出差错。"

"知道了。"老关没心思跟罗杰废话，他要忙的事多着呢。

晚九点整，演出准时开始。

断桥上站着几十位特邀贵宾，护堤上也早就坐满了观众，还有不少没买到票又想看热闹的冒着危险爬满了树，有人干脆爬到葛岭上用望远镜观看。断桥旁有一个临时搭建的水中舞台，舞台上方是巨大的液晶显示屏，将实况播放无非子的动态。台上十二位穿着苏绣旗袍的年轻美女怀抱琵琶二胡，正在演奏传统曲目《春江花月夜》。明亮的灯光从桥上架设的大型摇臂上照下来，把方圆百米内的一切照得透亮，连湖里的鱼也可以看得清清楚楚。

西湖上出现了一艘画舫，无非子身着白色长衫在船头迎风而立宛如仙人，这一亮相赢得所有观众爆发出热烈的掌声。画舫渐渐靠近断桥，既然是穿越，当然要在远离桥洞的地方。

岸上架设的大型吊索把一个两米见方的正方体铁架子徐徐降下，落在画舫和断桥之间。大卫穿越长城时也用到了同样的道具，铁架的五面都安有可以收卷的白色幕布，用处就是在穿越时把魔术师的身体遮挡起来，增加神秘感和戏剧性。

一身白衣白裤的罗杰和陈钢依然是助手，他们从船尾来到船头，帮忙接住铁架并用铁

链固定在船头，然后把每一面的幕布都放了下来，铁架变成了一个白色的铁屋子。为了让观众们清楚地看到穿越全过程，铁架旁还安置了上下两盏极亮的氙气灯。在如此强烈的灯光照射下，连路过的小飞虫都会在白色幕布上投下清晰的影子。

按照惯例，为了表明穿越的过程并未作假，罗杰和陈钢脱掉了无非子的外套，只剩下里面贴身的衬衣，并在胸口和手腕的脉门处贴上感应监控器。做完了这一切，无非子面朝东方长长地呼了一口气，口中念念有词，一只手执一炷香，另一只手结了个手印。乐曲在这时慢慢停了，他把手里的香插在船头的一处，然后转回身照例对观众做了一个噤声的手势。

水中舞台上守在监控器旁的老关这才想起，自己完全忘了罗杰的嘱咐，但容不得他多想，无非子已经活动手脚，准备穿越了。

无非子轻轻闭上双眼，凝神静气几秒钟，再睁开眼时脚已经迈入了白色的铁屋。他的影子很快就出现在白色的幕布上。他的手在古老的桥砖上触摸，停留，然后把整个身体都贴在砖面上，似乎在感受那种坚硬的程度，并且为穿越做最后的准备。

大屏幕上可以看得很清楚，他先是把一只手贴在了墙砖上，很慢很慢，但大家都可以清楚地看到那只手的确在一寸寸地融入墙体，先是巴掌，然后是手腕，最后整个小臂都伸了进去，大概半分钟后，他的整条左臂都消失了。接下来他进入的速度加快了，右手，左脚，然后右脚，最后是头。这种感觉很奇怪，就像他消失在一个并不存在的黑洞中。

白色的幕布上空空如也，不论从哪个方向看也找不到无非子的痕迹。每一个人都在想着同一件事——无非子真的在桥里面了吗？现场一片寂静，只听到心率检测器有规律的滴滴声。

滴——滴——滴——滴——

又过了大约半分钟，断桥另一侧同样安置好的白色铁屋子里，出现了一只手的影子！无非子要出来了，他像一个盲人在摸索着什么，并挣脱什么束缚。

就在这时，从断桥上的贵宾观众中传出一声刺耳的尖叫，那是个女人的声音："啊！……"

尖叫的人居然是慕容莹莹，她指着湖面上的什么东西，惊慌失措。顺着她的手看过去，湖面上忽然浮现了数十条白花花的水蛇，还有成片翻着肚子的大鱼小鱼，那些鱼身上没有伤口，而且还有越来越多的鱼正浮上水面。

"天啊！是白娘子！"

"要遭报应了！"

"水漫断桥？"

看到了水里的异象，观众们乱成一团。老关急了，罗杰和陈钢更急，骚乱一起，无非子的那只手忽然开始疯狂舞动起来，似乎非常痛苦。与此同时心率检测器忽然变快了，滴滴滴滴，快得让人难以置信。几秒钟后，无非子的手飞快地缩了进去，心率变成了长长的停顿音。

"破法了！赶紧把他拉出来。"罗杰大喊。

完了，一切都晚了。

幕布被拆除，可哪里还有无非子的影子，他永远地消失在断桥之中了。有人感叹，有人议论纷纷，更多人感觉失望，这次表演居然失败了。

等了好一会儿，除了那些浮上水面半死不活的鱼和水蛇一条条又活蹦乱跳地游动起来，并迅速钻入水底外，观众们再没发现什么异象。等了老半天，见无非子没有要出现的迹象，桥上桥下的观众便开始各自散去。第一个发现了水里有蛇有鱼的慕容莹莹也走了，经过关星锐身边时她还很不满意地扔下两个字："没劲。"

罗杰蹲在船头，哭得很伤心，陈钢也难过地守在他身边，两人看着那堵坚实的桥身，只剩下无奈。

老关甚至不敢去问问他们该怎么办，他听到了罗杰喊的那一声破法。一切都是他的错，可谁会料到关键时刻水里会冒出那么多蛇和鱼来，真是见鬼了，总不能把断桥拆了把人扒出来。好在今晚的票钱和广告费足够这次演出的成本了，而且自己手上还有那个货真价实的宝贝，三千万也没白花。幸亏他做了两手准备，昨天查到五年前上海的一场拍卖会上二十片甲骨被拍出了五千两百八十万的天价，这洛书可是国宝级的，只要送上拍卖会，这笔买卖还是稳赚不赔。

原本的超级好戏以失败告终，所有人都乘兴而来失望而回，西湖也因观众的离去恢复了宁静。没人注意到，一个年轻人一直守在断桥上，不时用手去触摸那坚硬的石面。他足足守了一个通宵，直到第二天天色见亮。奇迹没有出现，没人从石头里钻出来，也没有鱼和水蛇再浮出水面，似乎昨晚什么都没有发生过。

# 第二十四章　祝由神科

日近中午，西湖边的楼外楼总店里已经挤满了各地的游客。这家杭州最出名的老字号声名显赫，鲁迅、郁达夫、蒋介石、陈立夫……无数的大人物都曾是座上客。这里的最佳观景包厢最低消费要五千元，今天这个五千包房里早早地上了一桌客人，其中不乏美女帅哥，也有白发苍苍却风度逼人的老头和打扮得十分洋气的胖子，最不起眼的是坐在首席的一位矮个子中年男人，但在座的却都对他很敬重。良辰美景，美食在前美人在侧，整间屋子里洋溢着两个字——开心。

"前辈，这笔钱是您的，如果不是您的指点，我们根本什么也做不成。"老韩双手奉上那张三千万的银行本票。

"唉，算了，我不缺钱花，也是你们够聪明，换几个人未必能骗过那个姓关的。哼，谁让他儿子一直欺负我儿子，这也算报应。"无非子心里始终惦记着儿子。

"这万万不行，这钱您一定得留下，我们做晚辈的孝敬您都是应该的，怎么能……"老韩最怕就是欠人情，无非子辈分又那么高，他的人情更加不能欠。

"算了算了，我就收一半吧，你们忙活了这么久，不能白干。"无非子勉为其难地收下那张本票，又开出一张一千五百万的支票递给老韩。他心情不错，准备好好跟晚辈们聊聊，"你们可知这玩弄扎飞之术的最高境界是什么？"

"还请前辈赐教。"老韩坐在无非子身边，毕恭毕敬。

"西汉时期有个人叫做栾大的，在汉武帝面前玩弄两枚棋子，让两枚棋子一会儿你追我逐，一会儿互相推诿，汉武帝大为震惊，把栾大视为神人，还把公主许配给他……"

"这两枚棋子可是两块磁铁？"司徒颖插了一句。

"不错，你也很聪明。靠两块磁铁当上了驸马爷，天底下没有比这更合算的买卖了。"无非子点了点头，"可惜小陆不肯当我的关门弟子，否则我看你们二人不论是体质

还是机智，都很合适双修。"

"前辈，您说什么呢。"司徒颖第一次羞红了脸。单子凯和梁融在一边很及时地开始取笑她。

"其实扎飞还是很能赚钱的，玄机子当年这条路没有走错，不仅咱们中国人玩这套，全世界都玩这套。"无非子见闻广博不愧为老前辈，接着又讲了几个故事。

十八世纪有个美国人买了块巨大的石膏石，请人把石头雕刻成一个巨人的模样，在石人上淋上硫酸，然后埋在地里。一年后，他假装挖到了这个巨人宝贝，开始收取门票赚钱。不到两个月，就赚了十万美元，这在当年也是天文数字。

还有一个澳大利亚人联合电视台制作了一档专门揭秘骗局的节目，骗局中就有所谓的"灵媒"。他们自己打造了一个灵媒，能在灵魂上身时心跳暂停，也能说出很多观众的心里话，于是风靡一时。揭秘后的真相是他老婆混在观众群里，到处打听人家的秘密，心跳暂停也很简单，就是在胳肢窝里主血管经过的地方贴块橡皮擦，只要用力挤压就能造成暂时的血液循环不畅，这就能让心跳暂停几秒钟。

"北京还叫北平的时候，我跟一位出名的老相士打过几回交道，不论是谁找他算卦测字都得预约。每次客人去时都会发现很多人在排队，其实那都是托。在等待的时候这些托就会跟客人搭话，然后书童就在一旁把客人要问的事和家庭背景记下，提前告诉里面的相士，这才有了百测百灵的名声。"年纪大了总是喜欢忆旧，老韩最近动不动就说一些陈年往事。

"师父，虽然我没有行过拜师礼，但请让我给您敬上一杯师父茶吧。"陆钟端着一杯西湖龙井，在无非子面前双膝跪下。这些日子无非子教了他不少东西，还把自己的道号也借给了他，虽无师徒之名，却有师徒之实。

"缘份一场，不必拘礼，这些俗气的套路就不用讲究了。"无非子大大方方地接过茶，品了一口，"我不爱热闹，这几天跟你们在一起，过得还挺开心。"

"我也该敬您一杯，感谢前辈给我们这个机会。"老韩端起酒杯先干为敬，虽然他也很高兴，但眼中有着掩盖不住的倦色，这场庆功宴他是强打着精神来的。这阵子搜寻甲骨化石四处奔波，前几天竟然咳出了血来，为了照顾他的身体，这次他的戏份很少，只是扮了把卖甲骨的老头。

"你们真的确定云华会回来找我？"无非子有些疑虑。

"您就放心吧，昨晚去收超声波发射器的时候，我特意在桥边的树上放了一颗摄像头，贵公子在桥上守了一个通宵，一定是在琢磨那个魔术究竟是怎么回事。依我看，他对这一行是真感兴趣了。"梁融所说的超声波发射器就是那个让鱼和水蛇都浮出水面的秘密武器。

陆钟想起那晚上官云华站在门外的无奈。这些日子来，他所做的一切都是为了那小子，让他认清那帮人根本不是真正的朋友，也不值得他浪费时间，让他慢慢找到方向，对无非子的一切开始感兴趣。也只有当他自己认识到这一切，才能改变他的命运。

"也许他现在已经回问馆去找您了呢。"这几天来司徒颖扮演的慕容一直把上官云华当自己的弟弟看待。

"那我得先回去了，要是他没回来我可要找你们的麻烦。"无非子是个急性子，听完司徒颖的话连饭也不吃了，临走却又想起一件事，对老韩说："你啊，晚了，不可能去根了，我这个法子最多也只能帮你多活三年而已，赶紧把想做的事都去做了吧。"

无非子确实不凡，他的天眼早就看出了老韩的肺癌和心事。他拿出四方红色的符纸，上面画着极为复杂的符字，对着符纸做过法后，分贴在老韩的前胸和后背，那是对应肺部的位置，然后交代他等到符纸完全变黑再摘下来。做完这些，无非子头也不回地走了。

"这就是祝由科？"单子凯和梁融同声问道，这阵子他们给陆钟做助手也长了不少见识。

"不会吧，这玩意真能治病？"司徒颖极为怀疑。

"别这么说，心诚才会有用，这办法能流传数千年，肯定有它的道理。"陆钟看着那符纸上古怪复杂的花纹，心里其实也没底，但他不敢不信，眼下老韩身体每况愈下，也只能试试看了。无非子不是凡人，希望他的符真能有效。

"我信。五十年前我在湖南沅陵看过有人画了几张符，就让整间屋子都不进老鼠。四十年前，我还见过有人用几句咒语和几张符把我兄弟身上的一个大脓包给治好了，民间的高人和异术永远超乎我们的想象。据我所知，咒语就是练功人练到一定程度时所发出的特定声音，有点类似次声波，对人体可以产生共振，共振效果好就可以达到治疗效果。"老韩对祝由之术颇有信心，"江相派门下有乾、坤、坎、离四大房，取天地交泰，水火相济之意，你们可知，这两句话其实也是道家修炼的根本，那真正的洛书上也有这层意思。无非子前辈和咱们江相派本是一家啊。"

听完老韩的话，陆钟忽然明白了师父的心意。这一趟并不完全是为了让自己学习扎飞术，老韩对自己的身体状况何尝不清楚，可他心里还有一件最最重要的大事悬而未决。剩下的秘籍是否还在人世，又究竟藏在哪里？不知道为它们还要付出多少时间和代价，师父还能等到那一天吗？不管怎么样，老韩一生洒脱，自己必须全力以赴让他不留下遗憾。

窗外一阵暖风吹了进来，老韩拍拍胸前的符纸："这东西还真神，一贴上去就觉得胸口舒服很多，也不闷了。"

"干爹，我不让你死，你要活到一千岁。"司徒颖搂着干爹的手撒起娇来。

"一千岁，那我不成妖怪了，哈哈。"老韩心情好多了，一个劲地给大家夹菜，"这么好的菜凉了可就不好吃了，一会儿还得去收拾东西，今晚咱们就要赶去昆明，花家山庄我可有好多年没去了。"

"咱们不再玩两天？这几天忙着干活连雷峰塔都没去看呢。"单子凯有些不情愿，苏杭美女天下闻名，没来得及泡个MM就走实在是憾事一件。

"是啊，我也想逛逛绸缎庄。"梁融惦记着那些美妙的真丝制品。

"下次吧，你们都还年轻，有的是时间。"老韩的确是没时间了，即使没有病痛，他的生命也进入了倒计时。

"好吧，听您的，今晚就走。"司徒颖知道老韩的心思，带头答应了，话音刚落，她的手机就响了起来，是关星锐。"好姐姐能不能别走，我们再培养培养感情，你长得真的很像我初恋。"

"不会吧，我长得更像你妈！"司徒颖可不是好脾气。

关星锐大概从没被女生这么对待过，一时语塞，愣了好半天才说："我不是你喜欢的类型吧，要不然你就跟我在一起了。"

"你会说人话吗？"司徒颖对这位公子爷越来越鄙视了，看起来傲得要死，其实除了会败家和攀比外什么本事都没有。

"我可以改的,你喜欢什么类型?我有钱,我可以捧你当明星,我还可以……"手机被司徒颖塞进了茶杯,关少爷的声音被完全淹没。任务结束,关少爷只当慕容莹莹去了法国,永远不会知道真正的慕容莹莹是司徒颖从小玩到大的闺蜜。慕容家族和司徒家族有着密切的关系,所以她才能轻而易举借到慕容莹莹的玛莎拉蒂。

"多喝一杯吧,吃完这顿饭要出发去花家山庄,你们又要辛苦了。"老韩敬了大家一杯十八年陈的女儿红。他始终惦记着秘籍,段七说过知道秘籍下落的只有花不毁和花不如。花家山庄远在昆明,这一路又是千山万水。

"您说过的那位天下第一徐娘花不如也在花家山庄吗?"老韩对花不如的评价让司徒颖很感兴趣。

"当然,见到她你会觉得不虚此行。"老韩微微一笑,神秘兮兮地说。

"真有那么漂亮?那咱们还等什么,赶紧上路吧。"对美人同样感兴趣的单子凯干尽了杯中酒。

梁融小声提醒道:"人家那年纪都能当你妈了。"

"怕什么,这年头连性别都不是问题了,年龄更不是问题。"单子凯大咧咧地笑道,"师父,要是她老人家实在漂亮又跟我投缘的话,我能认个干妈不?不乱辈吧。"

"鬼崽子。"老韩不置可否地笑了。

大家都笑了,今天的酒实不愧是十八年的陈酿,入口甘鲜回味无穷,酸甜苦辣尽在其中。陆钟心里充满了期待,上次与花不毁的合作虽然短暂,却格外投缘,但愿此行顺风顺水,大家可以好好坐下来喝上一杯,闲话南北,何等惬意。身为老千,他最大的心愿并不是赚多少钱,但求无拘无束,有几个真正的朋友,享受最简单的乐趣。

吃喝完毕,离别的时候到了。

陆钟察觉到身后有道目光在注视自己,是司徒颖。他何尝不知那目光众不同的热度,可他从来没勇气去回应那双炙热的眼睛。也许是女儿红的作用,陆钟心头一热,忽然冒出个念头,可很快又被他自己给消灭了。也许真会有那么一天,也许十年八年还不够,这对她太不公平了。这么想着,脚下就慢了两步,不自觉地跟司徒颖走成了并肩。

"想什么呢?"司徒颖的慧眼似乎已经看透了他的心思,俏皮地歪过头,盯着他瞧。

"我在想,五千块吃个风景,到底划不划算呢?"训练有素的陆钟眼也没眨一下。

"切。"司徒颖翻了翻眼皮，像是不信他的话，走快两步追上老韩，挽着干爹的手臂，扭着纤细的腰肢，在大厅里众多食客惊艳的目光中飘然而去。

无非子赶回问馆时，上官云华正爬在围墙上，试图溜进去。

"您还在这里？"上官云华很惊讶。

"我一直在等你。"无非子微笑着，他很开心，如陆钟所说，儿子自己找上门来了。

"那些人呢？他们是谁，他们去了哪里？"上官云华一肚子的问题。

"你先下来，我慢慢告诉你。"无非子很确定，这一次不会让儿子再从身边离去。

……

十天后，老关和小关带着"洛书"去了拍卖公司，专业鉴定师仔细检查后确定，那不过是一块普通的龟甲化石，上面的图案全都是用激光刻上去的，绝对不可能是传说中的洛书。

足足半年后，断桥中间夹着一位魔术师和白娘子显灵的事情还在民间流传，且越演越烈，到最后成为一个不解之谜。五年后，美国探索节目和英国BBC纪录片节目组派专人来杭州考察，两队人马在楼外楼邂逅，商谈携手制作《神秘地球之不可思议全纪录专辑节目》。

 《扎飞篇》解密

画灯点燃： 事先在墙上挖一个小洞，洞内填枚小小的樟脑球，天然樟脑燃烧时会有火焰和黑烟，看起来跟油灯很像。只要樟脑够小，和观众又有一定的距离，就不会被看穿。

血手印： 先在宣纸上喷洒一层酚酞，晾干，看起来和普通纸一样。表演时手上沾点碱水，酚酞遇碱会发生化学反应变成红色。要褪色也容易，在清水中加入一点白醋，酚酞遇到酸性物质发生还原反应，红色褪去。

火中莲： 取一枚体型饱满的干燥湘莲，小心地将莲心挖空，只剩下外面的一层。用通草做荷花一朵，上色，再连上通草做的荷茎。用细铜丝盘曲成弹簧，穿入荷茎之内，将收拢压缩的荷花和荷茎藏于空心莲子，用白桃胶粘合。当莲子遇到高温，白桃胶融化莲子绽口，铜丝弹簧便将荷花弹出，随着温度越来越高，呈现出慢慢绽放的姿态。需要及时将花摘下，以免火烧，露出端倪。

书中陆钟把摘下的荷花扔给司徒颖，司徒颖手上早已涂有白磷，只消轻轻摩擦很容易就会点燃通草做的纸花。

凭空消失： 障眼法，两只皮鞋底部各藏有两枚小小的闪光弹，还有若干白磷和其他化学粉末。药粉摩擦生热后产生大量烟雾，白磷燃点低，摩擦生热后产生光和热，引发闪光弹，观众们会有短时失明，就可以趁此机会快速离开。

烧不断的红线： 红线事先用盐卤水浸泡，其中含有氯化钾和氯化镁，这样处理过的红线内部受到氯化物的保护，看起来在燃烧，其实并没接触空气，所以不会烧掉。陆钟准

备好的红绳前面一截是用盐卤水泡过的，上官云华拿到的没有经过处理，所以很快就烧断了。

断头术：断头台是特制的，有小机关，内可藏假人头一个，铡刀也是特制的，古人称之为一匣藏二刀，看来厚重其实中空，且刀刃未开安有机簧，一旦落下脖颈处的圆形弹片（从台下看起来就是刀锋中的一部分）会缩进去，并不会真的砍下脑袋。中空部分可容下事先准备好的仿真血，一旦弹片缩进去，仿真血就会流出，制造逼真的恐怖效果。另外梁融捧走的那个头是假的，梁融做过精细的特技化妆后看起来栩栩如生。梁融不停地在人头前矫正位置和用铁链捆住脖颈，并坚持用黑布套套在头上，全都是障眼法，就是为了名正言顺地遮挡观众视线，时间虽短，已足够铡刀后面的陆钟做小动作。

电锯活人：电锯的齿轮是有机关的，每片齿轮都是一个弯钩，内凹的部分才有刀刃，顺时针运转时便可以切开木头，飞溅的木屑足以震慑观众。而当齿轮逆时针运转时，没有开刃的凸面则会自动收进内槽，看起来运转如飞，其实不会伤人，在锯槽的中间夹层和手柄处也藏有仿真血，一锯下来，血水如水枪般喷射在对面的白纸上，看起来便真的把小关的脖子给切了。另外此局为防小关因恐惧而不配合，早在他上台之初送给他的花中就藏有麻醉剂，只需一嗅就失去知觉，自动自觉躺好，且全程配合。

掌心现桥：陆钟手里的小黄丸是做咖喱的原料姜黄粉，江湖把戏凡现朱红必用黄姜粉。黄姜粉碰到碱液立刻变成朱红，碱液如浓的话，则现血红色。做法前将食用碱水稍为稀释，用毛笔蘸碱水画在手心或者画在白纸上皆可。碱水干后无色颜色，要现色时，加少许黄姜粉一搓一抹即可。最好同时吐点口水上去，口水是弱碱性，可以帮助反应。

超声波发射器：能发射超声波电场，主要针对水中的动物大脑和神经给予刺激，使其严重缺氧浮出水面，还能将深水层的动物击但并不至死。如果不去捕捞的话，几分钟后鱼虾就会苏醒。为了营造效果，梁融还特意去买了几十条水蛇关在画舫的舱下，到时按下按钮水蛇就自己游了出去。

穿越断桥：演出失败是计划好的。陆钟根本就没有进入幕布，白色幕布其实双层，里面一层用的是隔绝光源的超薄反光面料，外面一层才是观众可见的白色幕布。在铁架的四周边框上，装有微型投影仪，陆钟进入幕布的动作全都是事先录好的，可以从各个角度同步播放。所以里面和外面的动作其实不同步，在大家以为陆钟进入了断桥桥体内的时候，其实他已经钻进了船头的一个小洞，把自己藏在船舱下面。他用手机可以看到同步的屏幕画面，等到断桥另一端那双手的影子缩回桥体后，就把心率监控拔掉，让心跳归零，外面的人便都以为他真的破法死了。梁融按下超声波发射器按钮，让水下的鱼和蛇全都浮出水面，司徒颖借机扰乱视听制造混乱，加上最后罗杰的哭戏让老关百分百相信了这个意外的结局。藏在船舱里的陆钟换掉衣服，套上假发化个妆，趁着观众退场，自己也混在其中安然离去。

综上所述，扎飞之术千变万化，但万变不离其宗，无非是利用物理或者化学变化让人眼花缭乱，或用障眼法让人以假乱真，把施术者当成神人，信者得其骗。

番外篇·韩枫 倾城之骗

楔子

解放前的上海。

今年的冬天比任何一年来得都早。天阴沉沉的，黄浦江的水居然泛着隐隐的红色，走在江边，总能闻到一股来路不明的血腥味。这年头人命关天的事也变得稀松平常，不光是上海，大半个中国都一样。

十里洋场上，声色场所依然歌舞升平，可毕竟抵挡不住防空警报的轰鸣。卢沟桥事变，八一三事变……日本人越逼越近了。家底丰厚的大户人家纷纷抛家舍业，举家迁往内地和香港。每天都有大公司倒闭，银行家跳江，工人领不到工钱，银行也取不出钱来，人心惶惶，可去香港的船票又岂是一般人买得起的，据说黑市交易只认金条。

上海是冒险家的乐园，可大冒险家们也开始撤了，横行街头的大多是斧头帮残党和各式各样的大小流氓。

年轻的韩枫从一户独门独院的公馆里出来，眉头皱起，心事重重。刚从杜公馆得到消息，杜月笙也准备迁往香港。自己是走还是留？也许该找个人去问问。

问谁好呢？

师爸傅吉臣半年前就带着师兄们去了香港暂避战火，自己执意留在上海，师爸便把公馆托给了他，同时托给他的还有江相派的一帮兄弟。虽然小小年纪，但目前他已是本派在上海滩辈分最高的人了。

江相派门人有不少在大小堂口担任白纸扇（黑帮的师爷、智囊），但跟斧头帮和青红帮比起来实在是人丁稀少。兄弟们个个都有绝活，千门八将赌桌上的技术自然是没得说，只可惜如今的形势并不是有技术就可以混。上个月，门中有位德高望重的师兄在俱乐部打牌时明明赢了，可同桌的军官把枪往桌上一放，谁也不敢动他的钱。这还算明的，更可怕的是暗的，蓝衣社的特务从来不明抢，专搞暗杀和绑架。这年月谁还会讲江湖规矩？韩枫深知，如果不是自小跟着师爸混熟了人脉，道上的人都给他一分薄面，只怕像现在这样在外面走动，也得提心吊胆。

从小到大，他还没离开过上海，也许是时候去别的地方看看了，不如这就去找干姐姐，问问她有什么打算。

韩枫正想着，身边忽然传来一个女人的声音："韩少爷。"

韩枫应声回头，那是一个相貌清秀的中年妇女，五十多岁的模样，口音带着京腔。

"您是……"

"我听说，上海滩最古道热肠又讲义气的就是小兄弟你了，我有件私事，想请你帮忙。"大姐微笑着说。

A

在上海结交黑帮人士，不打麻将是不行的。上海滩第一大亨，青帮头号人物黄金荣就最喜欢打麻将，一天不打就手痒，在他的影响下，打麻将成了上海最流行的社交方式。

镇江青帮顾华堂顾四爷，精通赌术人称"活手"。一副三十二张的牌九，只需摸上三五次，便能从背面或侧面知道是什么牌，而且，他想要什么牌就能拿到什么牌。如果是一副一百三十六张的麻将，他也只需瞟上几眼，便能认清其中的三四十张，有这些"明张"垫底，要做大牌便是举手之劳。人们都说四爷不轻易出手，一旦出手，必定是手到成功。

初到上海的文昌平第一次在牌局上见到了顾四爷，可顾四爷居然被同桌的一个小孩子赢了好几把。这小子明显是出了千，不过他动作实在太快，而且每次赢的都不多，除了一次大番子全是屁胡。年纪不大就知道见好就收，留下一通好话才走，连顾四爷都只是翻翻眼皮没说什么。

文昌平对这小子印象很不错。他穿得很像出入洋行的富家小开，可真正的小开都是输钱从不红眼的败家子，谁会去研究千术呢？所以文昌平认定他是个老千，而且还是个很机灵的小老千。他四处打听了一下，那小子外号小荣宝，年纪轻轻，才十几岁。

文昌平来上海的日子不算长，他在京城的时候专和日本人做些秘密交易，买卖的内容从古董、字画到各种情报，无所不包。如今时局乱，他来上海是想找个靠山投靠，或者找机会去香港，眼下两边都没着落，只好先弄点钱再说。半个月前，他的搭档中了街头的流弹，差点丢了性命，现在还躺在医院里。两天前，文昌平听熟人介绍了一单很不错的买卖，心里痒痒的，但孤掌难鸣，一个人做不成大买卖，这几天一直在物色合适的搭档。这个小荣宝让他很感兴趣，便跟在他身后出了赌馆，保持着七八丈的距离，看看他接下来要做什么。

此时天色已晚，路灯昏暗。小荣宝在街边一家小店买上几个生煎包，又喝了一碗热乎乎的豆腐脑，便宜而简单的东西他吃得很香，穿过三条马路后，他拐上租界区附近的一条大街，消失在一扇法式雕花大门里。

那门上挂着块牌匾：白猫舞厅。大门外竖着一块牌子，上面写着：今晚八时半，隆重举行花国舞王选举。资费每位大洋五元，附送红酒一杯。

文昌平只听说过黑猫舞厅，白猫舞厅闻所未闻，不过这"花国舞王选举"倒是在一份小报上看到过广告，据说沪上的名舞女们都会到场，应该颇有看头。打仗归打仗，上海滩上永远都有灯红酒绿。

眼下距离八点半还有一个小时，莫非这小子还打算学大人样，打算把刚得手的钱花在女人身上？文昌平寻思了一会儿，还是决定在外面等等看。

半个多小时后，大门旁的窗户里亮起了灯，音乐声飘了出来。小荣宝出现了，换了一身西式门童的制服，笔挺地站在大门口。文昌平觉得奇怪，莫非这小老千还兼着这种收入不高的工作？

在灯光、音乐和广告的刺激下，门前开始有人聚集了，不过大门仍然紧闭着。小荣宝开始张罗众人依次排队，十分钟后，门前排队的人已经有了三十几位。

中国人爱凑热闹，好些路过的人本没打算进去看节目，可一看这么多人排队，也动了心。队伍快要排到马路对面去了，人群开始不安，纷纷催问那些大牌舞女到底什么时候来。小荣宝耐心地解释着，还请大家务必保持秩序。焦虑中的人们胃口被吊得高高的，幸好几分钟后，舞女们终于出现了。

　　她们三三两两，乘着黄包车前来，一个个浓妆艳抹香气逼人，或巧笑嫣然，或媚眼如丝，虽然天气寒风凛凛，她们却穿着高衩的旗袍，露出白生生的大腿。在场的男人们眼都看直了，大呼小叫地催着小荣宝赶快开门。

　　小荣宝这才不紧不慢地开始收入场费——每人五块现大洋。收完钱他又说，今晚的舞会是一位帮会大佬主持的，得先去向他禀报一声，最多不超过五分钟就来开门放行。

　　已经在外面冻了这么久，人们也不在乎多等五分钟，况且黑道大佬为捧女人举办这种比赛那也是常有的事。

　　小荣宝就这样在大家的视线里消失了，一个五分钟过去了，两个五分钟过去了，二十分钟了还是没出来，最后居然连音乐声也停了。外面的人们忍无可忍，大家可不是花钱来吹西北风的，终于在几个好事者的带领下破门而入了。

　　小荣宝去了哪里？文昌平很好奇，也趁乱跟着这帮花了五个大洋的人冲进了那扇豪华大门。没有香艳的舞女，没有黑道的大佬，也没有舞厅，大门后面是间空屋子，连椅子都没一把，地上摆着个破旧不堪的留声机，喇叭正对大门，所有的灯都用花花绿绿的玻璃纸包裹了起来。穿过空房子，阳台上有扇后门通向另一条街道。大家全都傻了眼。

　　"阿拉都被小赤佬骗了！"人们愤怒地吼道。

　　已经太晚了，二十分钟都够小荣宝跑到黄浦江边了。

　　就这样，七八十位爱热闹的人被骗走了四百多块现大洋。那些舞女们来这空屋子走一遭，每人可得一块现大洋，而小荣宝则把三分之二的收获捐给了抗日民主联合会。

　　看着那些骂骂咧咧的人们，文昌平却很高兴。这个小老千的确有两下子，他终于找到了期待已久的新搭档。

B

　　一连三天，文昌平在顾四爷的赌馆里守株待兔。他深知，真正的赌徒三天不赌比三天不吃饭还难受，而他理想的搭档最好是个职业赌徒。

　　就在第三天，小荣宝出现了。这小子脚上新买的皮鞋锃亮，还学着大佬们的样子抽起了雪茄，人五人六的。

文昌平心道：到底是年轻，就爱摆阔气。他没有立刻去找小荣宝摊牌，而是默默地观察他，看他怎样打牌。是豪爽是谨慎，是胆小怕事还是敢于一搏，赢了是否得意忘形，输了是否灰心丧气——在牌桌上最能看出一个人的人品。

小荣宝跟上次一样，输输赢赢，只胡了两次大番子，剩下的全是屁胡。文昌平确定，这小子不是胆小，而是真的稳重。

小荣宝玩到晚上十点离开，文昌平尾随其后，一直跟着他走过赌馆所在的那条街。眼看青帮的势力范围渐远，没想到小荣宝却突然跑了起来。不能再让这小子从眼前消失了，文昌平紧追不舍，这一追就追出了好几条街。最后，两个人都精疲力竭，才不得不停下来。

"你……你是巡捕房的？"小荣宝跟文昌平隔着三丈远，气喘吁吁地问。

"……不，不是。"文昌平到底上了年纪，连气都喘不上了。

"那你追个啥啊！我又不欠你钱。"小荣宝缓过劲，来了脾气。

"你想不想赚一大笔钱？"文昌平的声音有点虚弱，但那个"钱"字格外清晰。

"你想做啥？"小荣宝明显提高了警惕，身为小老千的他可不是好骗的。

"我有笔大买卖，做成了，够你换张去香港的船票。"文昌平决定直接下饵。

"你看我像傻子吗？哄别人去，小爷没空陪你玩。"小荣宝抖抖衣衫，转身就走。

"我本来有个合伙干的兄弟，现在躺在医院里。这真的是个赚钱的好机会，而且不能再等下去了。不管你信不信，请先听我说完！"文昌平急了，如果错过了小荣宝，他不可能再找到一个合适的人选。

"你一定知道蓝衣社，蓝衣社的头头是戴笠，戴笠手下有个专门帮他搜罗各种宝贝的人。你也肯定听过黑猫王吉这个女人，她最近跟丈夫离婚，准备去香港发展，手头有个很不错的宝贝想出手。碰巧我见到了她本人，也见到了那个宝贝。现在，我手里就有那个宝贝的赝品。"文昌平一口气说出两个沪上响当当的名人，为的就是引起小荣宝的兴趣。

"黑猫王吉"是上海滩上唯一一没有显赫家世，却跟黑白两道甚至军政要人都混得熟稔的名媛，是社交界翻云覆雨的人物。王吉虽是女子，却豪放不羁义气干云，不仅能跳交谊舞，还擅长西班牙斗牛和吉普赛舞，不论旗袍还是洋装统统作黑色打扮，在艳妆美女中独树一帜，因此有"黑猫"之称。

"不管你说的是什么，我都没兴趣，请不要再跟我讲了，要是你想算计蓝衣社，最好先去买好棺材。"小荣宝停下正色道。

"请听我说，我的计划是这样的。"文昌平察觉到了小荣宝的犹豫，"戴笠的手下非常清楚宝贝在王吉手里，但王吉开出的价码太高，两人谈不拢。现在局势越来越差，王吉急于出手愿意把价格放低，却不方便自己去谈价钱。正好我知道了这件事，又正好我手里有那个宝贝的赝品，我们可以趁机把赝品卖给戴笠的手下，然后带着宝贝去香港。白赚一笔差价，宝贝还可以再卖一遍。"

"你就不怕蓝衣社的人扒你的皮？"小荣宝朝四下看了看，压低了声音，"斧头帮帮主王亚樵知道吗，暗杀过汪精卫和日本大使，手下有十万兄弟，蒋介石听到他的名字都害怕，连黄金荣、杜月笙也不敢动他，你知道他死在谁手上？蓝衣社。"

"如果生意成功，我们可以赶上当晚离开上海的船，等到了香港，还可以转道南亚和日本。宝贝在手，不愁找不到好买家，等他们发现东西有假也奈何不了我们了。"文昌平越说越兴奋。

"我根本不认识你，凭什么信你？"小荣宝显然有些动心。

"我没时间找搭档了，这件事单凭我一个人做不了。"文昌平说的是实话。

"你先告诉我那究竟是个什么宝贝，我考虑考虑。"小荣宝的口气松动了。

文昌平大喜，凑近小荣宝身边轻声说道："慈禧太后有九颗夜明珠，全都带进了棺材里。八颗镶在凤冠上，最大的那颗在她嘴里。九年前，孙殿英把东陵给翻了个底朝天，最大的夜明珠送给了宋美龄，剩下的八颗被那帮老兵哄抢一空。我听说，有两颗珠子落到了王吉手上。王吉为人厉害，她开出来的自然是天价，但她现在脱手心切，我们要做的就是把握住这个机会。"

小荣宝上下打量了一番文昌平，"老先生，我只有一条命，这种东西可不是我这样的小角色可以碰的。你就当什么都没跟我说过，我也没见过你，祝你发财。"

小荣宝说完就要走，文昌平却不急了，他是老江湖，知道请将不如激将的道理，"算我看错了你，不敢赌上性命去博的人，活该当一辈子小角色。"

"你说什么？"小荣宝毕竟年轻气盛，站住了脚回头应道，"要是动不动就赌上性命，那才会当一辈子小角色。"

"你以为就你怕死吗？现在这兵荒马乱的，谁都不知道明天是死还是活。我当了一辈子的小角色，如果这么窝囊地去死，我做鬼都不会甘心。错过这次生意，你我都会后悔一辈子。"这几句话的确是肺腑之言，文昌平是个老老千，却不是大老千，在江湖上连个字号都没有。话说到这里，他眼中居然含着隐隐的泪光，整个人在路灯下显得疲倦而苍老。

男人的眼泪有时候比女人更有说服力。小荣宝怔在原地良久，最终，没走。

C

依照文昌平的行动方案，首先要去买下赝品，再把赝品高价卖给戴笠的手下，用这笔钱从黑猫王吉手里买来真正的夜明珠，最后跑路。两相转手打个时间差，只要不出纰漏就是稳赚。当晚，文昌平和小荣宝谈好了条件，全部活动经费由文昌平负担，得手后赚的钱小荣宝分两成。

不过，计划永远不可能一帆风顺，总会出现这样那样的麻烦。文昌平和小荣宝这对刚刚结下的搭档很快就遇到了第一个麻烦。

第二天，小荣宝乖巧地跟在文昌平身后，扮作他的小跟班。这一大一小两个老千开始了他们的第一步——找夏春秋买赝品。

夏春秋才二十多岁，却在京城琉璃厂大有名气。他的养父是宫里的大太监，从小就见惯了大世面。表面上他专帮人掌眼，其实也兼做假货。正因为知道真货实在哪，他经手的假货也就格外的真，也从来不愁卖不出去。文昌平所说的赝品就出自夏春秋之手，这位久居京城的大少暂居上海也是要借道去香港，并且已经买好了船票。

他们见到夏春秋时，这位穿着白色缎子长褂的夏少爷正在喝茶。他生得皮肤细腻杏眼高鼻，手里还捏着块白色真丝帕子，活像位梨园名伶。

"夏少爷，这几天让您久等了。我准备好买那两颗珠子了，能先让我看看吗？"文昌平年过不惑，却对这位大少十分客气。

夏春秋的架子不小，居然没有答话，只抬手示意下人去取。

假珠子很快拿来了。做工考究的黄花梨木盒里，黑色的丝绒衬底，盛着两枚桂圆大小晶莹透亮的圆珠，珠色褐中带青。

"真货我见过，唯一的区别就是真珠子见一次光能亮上六七个时辰，我这珠子只能亮上半个时辰。"夏春秋轻描淡写地说着，把一块大大的黑色厚绒布盖在珠子上。

文昌平定睛细看，两枚珠子透过黑绒布荧光闪闪的，心中大喜，这玩意儿绝对以假乱真。

"夏少爷的东西我最放心，您瞧，钱带来了。一两重的金条，两根，您可以过秤。"文昌平从怀里掏出两根手指粗细的金条，放在桌上。

"你那可是一颗的价钱。"夏春秋斜眼看看金条，不紧不慢地竖起四根手指，"要想两颗都带走，得这个数。"

"这……说好的价钱，夏少爷你怎么能临时变卦？"文昌平心头火起，这才几天的工夫价钱就翻了一番。

"眼下不是我求你买，是你求我卖，我可不着急啊。"夏春秋年纪不大，做生意却很是老辣。

文昌平被噎得半天说不出话，夏春秋说的没错，现在是他求着人家，这坐地起价的事他自己也不是没干过。过了好一会儿，他才极不情愿地挤出一句："就按您说的价。"

D

东西到手了，虽然花的钱比原计划多出一倍，但只要一切顺利，这笔买卖的利润依然可观。为防夜长梦多，文昌平立刻就联系戴笠的手下，约定两小时后在法租界一家俱乐部的包厢交易。

文昌平带着小荣宝早早地到了，他对蓝衣社不敢大意，这里地处租界，相对安全一些。小荣宝扮演的角色是王吉的心腹，作为王吉的代表出席这场交易。

半小时后，一个头戴黑礼帽身穿黑西装的中年男人走进了包厢。这人相貌平凡，薄薄的单眼皮，眼神却异常凌厉。

文昌平站起身，点头问候："陈先生你好，东西带来了吗？"他很清楚，和这种人打交道不必寒暄，最好是单刀直入。

"先让我看看货。"陈先生坐了下来，帽檐的阴影遮住了他的双眼。

"真金不怕火炼，您是懂行的，我什么都不说了。"文昌平打开精致的木盒，里面只有一枚珠子。

陈先生拈起珠子，很认真地看了一会儿，又摘下帽子把夜明珠罩在帽子里，珠子发出的荧光温润明亮，他脸上露出了难得的笑意，"东西不错，还有一颗呢？"

"陈先生，咱们说好的，一手交钱一手交货。"文昌平正色道。

"行啊。"陈先生冷笑一声，从口袋里掏出一个黑色布包，摊开，布包里露出黄灿灿的四根二两重的金条。

文昌平吃了一惊，怎么会是四根？谈好的可是十根。文昌平冲小荣宝使了个眼色，该他上场了。

"这位先生，您要不是诚心，这笔买卖就做不成了。"小荣宝关键时刻毫不怯场，一边气恼地说着一边收拾起珠子和木盒来。

"不，我倒觉得这笔买卖一定能成。"陈先生打了个响指，忽然从旁边冒出两个持枪的大汉，黑洞洞的枪口正对文昌平和小荣宝。

"陈先生，你这么做就不太合适了，毕竟咱们是一家人。"枪口之下文昌平强作镇定，其实冷汗已经湿了后背。

"谁跟你是一家人。"陈先生斜眼看着文昌平，"两个选择。乖乖把珠子拿出来，我就让你们带着这几块金子走出这个大门。要是不知好歹，东西被我搜出来，你们就马上去见阎王。"

孰强孰弱，形势是显而易见的，所谓的选择其实是没有选择。文昌平立刻服软，乞求道："陈先生，我只不过是个帮忙的，你就高抬贵手放我一马。这个价钱的确是太对不住王小姐了，怎么说这也是国宝，这不是让我们为难吗？"

"我数三声，到三的时候还不把东西拿出来就开枪。"陈先生完全无视文昌平的废话，"一。"

"先生，你倒是说句话呀！回头我可怎么跟小姐交代，她真的会扒了我的皮！"小荣宝不住地摇着文昌平的手。

脸色发白的文昌平哪还敢再说半句，蓝衣社杀两个人不就像捏死两只蚂蚁？

"二。"陈先生冷漠的声音。

文昌平在颤抖，四根金条是无法接受的，可对死亡的恐惧战胜了一切。

他从怀里掏出了另一枚珠子。

E

脚步踉跄地走在法国梧桐下，文昌平感觉自己的心在滴血。他和王吉谈好的价就是八根二两重的金条，本以为除了得到两枚真正的夜明珠外，还能白赚两根金条的差价，可现在完全不是那么回事。

"怎么办，咱们还去不去找王吉？"小荣宝无精打采地问。

"去！"这个字是从文昌平紧紧咬住的牙里蹦出来的。都走到这一步了岂能回头，不久前他才说过，真正的赌徒要敢于一搏。

"可咱们的金子不够啊。"

"放心，我去想想办法。"文昌平扔掉手里的烟蒂，下定了决心。手上的金条只有王吉要求的一半，但他还有些积蓄，时局每天都在恶化，去香港的船票也是一天一个价码，别无他法了。

文昌平让小荣宝在王吉的公馆附近等了好一会儿，他再出现时口袋变得沉甸甸的。

王吉穿着黑色的睡袍，披散着一头卷发，像只慵懒的波斯猫。她托着杯白兰地，嘴里叼支女士雪茄，旁若无人地跷起腿在文昌平和小荣宝对面坐下，用一口婉转的苏白问："金条带来了吗？"

"带来了。"文昌平示意小荣宝拿出金子。这幕戏中小荣宝转而扮演戴笠的手下，金子自然放在他身上。

"总共十六两，您过目。"小荣宝摊开八根金条，认真地说。

"十六两？不，我改变主意了，怎么说也是老佛爷的东西啊。昨天有个英国人愿意出二十两，而且可以马上交易，要不是我看在大家都是中国人的份上，才不愿意等你们。虽说国宝最好别落在外国人手上，但是太吃亏的事情我也不干。"王吉点燃了雪茄，以优美的姿势弄灭了火柴。

"二十两……"文昌平一脸苦涩，这笔大买卖竟然会如此的波折。

"没错，二十两，没得商量。就算我不卖给英国人，还有法国人，德国人，美国人，随便挑一挑也能找到买主。那宝贝如果送到国外的拍卖会上去，一定能卖出大价钱，要不是我现在钱不凑手，倒是很愿意留着。"王吉讲话的调子像唱戏，听着好听，却完全没有商量的余地。

"如果您坚持这个数的话，恐怕我还得请示上头，又要等上几天。"小荣宝倒是很深入角色，自觉地加了句台词。

"戴先生的底子我非常了解，他是不会在乎这几两金子的。不过我不想等了，就今天，你们要的话就拿二十两来，不行的话我就卖给外国人了。我去拿瓶酒，你们好好想清楚。"王吉不耐烦地说完，转身上楼去了。

文昌平深深地叹了口气，真是见鬼了。

"老大，我有个提议。"小荣宝凑近文昌平小声说，"我刚好有四根一两的金条，现在就可以拿过来，不过提成我要占四成。"

"四成！你小子疯了，这生意的买主和卖主都是我找的，不成。"文昌平坚决反对。

"你要是不答应我现在就走，这戏你一个人唱下去。"小荣宝牙尖嘴利，也不是省油的灯。

文昌平瞪着小荣宝，气不打一处来，似乎今天每个人都可以摆布局面，而他却只能像只死猪一样被宰。让小荣宝走肯定是不成的，这两颗珠子他势在必得，又怎么能在即将成功的节骨眼上放弃，"最多给你三成。"

"三成五，不能再少了。"小荣宝见他松了口，露出狡黠的微笑。

F

一个半小时后，文昌平梦寐以求的交易终于达成。

王吉收下二十两金条，把装有两颗夜明珠的锦囊递给了小荣宝。小荣宝和文昌平打开锦囊看过珠子，同样盈盈地暗自放光，总不能在这里等上大半天看到底能亮多久，以王吉的人品气派，她的东西应该不假。

王吉好意地提醒："千万揣稳了，要是半路上弄丢了，戴先生找上门来我可不负责。"

"您放心，丢不了。"小荣宝春风满面地拍拍口袋。

于是王吉亲自送他们出了门，还为他们叫了辆黄包车，并预付了车资，临了扔下一句："别让戴先生说我对他的人刻薄。"

一离开王吉的视线，文昌平就开始掏小荣宝的口袋。小荣宝捂紧了口袋，"急什么，我人还在车上，宝贝又不会跑掉。"

他们没有注意，黄包车夫听到"宝贝"二字时回头看了一眼。

文昌平懒得解释，仍旧执著地掏着口袋，锦囊终于落在了文昌平的手中。小荣宝也不甘示弱，两个人对那个小小的锦囊展开了争夺。说时迟那时快，一个骑着自行车的男人飞快地经过他们身边，伸出了一只手。眨眼的工夫，锦囊从二人手中消失了。

"赶快调头，给我追那辆自行车！"文昌平这才反应过来，宝贝被人给抢了！

可那车夫反而加快了脚步拼命朝着一条弄堂跑去。

"停车，停车！你给我停下！"文昌平从腰里掏出了一把匕首，准备动武，小荣宝则看上去被吓呆了。

弄堂口停着辆黑色的小汽车，车门边有个穿黑西装带黑礼帽的男人正在抽烟。文昌平一见那人就傻眼了，刀子也掉了。那是陈先生，难道他想要黑吃黑？

车夫把车拉到陈先生面前，领过赏钱后放下车就走了。陈先生也不说话，只是低着头抽烟，那双杀得死人的眼睛在文昌平和小荣宝身上扫了一圈，他们感觉背上像爬着一条蛇，不敢动弹。僵持了片刻，陈先生扔掉烟头，打了个手势，不知道从哪里冒出来几名黑衣大汉，用黑布把二人的头给蒙上，然后拖下了车。

文昌平脚下磕磕绊绊的，上上下下又曲曲折折，最后，他被人扔在地上，头狠狠地撞向地面，晕了过去。

不知道躺了多久，再次睁开眼时头上的黑布套不见了，他发现自己在一间小小的牢房里，四周都是手指粗细的钢筋，就像个大鸟笼。牢房里只有他一个，小荣宝不见了。不，文昌平隐约听到了他的声音，那是很凄惨的叫声。文昌平一个激灵爬了起来，把脑袋尽量凑到牢门的缝隙中去，借着灯光，正好看到对面墙上的一个高大的黑影正举起手里的一条棍子状的东西。

"让我看看是你的皮结实，还是胆子更结实。"陈先生冰冷的声音传了过来。

紧接着，他听到了滋滋的响声，小荣宝发出痛不欲生的惨叫，空气中传来一种皮焦肉烂的气味。这气味倘若是动物的，倒也没什么，可眼下来自人身，这就让文昌平的小腿肚子开始发抖了。

"饶了我吧……我说，我全都说，我把钱藏在……"小荣宝气若游丝的声音比哭还难听，可惜后面的话文昌平听不见了。

"好，等着，我们先把钱拿到手才能放你，要是敢耍我，我会让你后悔你妈生了你。"陈先生轻蔑地哼了声，有人把半死不活的小荣宝拖到了文昌平隔壁的牢房里。

文昌平清楚地看到，小荣宝满身血迹，头发乱成了鸡窝，胸口上还有块散发着焦味正在流血的黑乎乎的烫伤伤口。小荣宝已经痛得晕死了过去。

"把那个老混蛋带过来。"

文昌平只觉得全身的血都往上涌，再也顾不上什么宝贝不宝贝，金条不金条的了，能保住一条性命就是万幸。他知道蓝衣社的厉害，就算小荣宝真把家底统统给了他们，他们也不一定会留他的性命。这兵荒马乱的年代，国军比黑社会还不讲道理。他混了这么多年也看过不少生生死死，有一点是最清楚的，那就是再多的钱也得有命花。

"你一定觉得自己很聪明，可以骗过我，但我告诉你，所有自作聪明的人全都很短命。我不跟你废话了，把你藏钱的地方告诉我，如果数目能让我满意我就饶你一条狗命，如果我不满意，我会让你明白什么叫做生不如死。"陈先生掏出一支烟，手下赶紧帮他点燃。

命捏在人家手里，可那几十年的心血又怎么甘心，文昌平的眼泪不争气地流了出来。

陈先生见他半晌没有反应，怒从心头起，举起手里的烟头就要往文昌平的眼里戳去。

"我说，我说……"文昌平妥协了，他已经不年轻，禁不住折腾。

G

文昌平亲眼看着他最后的十根金条落入陈先生手中，只觉万念俱灰，身体轻飘飘的。

一辈子的心血，骗过多少人才攒下的积蓄，没想到，真是没想到啊。也许这就是所谓的报应，自己骗人，到头来这笔钱自己也落不着。

陈先生带着金子走了，似乎没有留人看守他，牢门也忘了锁。也许他们真的要放自己一条生路，他擦干眼泪，跌跌撞撞地走出牢房，可忽然发现不太对劲。隔壁的房间根本就不是牢房，也没有小荣宝，那里不过是一间全是灰尘的空房子。他很快发现，整栋楼空无一人，这就是一栋破败的旧房子，绝非蓝衣社的秘密基地。这一切，让他想起了小荣宝那晚的"舞厅"。

难道自己被人骗了？文昌平不敢想下去，他的所有积蓄都没有了，只剩下这条命，可这还有什么意义……他失魂落魄地走出大门，正是黄浦江边。迎面一大群难民正拼命地朝前挤去，不远处一条巨大的轮船正拉响汽笛。难民们被警察拦住，衣着华丽的上流人士一个个掩着口鼻，缓步登上船去。

不远处，一个小报童努力地挥舞着手中的报纸，大声喊着："号外号外，日本人已经突破防线，上海危在旦夕……"

文昌平远远看着那艘船，眼中流露出无限的渴望。如果没有遇上陈先生，如果没有被抢走最后的积蓄，他也可以登上那条船……汽笛声中，文昌平被人挤得摔倒在地，他想爬起来，却毫无力气，一双又一双脚踩在了他的身上，似乎肋骨断了，可他连哭都哭不出来。

H

就在文昌平身后十米处的另一栋楼上，有扇窗口里传出欢笑声。

"总算是结束了，我也该回镇江乡下去躲躲灾了，日本人来势汹汹啊。"说话的是顾四爷。道上人只知道他是青帮中人，却不知他也是江相派门人，按辈分却是韩枫的师侄。文昌平第一次见到小荣宝的时候，顾四爷故意放水让"小荣宝"被文昌平相中。

"辛苦四爷了，让你这样帮我真是对不住，这里是一点心意，您收好。""小荣宝"韩枫也不按辈分，反正顾四爷比他大上三十多岁。他递上一根一两重的金条，那是早预备好的谢礼。

"不用了，难得我这个天天坐赌馆的人也有机会作弄汉奸，开心还来不及呢。这些钱你留给更需要的人吧。"顾四爷的手指向身边的男人，豪爽地笑道。

"韩兄弟，真不用我杀了他？他可是汉奸啊，人人得而诛之。"四爷所指的人正是"陈先生"，他真正的身份是去年被蓝衣社谋杀的斧头帮帮主王亚樵的心腹，名叫于奎宁。自从帮主死后，他继承了王亚樵的事业，继续领导斧头帮的帮众暗杀大大小小的汉奸。

"有人骗财骗色，可被我们韩老弟设计过的人，恐怕会被骗得连活下去的勇气都没有了。你看他那副贱样子，不跳黄浦江就算好的了。再说他交不了差，日本人也不会饶他。"说话的人正是黑猫王吉。她的确是如假包换的黑猫王吉，不过她还有另一个身份——韩枫的干姐姐。有了她的本色演出，这个骗局才最终成功。

"好姐姐，你过奖了，我都要脸红了。这次还得多谢王婶，如果不是她，我也不知道有条这么肥的大鱼。"韩枫年纪不大辈分高，加上他为人侠气大方，朋友也极多，不论是斧头帮还是青红帮都给他几分面子。来自京城的老骗子兼被日本特务收买的秘密汉奸文昌平当然知道他的大名。

王婶原名王小凡，曾是慈禧身边的宫女。1900年6月，八国联军入侵北京。为求敌退兵，慈禧从凤冠上取了四颗夜明珠，当时大太监李莲英不在身旁，就派一个姓王的宫女送往西门宾馆，交给议和大员李鸿章派来的人。当时这宫女才十七岁，却心知这国宝断不能送给外国人，竟巧妙地摆脱了护卫，把夜明珠藏入了民间。

大清国最终是完了，王宫女一直在民间避难。汉奸文昌平不知从哪里得到消息，一路追踪着王宫女，想弄到那四颗夜明珠送给日本人。于是，王宫女找到韩枫求助。韩枫设了这个局，一来让她转危为安，二来惩戒文昌平，三来也让文昌平心甘情愿地把所有积蓄都奉献了出来。

"那位婶婶呢？"夏春秋还惦记王宫女手里有没有其他的清宫宝贝。

"她已经走了，我也不知道她去了哪里。真是个了不起的女人，拼着性命也不肯让国宝落在外国人手里。"韩枫感叹道。

时间不早了，众人各自道别，屋子里只剩下了韩枫和于奎宁。

于奎宁小心地把金条藏好，问韩枫："兄弟，你也要去香港吗？"

韩枫摇摇头，"我不走，我就留在这里。"

"你有这一身的本事，憋在这里可惜了，不如跟我一起走吧。不论国军还是八路军，都是杀小日本的，你肯定能混出名堂，也能帮助更多人。"于奎宁言辞诚恳。

"不了，我不喜欢杀人，只喜欢骗人。再说我也怕拘束，自由惯了。"韩枫笑着拒绝了。

"既然这样，你保重。"

"保重。"

韩枫独自站在窗边，看着楼下跌跌撞撞蚁群一样的难民，看着那艘船驶离港口，消失在天边的地平线外。他并不知道，这是离开上海的最后一班船，数不清的难民最终冲破警察的封锁，枪声大作，不少人倒了下去，极少的人爬上了船沿，却被狠心的船长下令推进了海里。那天的风格外烈，带着彻骨的寒，在韩枫的记忆中，那一年的冬天是他经历过的最寒冷的冬天。

这场骗局，是他在上海沦陷前的最后一场骗局。

图书在版编目(CIP)数据

天下有贼 / 何许人著. —上海: 上海人民出版社,

2011

(老千)

ISBN 978 - 7 - 208 - 10399 - 3

Ⅰ. ①天… Ⅱ. ①何… Ⅲ. ①长篇小说—中国—当代

Ⅳ. ①I247.5

中国版本图书馆CIP数据核字(2011)第231937号

出 品 人　邵　敏
责任编辑　邵　敏　方蔚楠
封面装帧　天行云翼·宋晓亮

天下有贼

何许人　著

世纪出版集团

上海人民出版社出版

(200001　上海福建中路193号　www.ewen.cc)

世纪出版集团发行中心发行

上海商务联西印刷有限公司印刷

开本 720×1000　1/16　印张 16　插页 1　字数 182,000

2011年11月第1版　　2011年12月第1次印刷

ISBN 978 - 7 - 208 - 10399 - 3/I · 951

www.ingramcontent.com/pod-product-compliance
Lightning Source LLC
Chambersburg PA
CBHW080716020726
47501CB00010B/2453